DÜSSELDORF KRIMI

Edgar Noske, Jahrgang 1957, lebt als freier Autor in Niederkassel. Im Emons Verlag erschienen von ihm bisher die Kriminalromane *Nacht über Nippes*, *Über die Wupper* und *Bitte ein Bit*.

Edgar Noske

Tote Rosen

Emons Verlag

Umschlaggestaltung: Atelier Schaller, Köln
Umschlagzeichnung: Heribert Stragholz
Umschlaglithografie: HDL Repro-Service GmbH, Köln
Satzerstellung mit WordPerfect Textverarbeitung
Satzbelichtung: Stadt Revue Verlag GmbH, Köln
Druck und Bindung: Clausen & Bosse GmbH, Leck
Printed in Germany 1997

ISBN 3-924491-84-4

Für Hildegard und Alfred

NICHTS BESSERES DARIN IST
DENN FRÖHLICH SEIN IM LEBEN

Grabinschrift des Grabes der Rosemarie Nitribitt
auf dem Düsseldorfer Südfriedhof

I

29. Oktober 1957

Ein kalter und böiger Wind jagte seit Mittag durch die Straßen der Frankfurter Innenstadt. Wer es sich erlauben konnte, blieb zu Hause. Wer vor die Tür mußte, ging gebeugt und hielt sich möglichst dicht an den Hauswänden.

Es war genau 15 Uhr 45, als ein großgewachsener breitschultriger Mann in einem beigefarbenem Gabardinemantel und mit einem braunen Hut das Haus Stiftstraße 36 verließ. Die Hände hatte er in den Manteltaschen vergraben, und sein Gesicht lag fast vollständig im Schatten der Hutkrempe und des hochgeschlagenen Mantelkragens. Trotz des stürmischen Wetters hielt er sich kerzengerade.

Zügig marschierte er in Richtung Hauptwache, überquerte ungeachtet des fließenden Verkehrs die Große Eschenheimer Straße und stieg auf der Beifahrerseite eines am Straßenrand parkenden Opel Kapitän ein.

Der Mann, der am Steuer des Wagens gewartet hatte, war mit einem grauen Regenmantel und einem schwarzen Hut bekleidet. Bezüglich der Statur stand er dem Zugestiegenen in nichts nach, und auch in den Gesichtszügen ähnelten sie einander verblüffend. Wären da nicht die unterschiedlichen Haar- und Augenfarben und die verschiedenen Kinn- und Ohrformen gewesen, man hätte die beiden für Brüder halten können.

»Ist das Gespräch zu Ihrer Zufriedenheit verlaufen?« fragte der Mann im Regenmantel und startete den Motor.

Der andere schluckte, daß sein Adamsapfel deutlich sichtbar ausschlug, und sagte leise: »Ich habe sie umgebracht.«

»Was sagen Sie?«

»Ich habe sie umgebracht. Erschlagen.«

Der Mann mit dem Regenmantel stellte den Motor wieder ab und blickte den anderen an. Die Hände seines Beifahrers zitterten, obwohl er sie zwischen die Knie geklemmt hatte.

»Sind Sie sicher, daß sie tot ist?«

»Aber ja doch.«

»Hat Sie jemand gesehen?«

»Ich glaube nicht. Begegnet ist mir niemand.«

»Wo sind Ihre Handschuhe?«

Der Beifahrer betrachtete seine Hände von allen Seiten, um sich zu vergewissern, daß er wirklich keine trug. Dann suchte er in sämtlichen Manteltaschen.

»Sie sind weg.«

»Sie werden sie liegengelassen haben.« Der Mann im Regenmantel streckte seine Hand aus. »Geben Sie mir den Schlüssel. Ich hole sie.«

Der Beifahrer reichte ihm ein Etui, an dem zwei Schlüssel hingen.

»Der mit dem schmalen Bart ist für die Haustür.«

»Ich werde mich schon zurechtfinden.«

Ein kurzer Flur, von dem Bad und Küche abzweigten, führte in ein großzügig geschnittenes Wohn- und Eßzimmer. Bodenlange Gardinen verhüllten das zweiflügelige Fenster und verschleierten den Blick auf das gegenüberliegende Rundschau-Haus. Die Einrichtung entsprach nicht dem neuesten Stil, war jedoch geschmackvoll und zeugte von Geld.

Der beißende Geruch kam aus dem Kristallaschenbecher auf dem Couchtisch. Eine vergessene Zigarette hatte den Filter einer bereits ausgedrückten angebrannt. Der Mann im Regenmantel, der inzwischen Lederhandschuhe trug, nahm den Ascher zur Hand und machte dem Schwelbrand ein Ende. Dabei entdeckte er das Opfer, das zwischen Couch und Couchtisch auf dem Boden lag.

Um sie richtig sehen zu können, mußte er sich über den Tisch beugen. Sie lag auf der linken Seite und hatte das rechte Bein angezogen. Ihr Rock war hochgerutscht und gab den Blick auf den Strumpfhalter frei. Ihr blondes Haar war am Hinterkopf von Blut verklebt. Der Schlag mußte sie in dem Moment getroffen haben, als sie zum Telefon gegriffen hatte, denn der Apparat lag neben ihr, und den Hörer hielt sie noch in der Hand.

So kam er nicht an sie ran. Er rückte einen der beiden Sessel zur Seite und zog den Tisch zurück. Dadurch rollte sie auf den Rücken, weil das Tischbein ihre Schulter gestützt hatte. Er kniete nieder.

Um ihr den Telefonhörer aus der Hand nehmen zu können,

mußte er jeden ihrer Finger einzeln lösen. Die Leitung war frei, niemand hörte mit. Er legte auf und stellte den Apparat zurück auf den Beistelltisch. Dann beugte er sich erneut über die Frau und schob mit dem Daumen ihr rechtes Augenlid hoch.

Ihr anderes Auge öffnete sie selbst. Bevor der Mann im Regenmantel überhaupt begriff, was geschah, stieß sie einen Schrei aus, der geeignet war, Gläser zerspringen zu lassen, und schlug ihm mit aller Kraft auf die Nase. Entsetzt prallte er zurück.

Vermutlich hätte sie eine Chance gehabt, hätte sie ihre Attacke fortgesetzt. Als sie jedoch erkannte, daß er nicht der war, den sie erwartet hatte, erlahmte ihr Kampfeswille. Das war ihr Todesurteil.

Der Mann im Regenmantel setzte ihr ein Knie auf die Brust und umfaßte ihren Hals mit beiden Händen. Sie wand sich, strampelte und schlug um sich. Dazu stieß sie gurgelnde Geräusche hervor, als ertrinke sie.

Doch nur die wenigen Sekunden, bis er ihren Kehlkopf ertastet und zerquetscht hatte. Schlagartig brach ihr Blick, und ihr Körper zuckte nur noch als Ganzes, wie unter einem schwachen Stromschlag. Einmal. Zweimal. Als er den Griff um ihren Hals löste, sogar noch ein drittes und letztes Mal. Dann lag sie still und war tot.

Er richtete sich auf, ordnete seine Garderobe und begann systematisch zu suchen. Die Handschuhe seines Beifahrers fand er schnell, sie lagen auf der Anrichte neben der Tür zum Schlafzimmer. Für die anderen Dinge brauchte er etwas länger.

Als der Mann im Regenmantel wieder in den Opel Kapitän einstieg, wurde er bereits ungeduldig erwartet.

»Haben Sie meine Handschuhe?«

»Bedaure. Ich konnte sie nicht finden.«

Schweigend verließen sie die Stadt in westlicher Richtung. Als sie die Stadtgrenze passierten, schlug der Mann im Gabardinemantel die Hände vors Gesicht und stöhnte laut auf.

»Mein Gott, was habe ich getan? Ich bin ein Mörder.«

»Ja«, sagte der Mann im Regenmantel. »Sie sind ein Mörder.«

Die Leiche der Rosemarie Nitribitt wurde zwei Tage später von ihrer Zugehfrau entdeckt. Ihr Mörder wurde nie gefaßt.

II

25. November 1996

Es war der Montag nach Totensonntag, der Tag eins nach Aleks.

Als ich kurz nach Mittag meine Vespa Ciao neben dem Eingang Hüttenstraße 4 aufbockte und die Pizza-Pappschachtel vom Gepäckträger nahm, spiegelte ich mich in den Scheiben des Maredo. Was ich sah, tat weh.

Einen vierunddreißigjährigen, ein Meter neunundsechzig großen, achtzig Kilo schweren Kerl in geflickten Levis, speckiger Hein-Gericke-Lederjacke und Woolworth-Pudelmütze ohne Bömmel. Unrasiert, mit verquollenen Augen und beginnendem Doppelkinn. Unausgeschlafen, verkatert und durchgefroren. Ohne Frau, ohne Führerschein und ohne Geld. Und der Hosenstall stand offen. Das Pärchen hinter der Scheibe rief nach dem Kellner. Ich machte, daß ich ins Haus kam, und nahm den Lift bis in die fünfte Etage.

»Detektei Hoffmann – Private Ermittlungen aller Art – Seit 1960« war in das LP-covergroße Messingschild eingraviert. Ich sperrte die danebenliegende Tür auf, durchquerte das unmöblierte, muffig riechende Vorzimmer, in dem bis vor knapp einem Jahr eine Blondine mit einem Faible für rote Büstenhalter ihren Dienst verrichtet hatte, und marschierte in mein Büro.

Trapezförmiger Grundriß, achtunddreißig Quadratmeter, acht Fenster, davon vier mit Blick in Richtung Kö. Der Teppichboden war kurzflorig und von schmutzunempfindlicher Farbe, die Wände waren halbhoch holzvertäfelt. Oberhalb der Vertäfelung hingen säuberlich gerahmt sämtliche Zertifikate, Urkunden, Auszeichnungen, Dankschreiben und Empfehlungen, die die Detektei im Laufe der ersten dreiunddreißig Jahre ihres Bestehens eingeheimst hatte.

Möbliert war das Büro mit einem runden Konferenztisch und sechs Stühlen, zwei Stahlschränken, einer Staffelei, einem ledernen Sitzwürfel, der aussah wie ein überdimensionaler Dominostein, und einem Prachtstück von Eichenschreibtisch, der in seinen Ausmaßen den Toten Hosen locker als Bühne gereicht hätte. Vor dem Schreibtisch stand ein Kunstledersessel für die Kundschaft und dahinter das bequemste Sitzmöbel, auf das ich je meinen Hintern abgesenkt hatte. Ein großzügig dimensionierter, lederbezogener Drehsessel über dessen Lehne sich – mir stockte der Atem – Zigarettenrauch kräuselte.

Bevor ich in Deckung hechten konnte, schwang der Sessel herum. Die Dame, die in dem üppigen Fauteuil etwas verloren wirkte, sah aus wie Anfang fünfzig, war aber zehn Jahre älter. Ihr Haar war schwarz gefärbt und auf eine Art frisiert, wie sie seit fünfundzwanzig Jahren aus der Mode war. Das Make-up war dezent. Bis auf zwei Ohrclips, eine goldene Kette, eine Brosche, eine Armbanduhr, einen Armreif und ein halbes Dutzend Ringe konnte ich keinen Schmuck ausmachen. Bekleidet war sie mit einem dunkelblauen Blazer und einem sandfarbenen Rollkragenpullover. Ob sie Rock oder Hose trug, entzog sich meinem Blick.

Auch wenn die Zeit ihr ein wenig Fülle beschert hatte, die dunklen Augen, die gerade Nase und die vollen Lippen ließen erahnen, welche Schönheit da in die Jahre gekommen war. Momentan machte sie allerdings ein ausgesprochen ungehaltenes Gesicht, was sie wie eine Internatsdirektorin wirken ließ, die den größten Raufbold der Anstalt zum Rapport einbestellt hat.

Ich atmete aus, stellte die Pizza auf dem Tisch ab, umkurvte furchtlos das Möbel und hauchte ihr einen Kuß auf die dargebotene Wange.

»Hallo, Olga«, sagte ich. »Du bist immer wieder für 'ne Überraschung gut.«

»Du hast getrrrunken, Gino«, gurrte sie und drückte ihre Filterlose in dem Ricard-Ascher aus. »Außerdem hasse ich es, wenn du mich Olga nennst. Sag Mama.«

Ich zog die Jacke aus und ließ mich in den Klientensessel vor dem Schreibtisch fallen. »Hallo, Mama. Nur ein Alt, um 'ne Tablette aufzulösen. Wie geht's dir?«

»Miserabel. Seit wann löst man Tabletten in Bier auf?«

»Das war 'ne Brause-Aspirin. Wenn ich die Dinger so in den Mund steck, hab ich immer das Gefühl, ich verschluck was Lebendiges. Bist du durchs Fenster eingestiegen?«

»Der Hausmeister war so freundlich, mir aufzusperren. *Noch* kennt man mich in diesem Haus.«

»Du hast ihm doch hoffentlich kein Geld gegeben?«

»Es ist immer wieder rührend, wie du um dein Erbteil besorgt bist. Würdest du dir nur halb soviel Sorgen um mich machen, ich fühlte mich belästigt.«

»Dafür liebt Markus dich um so doller. Wie geht's ihm?«

»Das ist nicht dasselbe. Marco ist Geistlicher. Nächstenliebe gehört zu seinem Beruf. Deinem Bruder geht es selbstverständlich gut. Wenn du ab und zu in die Messe gehen würdest, könntest du das selber feststellen. Kommst du immer erst um diese Zeit zur Arbeit?«

»Ich hatte auswärts zu tun.« Ich räusperte mich. »Hatten wir nicht ausgemacht, daß du hier nicht unangemeldet auftauchst?«

Olgas Augen wurden sehr, sehr schmal. »Wir haben allerlei vereinbart, mein Sohn. Vor allem, daß ich über wichtige Entwicklungen, die dieses Unternehmen betreffen, auf dem Laufenden gehalten werde. Und zwar unaufgefordert.«

»Das ist doch selbstverständlich, Olga.« Ich legte meine Stirn in Falten und kratzte mich an der Schläfe. »Oder sollte ich vergessen haben, dich über irgendeine Angelegenheit ...«

»Zieh hier keine Schau ab. Außerdem sollst du Mama sagen.« Sie beugte sich vor, bis ihre Oberweite auf der Schreibunterlage lag. »Was ist hier los?«

Ich sah ihr an, daß sie es wußte. Und sie sah mir an, daß ich wußte, daß sie es wußte. Es mußte nur noch ausgesprochen werden. Ganz einfach. Ich stand auf, steckte die Hände in die Hosentaschen und ging zum Fenster. Die Telekom-Leuchtreklame am Fernmeldeamt, die in den letzten Wochen auch tagsüber gebrannt hatte, war ausgeschaltet. Wozu auch, das Ding mit der Aktie war ja gelaufen.

Olgas Stimme kam aus dem Off: »Unter der Fensterreihe, vor der du stehst, hängt quer über die Fassade ein Transparent: ›Büro- und Geschäftsräume zu vermieten‹. Wenn man die angegebene Telefonnummer anruft, bieten sie einem an, die Räume hier zu besichtigen.«

»Wer hat dir das vorgelesen?«

»Hältst du mich für eine Analphabetin?«

»Es wäre das erste Mal, daß du deine Brille getragen hättest. Also?«

»Waldo und ich waren am Samstag bummeln. Dabei hat er es entdeckt.«

Ohne mich umzudrehen, sagte ich: »Es ist aus, Olga. Der Laden ist am Ende. Bankrott.«

»*Der Laden*! Bereits deine Wortwahl entlarvt dich. Für deinen Vater war es immer *das Unternehmen*. Kein Wunder, daß –«

»Bitte, Olga, nicht wieder diese Diskussion über meine fehlende Einstellung und meinen mangelnden Einsatzwillen. Ich kann –«

»Unterbrich mich nicht!« Ich hörte, wie sie aufsprang und durch den Raum lief. »Jetzt rede ich. Tatsache ist, daß du es geschafft hast, ein florierendes Unternehmen mit vierzehn Angestellten und einem Jahresumsatz von mehreren Millionen in nur drei Jahren auf einen Ein-Mann-Betrieb mit null Umsatz herunterzuwirtschaften. Und das in einer Zeit, in der die Branche zweistellige Zuwachsraten verzeichnet. Eine wirklich reife Leistung! Im Club der Bankrotteure würdest du auf Anhieb in den Vorstand gewählt. Was ist das denn?«

Ich drehte mich um. Olga stand am Konferenztisch und hielt eine der Zeichnungen hoch, die ich dort abgelegt hatte.

»Pastellkreide«, sagte ich und lehnte mich mit dem Hintern gegen die Fensterbank.

»Das sehe ich selbst«, brummte sie. »Hat dein Psychater dir geraten, deine Alpträume aufzuzeichnen?«

»Das ist der Entwurf für 'ne Tapete.«

»Eine Tapete, die sich andere Leute an die Wand kleben?«

»Wenn die Firma das Muster akzeptiert – ja.«

Olga schüttelte erneut den Kopf und legte das Blatt zurück. »Warum tust du das?«

»Von irgendwas muß ich ja leben. Oder wär dir lieber, ich würd als Stricher um den Bahnhof schleichen?«

Olgas Blick verlor sich.

»Weißt du, welches Gefühl ich nicht loswerde, Gino? Daß du die Detektei absichtlich ruiniert hast, um deinem Vater noch nach seinem Tod eins auszuwischen.«

»Das ist doch Blödsinn. Schnüffeln ist einfach nicht meine Welt. Das hab ich dir gleich gesagt. Aber du wolltest ja nicht auf mich hören. Anstatt den Laden – sorry – das Unternehmen an Matuschek zu verkaufen, mußte es ja auf Teufel komm raus in Familienbesitz bleiben. Und nun haben wir den Salat.«

Sie blickte mir direkt in die Augen. »Warum bloß haßt du deinen Vater so?«

»Es gab eine Zeit, da hab ich den Alten wirklich gehaßt«, sagte ich. »Aber das ist lange her. Spätestens mit seinem Tod hat sich das erledigt. Außerdem war er es, der mit dem Hassen angefangen hat.«

»Er soll dich gehaßt haben? Er hatte selbstverständlich seine Schwierigkeiten mir dir, Gino, aber Haß – nein.«

»Doch, ich weiß es. Weil ich nicht so war wie er. Klein und dunkelhaarig statt groß und blond, eher ängstlich als draufgängerisch, mehr verträumt als tatkräftig.«

»Nein, nein. Wenn ihn etwas geärgert hat, dann waren es deine ständigen Provokationen. Erst brichst du aus heiterem Himmel die Schule ab. Kaum hat er dir eine Lehrstelle besorgt, gehst du wieder aufs Gymnasium und machst dein Abitur. Dann verweigerst du den Wehrdienst, studierst ausgerechnet Kunst und heiratest zu allem Überfluß auch noch dieses Filmflittchen. Kein Wunder, daß dein Vater in der Blüte seines Lebens –«

»Willst du mir etwa einreden, ich hätte den Alten ins Grab gebracht? Und was heißt hier in der Blüte seines Lebens? Mensch, Olga, der Alte ist mit dreiundsiebzig nach 'nem erfüllten Trinkerleben an Leberzirrhose gestorben. Was will man mehr?«

»Gino! Also wirklich, das geht –« Schluchzend stürzte sie zum Schreibtisch, zerrte ein Taschentuch aus ihrer Krokotasche und schneuzte sich. »Das hat dein Vater nicht verdient. Du solltest dich schämen.«

Auch ich ging zum Schreibtisch und klappte die Pizzapackung auf. »Willst du 'n Stück? Sonst wird sie kalt.«

»Nein.«

Ich biß ab und sagte: »Der Alte war ein Schwein. Oder wie würdest du jemand bezeichnen, der seinem zehnjährigen Sohn den Spitznamen ›Judennase‹ gibt?«

Es dauerte eine ganze Weile, bis Olga den Mund wieder zubekam. »Das hat er nie gesagt.«

»In deiner Gegenwart natürlich nicht.«

Langsam, fast zögernd kam sie näher und berührte meine Nase ganz, ganz vorsichtig, als sei sie eine Antiquität aus hauchdünnem Glas.

»Die Nase von Großvater Giovanni. Du hast seine Nase geerbt.«

»Der alte Landstreicher. Eigentlich schade, daß ich ihn nie kennengelernt habe.«

»Mein Vater war kein Landstreicher!« schnaubte sie und stampfte mit dem Fuß auf. »Er war Wanderarbeiter. Arm, aber ehrenwert.«

»Lassen wir das«, sagte ich. »Sonst kommen wir wieder von Höckskes auf Stöckskes. Tatsache ist, daß *mein* Vater ein krummer Hund war, der mich – was heißt nur mich – der seine beiden Söhne nicht ausstehen konnte.«

Während ich eine Olive aufhob, sagte Olga mit einem bitteren Unterton in der Stimme: »Am schwersten hatte ich es. Immer stand ich dazwischen. Ich liebte meinen Mann und ich liebte meine Söhne.« Sie seufzte schwer. »Ein Frauenschicksal.«

»Jetzt brauchen wir nur noch einen, der's vertont, und dann haben wir 'ne tolle Oper«, sagte ich und warf die Olive in den Ascher.

»Das ist genau die Sorte Kommentar, die deinen Vater immer zur Weißglut getrieben hat. Ein Spruch dümmer als der andere. Wenn du doch nur einmal etwas getan hättest, daß ihm Freude bereitet hätte.«

»Was denn? Der NPD beitreten?«

Olgas Augen funkelten unheilvoll. Und dann sagte sie mit aller Bösartigkeit, zu der sie fähig war: »Schade, daß er nicht mehr erleben durfte, wie deine Ehe in die Brüche ging. Ich denke, das hätte ihm noch einmal Auftrieb gegeben.«

»Wohl wahr«, sagte ich und beließ es dabei, denn ich wußte um die Unendlichkeit solcher Diskussionen. Ich nahm einfach das nächste Stück Pizza in Angriff.

So schwiegen wir uns ein Weilchen an, bis Olga sagte: »Ich würde gerne wissen, wie es weitergehen soll.«

»Das Archiv verpack ich in Kartons und stell's für 'n paar Mark bei 'nem Bekannten unter. Das Inventar verkauf ich bis auf den Schreibtisch und den Sessel. Und das war's dann.«

»Und dann soll das Unternehmen liquidiert werden?«

»Richtig«, sagte ich. »Zum Jahresende.«

»Falsch«, sagte Olga. »Nicht so lange ich lebe.«

»Olgamama, ich kann die Miete nicht mehr zahlen. Weißt du, was die drei Räume hier kosten?«

»Geld scheint mir das geringste Problem zu sein.« Olga ging zum Garderobenständer und nahm ihren Mantel vom Bügel. »Bemüh dich nicht, du hast sowieso fettige Finger. Dein Vater mag ein schwieriger Mensch gewesen sein, aber ich werde trotzdem nicht zulassen, daß sein Lebenswerk so mir nichts dir nichts ruiniert wird. Ich spreche noch heute mit meinem Anwalt und werde dann kurzfristig den Familienrat einberufen. Solange unternimmst du nichts. Haben wir uns verstanden?«

»Stör ich?« fragte eine heisere Stimme von der Tür.

Unsere Köpfe flogen gleichzeitig herum. Im Rahmen stand eine untergewichtige, schätzungsweise dreißigjährige Frau mit kurzen schwarzen Haaren. Sie war blaß wie ein Bettlaken, dafür aber deftig geschminkt. Blutrote Lippen, tiefblaue Lidschatten, schwungvolle, sehr hoch angesetzte Brauen, die ihr einen dauererstaunten Gesichtsausdruck verliehen. Sie war mit einem langärmeligen, roten, goldbestickten Maxikleid bekleidet, dessen Stoff so dick wirkte, als sei ein Teppich umgearbeitet worden. Die mausgraue Fellweste, die sie darüber trug, stand offen. Ihre Füße steckten in schwarzen Stiefeletten. Über der linken Schulter hing ein großer Leinenbeutel. Der rechte Arm war vom Handgelenk bis zum Ellbogen in Gips.

Olga erkannte sie zuerst und stöhnte auf. Und da dämmerte es auch mir.

Die Frau war Verena, meine Verflossene. Das Filmflittchen.

III

Verena war ihrer Vorliebe für Gauloises mit Stummelfilter treugeblieben. Nachdem sie im Klientensessel Platz genommen und die Beine übereinandergeschlagen hatte, sagte sie: »Ich wollte deine Mutter nicht vertreiben.«

»Keine Schuldgefühle«, sagte ich. »Sie war auf dem Sprung.«

»Jetzt, da wir nicht mehr um deine Zuneigung konkurrieren, könnten sie und ich doch eigentlich Freundinnen werden. Was meinst du dazu?«

»Schlag ihr das vor, und sie rammt dir ihren Knirps in den Hals. Magst du 'n Stück kalte Pizza?«

Sie schüttelte den Kopf.

»Ich hab gerade gegessen. Du siehst mich an, als ... Hab ich mich derart verändert?«

»Wenn Olga nicht so aufgejault hätte, hätte ich dich nicht erkannt. Ich hab dich anders in Erinnerung. Blond, molliger, jünger. Du siehst krank aus.«

»Ich hab gerade 'ne Virusinfektion hinter mir, die mich beinahe umgebracht hätte. Ich hab über zwanzig Kilo verloren. Aber du hast zugelegt, stimmt's?«

»Sieben oder acht Kilo.«

»Kummerspeck?«

»Ich rauch nicht mehr.«

»Ich glaub's nicht. Seit wann?«

»Seit zwei Monaten.«

»Echt? Und? Keine Probleme? – Ach so, macht dir das nichts aus, wenn ich hier –«

»Kein Thema. Ich trag 'n Pflaster.«

»Und das hilft? Wo klebst du die denn hin?«

»Mal hier, mal da, nur nicht unter die Zunge oder unter die Vorhaut.« Ich angelte mir den Brieföffner und machte ein bißchen Maniküre.

»Was ist mit deinem Arm?«

»Sehnenscheidenentzündung. Ist 'ne total dumme Geschichte.«

»Arbeitest du jetzt als Tippse?«

Sie drückte ihre Zigarette aus und kicherte. »Nein. Ich bin noch immer mit Hauschild zusammen.«

Ein Name, bei dessen Erwähnung ich auch nach mehr als zwei Jahren noch einen kleinen Stich verspürte. Anselm Hauschild, die deutsche Antwort auf Andy Warhol. Seit Beuys Tod die letzte lebende Künstlerlegende des Landes. Und der Grund, warum Verena mich verlassen hatte.

»Aha. Seid ihr noch auf Ibiza?«

»Nein, wir leben schon seit über 'nem Jahr in der Toskana. Talla – sagt dir das was?«

»Nie gehört.«

»Ist ja auch egal«, sagte Verena und gestikulierte mit links. »Hauschild arbeitet unvorstellbar hart. Er malt ein gewaltiges Triptychon, zwei Meter hoch und mit Flügeln fast sechs Meter breit, wobei er die Farben nur mit seinem Sperma anrührt. Er sagt, dadurch sei es, als habe er das Bild gezeugt. Ein Werk, in das sein Erbgut mit einfließt, verstehst du? Noch in Hunderten von Jahren wird man anhand des genetischen Fingerabdrucks in den Farben feststellen können, daß es von Hauschild gemalt wurde. Ist das nicht phantastisch? Es geht natürlich nur langsam voran. Er ist ja auch nicht mehr der jüngste. Du hast nicht zufällig 'nen Schluck Rotwein da?«

Ich warf einen Blick ins Vorratsfach des Schreibtischs. »Wie wär's mit 'nem Brandy?«

»Auch gut.«

Nachdem jeder einen ordentlichen Schluck aus den zur Hälfte mit Osborne gefüllten Holiday-Inn-Zahnputzgläsern genommen hatte, sagte sie: »Daher auch die Sehnenscheidenentzündung, weil ihm ständig einer runtergeholt werden muß. Manchmal ist es schon 'ne arge Quälerei. Glücklicherweise sind wir inzwischen zu dritt und können uns abwechseln.«

»Traumberuf Muse«, sagte ich. »Und jetzt hat er dich zu 'nem Spezialisten nach Düsseldorf geschickt, damit dein Wichshändchen schnell wieder gesund wird.«

»Nein«, kicherte sie. Ihr kräftiges Gebiß wirkte durch den Gewichtsverlust geradezu bedrohlich. »Hauschild ist hier, weil 'ne Stiftung gegründet wurde, die seinen Namen trägt. Und ich bin mitgefahren, weil ich mit dir reden muß.«

Die Nägel der linken Hand waren sauber. Ich machte rechts weiter. »Willst du nun doch die Scheidung?«

»Blödsinn. Die würde doch nur Geld kosten, das wir wahrscheinlich beide nicht haben.« Sie leerte ihr Glas. »Ich will dich engagieren.«

»Mich? Als was?«

Verena machte ein verblüfftes Gesicht. »Was ist das hier? 'ne Callboy-Agentur?«

»Also als Schnüffler.«

»Ja. Hier.« Sie warf mir ein zusammengefaltetes Exemplar der RP zu, die sie aus ihrer Leinentasche genommen hatte. »Die beziehen wir im Auslandsabo. Der Artikel ist angestrichen.«

Die Ausgabe war eine Woche alt, und ein fetter Filzstrich markierte einen Bericht im Stadtpost-Teil. Ich brauchte nur die Überschriften zu lesen: »Grausiger Fund in der Urdenbacher Kämpe – Verkohlte Leichen in ausgebranntem Wohnanhänger entdeckt«, da wußte ich Bescheid.

»Heiko Tänzer, der beste Mittelstürmer, den die Fortuna je hatte, und eine noch nicht identifizierte Frau. Eine der Gasflaschen soll undicht gewesen sein.«

»Ich weiß, wer die Frau ist«, sagte Verena.

Da sie es aber nicht sagte, fragte ich: »Möchtest du, daß wir es in Quizform machen?«

»Rosa.«

»Wie?«

»Rosa. Die Tote ist meine Schwester Rosa.«

Ich war so überrascht, daß ich mir den Brieföffner in den Handballen rammte. Ehe ich mich entleiben konnte, legte ich ihn zur Seite.

»Darf ich dich daran erinnern, daß deine Schwester im Mai dieses Jahres mit 'nem Flugzeug über der Nordsee abgestürzt ist. Sie kann unmöglich schon wieder gestorben sein. Niemand stirbt zweimal.«

Verena beugte sich vor. »In dem Artikel steht, die Tote habe nur vier Zehen gehabt.«

»Ich weiß.«

»Wie Rosa und ich.«

»Die Quist'schen Micky-Maus-Füße«, sagte ich. »Ich denk mal, es gibt noch mehr Frauen mit so 'nem Geburtsfehler.«

»Kennst du eine?«

Ich winkte ab. »Verena, wenn das alles ist, was du hast – vergiß es.«

»Wie wäre es damit: Als Tänzer noch Fußball spielte, hat Rosa mit ihm zusammengelebt.«

»Interessant. Wann haben sie sich getrennt?«

»Als er den Unfall hatte und mit dem Spielen aufhören mußte.«

»Der Achillessehnenriß. '91 war das, glaub ich. Da hat sie ihn verlassen? Das sieht deiner Schwester ähnlich.«

»Ich weiß, sie war 'ne harte Nummer. Aber das Leben war auch hart zu ihr. Sie war gerade mal sechzehn, als die Eltern starben. Und sie hat's geschafft, uns durchzubringen, ohne daß wir ins Heim mußten.«

Ich schenkte uns Brandy nach. Jeder bekam noch einmal ein halbes Glas voll, dann war die Flasche leer.

»Und warum sollte sie nach fünf Jahren zu einem mittellosen und versoffenen Sportinvaliden zurückgekehrt sein? Das war Tänzer nämlich zuletzt – ein ganz armes Schwein. Nee, nee, meine Liebe, deine Schwester hat immer nur auf Sieger gesetzt.«

»Okay, letzte Karte: Rosa hat mich im Juli angerufen.«

»Langsam steigt die Temperatur. Nur zur Sicherheit: Im Juli dieses Jahres?«

»Allerdings.«

»Was hat sie gesagt?«

»Daß sie nicht tot ist.«

»Wer hätte das gedacht. Sonst nichts?«

»Ihr gehe es gut, und sie würde mich so bald wie möglich besuchen.«

»Die Verbindung war zum Erbarmen, ständig hat es in der Leitung geknistert und geknackt, und letztendlich hätte dich sonstwer anrufen können, und du hättest sie für deine Schwester gehalten. Stimmt's?«

»Die Leitung war wirklich miserabel. Aber es war Rosa, die anrief, da bin ich mir sicher.«

»Oh, Verena, bist du nie auf die Idee gekommen, daß da jemand ein Spielchen spielen könnte?«

»Warum sollte jemand so grausam sein? Und was könnte er dabei gewinnen?«

»Das weiß ich doch nicht.«

»Dann finde es heraus.«

Sie klopfte mit dem Nagel ihres Mittelfingers vors Glas.

»Gino, die Sache stinkt doch. Wie du gesagt hast: niemand stirbt zweimal. Aber wie es aussieht, ist meine Schwester zweimal gestorben. Und beide Male unter höchst fragwürdigen Umständen. Schon bei dem Flugzeugabsturz gab es mehr Fragen als Antworten. Wieso hat man nie die Leichen gefunden, obwohl sie von der Strömung hätten angespült werden müssen? Und wer sagt, daß bei dem Brand des Campers alles mit rechten Dingen zugegangen ist? So 'ne Gasflasche kann man auch manipulieren.«

Ich hatte einen Flusen auf der Zunge. Ich entfernte ihn und sagte: »Wenn du so überzeugt bist, solltest du mit deinen Informationen zu den Bullen gehen. Die wissen ja bis heute nicht, mit wem sie's bei der zweiten Leiche zu tun haben. Einmal auf der richtigen Spur, finden sie vielleicht 'n paar Indizien, die deine Annahme bestätigen.«

Verena sah mich an, als sei ich meschugge. »Was glaubst du eigentlich, warum ich zu dir gekommen bin? Weil ich's ohne deinen Körpergeruch nicht mehr ausgehalten hab? Wenn ich zu den Bullen gehen könnte, würde ich hingehen. Allein schon, um Geld zu sparen.«

»Wirst du gesucht?«

Sie hatte Schwierigkeiten, mit nur einer Hand eine Zigarette aus dem zerdrückten Päckchen zu ziehen. Ich half ihr und gab ihr auch Feuer.

»Ich bin mir nicht sicher«, sagte sie und blies den Rauch zur Decke. »Aber ich fürchte, ich steh noch immer wegen dieser blöden alten Koksgeschichte auf der Fahndungsliste.«

»Dann hätten sie dich schon bei der Einreise hopsgenommen. Oder hast du im Kofferraum gelegen?«

»Ich bin mit dem Paß 'ner Schweizer Freundin hier. Deswegen auch die schwarzen Haare.« Sie grinste. »Obwohl die mich noch blasser machen.«

Ich stemmte mich aus dem Sessel und stellte mich ans Fenster. Dicke, dunkle Wolkenpakete hingen nach wie vor drohend über der Stadt. Vormittags hatte es bereits geschneit. Dabei hatten wir erst November.

»So richtig traurig wirkst du nicht«, sagte ich.

Als plötzlich eine Hand auf meiner Schulter landete, zuckte ich zusammen. Ich hatte nicht bemerkt, daß sie hinter mich getreten war.

»Was ist los?« fragte Verena und lehnte sich an mich. Auch ohne Absätze wäre sie einen halben Kopf größer gewesen. »Dich hat wohl lange keine Frau mehr angefaßt, wie?«

»Ich dachte eher an diesen Virus, der schlank macht. Bist du sicher, daß du nicht mehr ansteckend bist?«

»Tröpfcheninfektion, mein Süßer. Wir müßten uns schon gegenseitig die Zungen in den Hals stecken, damit was passiert. Und selbst dann – mein Blut besteht bestimmt zu neunzig Prozent aus Penicillin. Wo waren wir stehengeblieben?«

»Bei deiner Trauer.«

»Stimmt. Als ich im Frühjahr von dem Absturz erfahren habe, hab ich drei Tage am Stück geheult. Jetzt hab ich keine Tränen mehr für sie. Ich könnte vielleicht noch um jemand anderen trauern, auch weinen, aber nicht mehr um Rosa. Verstehst du das?«

Ich antwortete nicht, starrte nur hinaus. Schneeregen hatte eingesetzt. Die ersten Autos fuhren mit Licht.

»Übernimmst du die Sache?« fragte Verena ganz dicht an meinem Ohr.

»Ich hab schon lange nicht mehr gearbeitet, und Ende des Jahres hör ich ganz auf.«

»Dann ist es eben dein letzter Fall.«

»Ich bin nicht in Form. Ich bin einfach zu lange raus, und 'n As war ich noch nie, das weißt du.«

»Du schaffst das«, flüsterte sie und knabberte an meinem Ohrläppchen herum.

»Hast du denn überhaupt Geld?«

»Hauschild hat mir fünftausend gegeben, obwohl er momentan selber 'n bißchen klamm ist. Kostet's mehr, muß ich mit meinem Körper zahlen.«

»Dann reicht's in jedem Fall«, sagte ich und konnte gerade noch zur Seite springen, bevor sie mich beißen konnte.

IV

Der Mann mit dem Barett war an der Reihe. Er stellte sich unmittelbar an die Abwurflinie, die sie mit einem Stöckchen ins Erdreich gekratzt hatten. Dann federte er in den Knien, und sein gestreckter rechter Arm schnellte vor. Die hartverchromte Kugel flog im hohen Bogen gut zehn Meter weit, um dann wie eine Bombe einzuschlagen und zwei andere Boulekugeln wegzusprengen. Damit hatte er gewonnen. Eindeutig, denn sie maßen nicht einmal nach.

Ich löste mich von dem Baum mit der klaffenden Wunde, der aussah wie eine aufgeplatzte Bockwurst, die im Senf steckt, und applaudierte.

Hatte ich die eins siebzig knapp verpaßt, der Baretträger maß noch einmal fünf Zentimeter weniger. Dazu war er sehr schlank, hatte ein feingeschnittenes Gesicht, dunkle Augen, einen dünnen pechschwarzen Schnäuzer und Haare der gleichen Farbe, die er außer an den Schläfen nachfärbte. Seine Bewegungen waren sehr leichtfüßig, fast tänzerisch. Dazu war er galant, hatte – wenn auch einen etwas angestaubten – Charme und wäre die Idealbesetzung, um bei einer Neuauflage *Erkennen Sie die Melodie* zu moderieren. Abgesehen davon war er ein seit fünf Jahren pensionierter Kriminalhauptkommissar, der seine letzten Dienstjahre im Bereich Öffentlichkeitsarbeit beim Landeskriminalamt verbracht hatte. Und er war Olgas Cousin und der einzige kleine Mann, vor dem mein Vater je Respekt gehabt hatte.

»Ein sauberer Wurf, Waldemar«, sagte ich. »Kompliment.«

»Ich habe dich schon erwartet«, sagte er und zog seine wattierte Jacke an, die am Klettergerüst des Abenteuerspielplatzes hing. »Trinken wir einen Kaffee?«

Ohne meine Antwort abzuwarten, nahm er mich beim Ellbogen und führte mich die wenigen Meter bis zu dem Kiosk, den der Weg und eine Hecke von der Kaiserstraße trennten. An einem der Stehtische schlürften zwei Fahrradkuriere Kaffee. Einen Tisch weiter wärmten sich zwei Berber mit dem Inhalt eines Flachmanns.

Während Waldemar den Kaffee besorgte, beobachtete ich eine

junge Frau, die ein Kleinkind im Spiel um das Standbild des röhrenden Hirsches jagte, das fünfzig Meter entfernt stand. Dann fiel das Kind in den Dreck, und die Frau nahm es auf den Arm. Ob das Kind weinte, war nicht zu hören, denn der Wind kam aus der anderen Richtung.

»Um die Uhrzeit mit Weinbrand, war doch richtig?« fragte Waldemar und stellte die beiden Großtassen ab, die sie hier »Cups« nannten.

»Goldrichtig. Wann spielt ihr eigentlich nicht? Nur bei Lawinengefahr und Sturmflut?«

Waldemar grinste. »Und bei Erdbeben. Boule wäre auch was für dich, mein Junge.«

»Halt mir 'nen Platz im Club frei, in zwanzig Jahren stoß ich dazu.« Ich nahm einen Schluck, wobei ich den Becher mit beiden Händen umfaßte, um mich aufzuwärmen. »Mußtest du vor Olga unbedingt mit deinen Adleraugen angeben? Hättest du nicht erst mit mir reden können?«

Waldemar zuckte die Achseln. »Sicher, hätte ich. Andererseits hängt das Transparent wahrscheinlich seit Tagen wenn nicht Wochen da oben, und wer weiß, wer alles aus Olgas Freundes- und Bekanntenkreis das bereits gelesen hat. Da dachte ich, besser sie erfährt es von mir als von einer wohlmeinenden Freundin. Was zappelst du so?«

»Ich hab kalte Füße.«

Waldemar warf einen Blick auf meine Hush-Puppies. »Kein Wunder, in den alten Galoschen. Du siehst überhaupt reichlich verwahrlost aus. Bist du jetzt auch noch obdachlos? Hat man dir die Wohnung gekündigt?«

»Witzbold.« Ich streute ein bißchen mehr Zucker ein. »Ich hab 'nen Auftrag angenommen und könnte gut 'n paar Informationen gebrauchen. Sozusagen als kleine Wiedergutmachung für deine Petzerei.«

»Einen Auftrag?« Waldemar machte ein total übertrieben erfreutes Gesicht, als hätte ich gerade verkündet, ab morgen im Vorstand von Trinkaus & Burckhardt zu jobben. Dann guckte er wieder normal. »Steht der Auftrag möglicherweise in Zusammenhang mit dem Besuch deiner Ex-Frau?«

Ich blickte mich nach allen Seiten um. »Werde ich überwacht?«

Waldemar klopfte auf seine Jackentasche. »Die Segnungen moderner Telekommunikation. Kurz bevor du kamst, rief mich deine Mutter auf dem Handy an. Sie hat für heute abend, einundzwanzig Uhr, den Familienrat einberufen. Dein Bruder kommt auch. Das sollte ich dir ausrichten.«

»Das ist ein neuer Rekord«, sagte ich. »Was ist nun? Hilfst du mir?«

»Das hängt davon ab, was du willst.«

»Nur den aktuellen Ermittlungsstand in zwei Fällen. Ich könnte mir 'ne Menge Lauferei und Zeit sparen, wenn ich wüßte, was die Bullen bisher rausgekriegt haben.«

»Nur zwei Fälle«, sagte Waldemar und zog die Mundwinkel runter. »Und natürlich bis heute abend, nicht wahr? Darf es vielleicht auch noch ein Autogramm des Herrn Polizeipräsidenten sein?«

»Nun stell dich nicht so an«, sagte ich und leerte meinen Cup. »Bei deinen Verbindungen ist das doch 'ne Sache von fünf Minuten. Fall eins: Ein Flugzeugabsturz vom April dieses Jahres über der Nordsee bei Baltrum, bei dem ein gewisser Dr. med. Clemens Schallmich und die Pflegerin seines Schwiegervaters, eine gewisse Rosa Quist, beide aus Düsseldorf, ums Leben kamen. Fall zwei: Der Brand –«

»Rosa Quist«, murmelte Waldemar. »Ich hab damals alles gelesen, was über den Fall in der Zeitung stand, aber der Name sagte mir nichts. Jetzt aber, wo du ihn erwähnst ... Sie war die Schwester deiner Frau, nicht wahr?«

»Du müßtest sie eigentlich bei unserer Hochzeit kennengelernt haben. Sie sah Verena sehr ähnlich, wenn sie auch zwei Jahre älter war und brünett statt blond. Kann ich weitermachen?«

Er nickte, und ich berichtete von dem ausgebrannten Wohnanhänger mit den zwei verkohlten Leichen.

»Die Fortuna trägt Trauer«, sagte Waldemar. »Heiko Tänzer.«

»Plus eine unbekannte Frau.«

Waldemar machte ein konzentriertes Gesicht. »Gehe ich recht in der Annahme, daß du zwischen den beiden Fällen einen Zusammenhang vermutest?«

Ich stopfte die Hände in die Jackentaschen und setzte mich langsam und im Rückwärtsgang in Bewegung. »Danke für den Kaffee.

Ach so, was ich dich noch fragen wollte: Du hast nicht zufällig Vaters Wagen irgendwo in der Stadt gesehen?«

»Wurde er gestohlen?«

»Nein, nein«, rief ich. »Ich weiß nur nicht mehr, wo ich ihn abgestellt hab. Aber sag Olga nichts davon, sonst kriegt sie gleich wieder 'nen Anfall. Ciao.«

»Bis heute abend«, las ich von Waldemars Lippen ab, während er verständnislos den Kopf schüttelte und nach seinem Handy griff.

Das *Dulcibella* in der Ratinger Straße war das einzige italienische Restaurant der Stadt, das von einem Chinesen betrieben wurde: Deng-ho, den ich liebevoll Hop-sing nannte. Ungewöhnlich, aber normalerweise problemlos, denn um die Küche kümmerte sich Hop-sings Gattin Maria, eine waschechte Sizilianerin und eine wahre Zauberin am Herd. Pech war nur, daß Maria seit fast drei Monaten in Palermo war, um ihre kranke Mutter zu pflegen, und mit jedem weiteren Tag ihrer Abwesenheit gerieten die Dinge mehr und mehr außer Kontrolle. Erst vor zwei Tagen waren mir Glasnudeln mit Hühnerfleisch als Spaghetti Bolognese serviert worden.

Als ich um kurz vor halb fünf durch die Tür trat, war im *Dulcibella* ein Betrieb wie Mitternacht im Altenheim. Hop-sing saß in der Nische neben der Vitrine mit den Vorspeisen und spielte mit sich selbst Mah-Jong. Er war ein paar Zentimeter kürzer als ich, wog aber mindestens zwanzig Kilo mehr. Ansonsten sah er typisch chinesisch aus. Ich schätzte ihn auf Anfang fünfzig, hatte aber nie herausgefunden, ob ich damit richtig lag. Wenn es um sein Alter ging, war Hop-sing eine Diva.

»Hallo Shellock Holmes«, sagte er. »Wal Pizza gut?«

»Zu kalt«, sagte ich. »Außerdem gehören da weder Sojasoße noch Morcheln drauf. Kann ich deinen Wagen haben?«

Hop-Sing machte ein gekränktes Gesicht. »Viel Jahleszeiten à la Schanghai sind immel mit Molcheln. Kein Auto. Du hast letzte Fahlt noch nicht bezahlt.«

»Wieviel schulde ich dir denn?«

»Dleiundsechzig achtzig«, sagte er, ohne irgendwo nachzusehen.

»Für fünfunddreissig Kilometer?!«

»Zins und Zinseszins.«

»Das ist Wucher!«

»Ist Deng-ho Heilsalmee?«

»Okay, schreib's noch mal an«, sagte ich. »Ich hab keine Zeit zum Feilschen.«

Hop-sing grinste und zauberte den Schlüssel unter dem Tisch hervor. »Wagen steht in Littelstlaße. Fast vol deine Haustül.«

Der Wagen war ein viertüriger Toyota Corolla, Baujahr '80, mit 270.000 Kilometern auf dem Tacho. Da Hop-sing Japaner war und ihm japanische Produkte pauschal zuwider waren, behandelte er den Wagen schlecht. Entsprechend war der Zustand.

Trotzdem war ich dankbar, daß mir überhaupt jemand einen Wagen lieh. Sixt-Budget, Hertz und wie sie alle hießen wollten immer einen Führerschein sehen, und damit konnte ich seit dem 14. Juli und für die nächsten zwölf Monate nicht dienen.

Es war ein lauer Sommerabend gewesen, an dem ich mich mit meinem Käfer-Cabrio von der Oberkasseler Brücke kommend beim Abbiegen in die Fritz-Röber-Straße überschlagen hatte und beim Arbeitsamt auf dem Parkplatz gelandet war. Die Blutprobe hatte 1,8 Promille ergeben. Bis vor zehn Tagen war ich dann noch mit dem S-Klasse-Benz meines verstorbenen Vaters herumgekurvt, den Olga behalten hatte, obwohl sie selbst nicht fahren konnte. Aber das war der, von dem ich nicht mehr wußte, wo ich ihn geparkt hatte. Seitdem fuhr ich Mofa.

V

Ich betrat das *Zum Toni* vom Parkplatz her. Direkt neben der Tür bollerte ein gewaltiger Kohleherd, auf dem sich mindestens zehn Wasserkessel drängten. Es war zwar Montag, aber das sah verdammt nach Badetag aus.

Die Front zum Rhein war durchgehend verglast, davor war eine Terrasse angelegt, die im Sommer bewirtschaftet wurde. Auf der anderen Flußseite sah man die Türmchen von Zons und die Fähre, die am Anleger dümpelte.

Der einzige Gast außer mir war ein älterer Mann in Parka und Lederhut. Er lehnte an der Theke, und ich stellte mich dazu. Erst als es jaulte, bemerkte ich, daß da auch noch ein kleiner schwarzer Hund war.

»Dat war der Hund«, sagte die Wirtin. Sie hatte die sechzig hinter sich, Übergewicht, unzählige Warzen am Hals und keinerlei Illusionen mehr. Ihre Stimme und die Art zu sprechen erinnerte mich an Tanja Schanzara. »Wat darf et sein?«

Ich lechzte nach einem Alt und bestellte ein Kännchen Kaffee. »Tut mir leid. War keine Absicht.«

»Der Hund is 'n Maso«, sagte die Wirtin, während sie mir servierte. »'n Perverser. Legt sich immer so hin, dat man ihn quasi treten muß. Der braucht dat. Noch mal datselbe, Peter?«

Der Kopf mit dem Hut Modell Mielke nickte, und Peter bekam ein Alt und einen Apfelkorn und zwei Striche auf den Deckel.

»Hat sich schon mal einer totgerührt«, sagte die Wirtin, lächelte mich an und gähnte dann. Soweit ich sehen konnte, waren sämtliche Backenzähne goldüberkront. »Sie hätten auch lieber 'n Bier, stimmt et?«

»Ich muß noch fahren.«

»Vernünftig. Warten Sie auf die Fähre?«

»Ich bin wegen dem Brand hier.«

Peter rückte ein Stück ab, und die Wirtin zog die Brauen hoch.

»Sie sehen aber nich aus wie einer von der Presse«, sagte sie. »Und 'n Fan sind Sie auch nich.«

»Was für 'n Fan?«

»Fortuna. Die kommen doch jeden Tag mit Blumen und zünden Kerzen an. Ständig liegt die ganze Einfahrt voll, und die Lore hat die Arbeit und muß dat Zeug wegräumen.«

»Genau«, sagte Peter.

»Ich bin Privatdetektiv«, sagte ich, was Peter veranlaßte, noch ein Stück weiterzurücken.

»Wie Matula?« fragte die Wirtin.

»Matula?«

»Kennen Sie nich *Fall für zwei*? Guck ich immer. Mit dem Hunold und früher mit dem Strack. Aber der hat ja jetzt 'nen Schlaganfall. Zuviel Cholesterin.«

»Ich bin wegen der Frau hier, die man zusammen mit Heiko Tänzer gefunden hat«, sagte ich. »Kannten Sie sie?«

»Warum wollen Sie dat wissen?«

»Mein Klient befürchtet, es könnte sich um seine Schwester handeln, die seit einiger Zeit spurlos verschwunden ist. In der Zeitung stand nämlich, die Frau habe an jedem Fuß nur vier Zehen gehabt. Und das trifft auf seine Schwester zu.«

Die Wirtin beugte sich etwas vor und dämpfte die Stimme. »Hier kennt jeder jeden, wissen Sie? Die Kolonie hier, dat is wie 'n Dorf. Man kennt sich, man redet miteinander, man hilft sich gegenseitig. Aber die Frau, die beim Heiko im Wagen war, die kannte keiner. Schon seltsam, wo die auf einmal hergekommen sein soll.«

»Genau«, sagte Peter.

»Aber *er* war hier gut bekannt?« fragte ich.

»Der Heiko? Natürlich. Allein schon die Kinder. Die sind immer hin und wollten mit ihm Fußball spielen. Noch mal datselbe, Peter?«

Er nickte, sie zapfte und sagte: »Obwohl er ja 'n paar Jahre weg war, der Heiko. Waren bestimmt drei Jahre, oder?«

Peter nickte.

»Was heißt weg?« fragte ich.

»Damals, als er gerade Invalide geworden war, da is er hierhergezogen«, sagte die Wirtin, bediente Peter und machte die Striche. »'91 im Sommer war dat. Mit Geld konnte er ja nich umgehen, der Heiko. Von dem, wat er mit Fußball verdient hatte, war kein Pfennig übriggeblieben. Dann war er so zwei Jahre hier, und dann is er wieder weg. Nach Ratingen. Da hatte er 'ne Frau kennengelernt. 'n bißchen stämmig, aber ganz nett. Ich hab sie 'n paar Mal zusammen gesehen.«

»Er hat also drei Jahre in Ratingen gewohnt, und ist in diesem Jahr zurückgekommen? Hab ich das richtig verstanden?«

Sie nickte. »Absolut. Ende Juli, oder Anfang August, da war er auf einmal wieder da. Ich war ganz baff.«

»Mit der Frau aus Ratingen?«

»Nee, nee, so weit ich weiß, allein.« Sie nahm einen Lappen zur Hand und wischte über die Spüle.

»Könnte die Frau, die verbrannt ist, die Frau aus Ratingen gewesen sein?«

»Nee, die war nach dem Unglück noch mal da. Sie hat auch Blumen gebracht. Die Lore hat sie gesehen.«

»Wissen Sie zufällig, wie sie heißt?«

»Die aus Ratingen?«

»Ja.«

Sie verzog den Mund. »Keine Ahnung.«

Ich trank meinen Kaffee aus. Zu stark war er sowieso gewesen, jetzt war er auch noch kalt und schmeckte nach Lakritz.

»Meinen Sie, ich könnte mir den ausgebrannten Anhänger mal ansehen?« fragte ich.

»Den hat die Kripo mit 'nem Tieflader weggeschafft. Wegen der Spuren.«

»Und die Stelle, wo er gestanden hat?«

»Da müssen Sie schon die Lore fragen.«

»Und wo find ich sie, diese Lore? Wie heißt sie eigentlich mit Nachnamen?«

»Krampenkötter.« Dann beschrieb sie mir den Weg, ich zahlte und ging.

Ich war schon halb durch die Tür, als sie mir nachrief: »Seien Sie vorsichtig, die Lore hat 'nen scharfen Hund!«

»Genau«, sagte Peter.

Bereits auf der Fahrt von Urdenbach hierher hatte ich die Landschaft als eigenartig empfunden. Grasland mit Gruppen alter hochaufgeschossener Pappeln und kurzgebliebener Weiden, die ihre kahlen Äste wie Gichtfinger in den Himmel reckten. Mit einem bißchen Phantasie konnte einem das durchaus unheimlich vorkommen. Das war vor einer halben Stunde gewesen. Inzwischen war es so finster, daß ich meine Armbanduhr nur noch mit Mühe ablesen konnte. Jetzt wirkte die Gegend sogar bedrohlich.

Immer die Straße entlang, nach hundert Metern hinter dem *Haus Ausleger* rechts ab, hatte die Wirtin gesagt. Ich zählte meine Schritte. Bei siebzig kam ich aus dem Takt, fing noch einmal an, verzählte mich erneut und ließ es bleiben. Aber da hatte ich auch schon die auf Stelzen stehende Baubude erreicht, an der der Weg abzweigte.

Links und rechts der Fahrspur türmten sich Sträuße, Gebinde und Kränze zu künftigen Kompostbergen und verdeckten beinahe den Pfosten mit den beiden kleinen Schildern »Privatweg« und »Achtung bissiger Hund«. Fünf Meter weiter befand sich eine Schranke, und die stand offen. Im Hintergrund zeichneten sich die Umrisse zweier Wohnanhänger und eines kleinen Schuppens ab. In keiner der Behausungen brannte Licht.

Und nun? Bedeutete die hochgeklappte Schranke, daß man das Terrain betreten durfte, oder riskierte man damit einen Wadenbiß aus dem Hinterhalt? Ich ärgerte mich, daß ich vergessen hatte zu fragen, welcher Rasse der Hund angehörte. Ich hatte nämlich lange nicht vor allen Angst. Eigentlich nur vor Dobermännern.

Nachdem ich dreimal vergeblich »Hallo!« gerufen hatte, ging ich auf die Wohnanhänger zu. Alles blieb ruhig und friedlich. Kein Hund, soweit das Auge in der Dunkelheit reichte. Na also.

Dann war da auf einmal diese Astgabel oder Wurzel oder was auch immer, jedenfalls schlug ich der Länge nach hin. Weh tat es nicht, denn der Boden war feucht und damit weich, aber ich war dreckig wie ein Schwein.

Ich rappelte mich wieder auf, fluchte, und in dem Augenblick sah ich ihn auf mich zurasen. Er war so schnell, daß seine Pfoten den Boden nicht zu berühren schienen. Er flog förmlich. Und natürlich war er ein Dobermann.

Meine einzige Chance bestand darin, ihm in dem Moment, in dem er mich ansprang, einen satten Fußtritt zu verpassen. Ich konzentrierte mich. Noch sechs Meter, noch vier, noch zwei – der Hund sprang, und ich trat zu.

Für mich sah es aus, als sei der Dobermann vor eine Glasscheibe gesprungen, denn er wurde wenige Zentimeter vor meinem Schuh abrupt in der Luft gebremst und stürzte zu Boden. Da ich schwungvoll ins Leere trat, landete auch ich wieder im Dreck.

So saßen wir uns denn Angesicht zu Angesicht gegenüber. Das heißt, ich saß, und der Dobermann tobte keinen halben Meter vor meinen Füßen herum und wollte mich zerfleischen. Nur war die Kette zu kurz. So ging das vielleicht zehn Sekunden, dann blendete mich der Strahl einer Stablampe. Ich schirmte die Augen mit der Hand ab.

»Still, Luzifer«, rief eine Kinderstimme, und schlagartig verstummte der Köter. Schwanzwedelnd und lobheischend drängte er sich an die kleine Person mit der Lampe.

»Wer bist du?«

»Ich heiß Johannes«, sagte ich. »Ich wollte Frau Krampenkötter sprechen.«

»Das ist meine Oma«, sagte das Kind.

Inzwischen war ich mir sicher, daß es sich bei dem Kind um ein Mädchen handelte. Vielleicht sechs Jahre alt. Der Hund machte auf Lämmchen.

»Bist du hingefallen?« fragte sie.

»Ja, und dann kam auf einmal der Hund.«

Ich stand auf und klopfte meine Hosenbeine ab, was unsinnig war, da der Dreck feucht war.

»Meinst du, deine Oma hätte einen Moment Zeit für mich?«

»Meine Oma ist krank«, sagte die Kleine, deren Gesicht für einen Moment am Rand des Lichtkegels auftauchte. Sie trug einen Anorak; die Kapuze hatte sie aufgesetzt. Links und rechts ihres Halses schauten die Enden zweier blonder Zöpfe heraus.

»Zu krank, um sie kurz zu sprechen?«

»Meine Mama hat auch Grippe, aber sie ist arbeiten. Und Justus hat schreckliches Bauchweh. Wir sind alle krank.«

»Wer ist Justus?«

»Mein Panda.« Erst als sie es sagte, sah ich, daß sie einen Plüsch-Panda vom Kaliber Schießbuden-Hauptgewinn unter dem linken Arm trug. Das Vieh sah wirklich krank aus.

»Verschwinden Sie!« rief plötzlich eine kraftlose, krächzende Stimme aus Richtung der Wohnanhänger.

»Frau Krampenkötter?« rief ich zurück. »Ich bin wegen Heiko –«

»Wer immer Sie sind, verschwinden Sie!« krächzte die Stimme. »Sonst laß ich den Hund von der –« Der Rest ging in einem üblen Hustenanfall unter. Aber ich hatte auch so verstanden.

»Tschüß«, sagte ich zu der Kleinen. »Sagst du mir noch, wie du heißt?«

»Lenchen«, sagte sie.

»Tschüß, Lenchen.«

»Tschö«, sagte sie. »Kommst du wieder?«

»Sind Sie noch nicht weg?« schallte es durch die Dunkelheit.

»Wenn ihr wieder gesund seid«, sagte ich und trollte mich.

VI

Mochte mein Vater auch nicht viel getaugt haben, zumindest einmal in seinem Leben hatte er etwas Lobenswertes getan: 1965, als er das Haus am Kaiser-Wilhelm-Ring in Oberkassel gekauft hatte. Dreistöckig, sonnengelb, mit cremeweiß abgesetzten Fensterstürzen und -laibungen und einer reich mit Schnitzereien verzierten Haustür aus Eiche.

Olga lebte nach wie vor dort, und meinem Bruder Markus und mir standen unsere ehemaligen Kinderzimmer unter dem Dach zur Verfügung. Meins lag vorne raus, mit Blick auf die Altstadt. Ein Panorama, das mich als Pubertierenden in schlaflosen Nächten zu Träumereien von Frauen, Alkohol und anderer Kurzweil inspiriert hatte.

Die Tür wurde mir von Waldemar geöffnet. Er trug ein weißes Hemd mit schwarzer Fliege, eine weinrote Samtweste und eine dunkle Hose mit Aufschlägen. Seine Schuhe waren dermaßen poliert, daß mich das sich in ihnen spiegelnde Dielenlicht blendete.

»Zählt der Hoffmannsche Familienrat inzwischen zu den gesellschaftlichen Ereignissen dieser Stadt?« fragte ich.

»Du bist exakt siebenundzwanzig Minuten zu spät«, sagte er mit Blick auf seine Taschenuhr. »Deine Mutter ist bereits leicht verstimmt.«

»So ist sie mir am liebsten. Dann faßt sie sich wenigstens kurz.«

»Schuhe aus!« rief Olga aus dem Wohnzimmer, ohne mich gesehen zu haben.

Ich tat ihr den Gefallen und stellte die schlammverkrusteten Hush Puppies neben den Schirmständer. Aus dem rechten Socken lugte der dicke Zeh hervor. Waldemar ging voran und benahm sich, als müsse er mir den Weg zeigen. Und immerhin – Surprise – Olga hatte die Möbel umgestellt.

Die Stoff- und die Ledersitzgruppe hatten die Plätze getauscht, ebenso die dazugehörigen Tische und Beistelltische. Die Anrichte stand jetzt da, wo früher der Schrank gestanden hatte, und umgekehrt. Ebenso hatten der Fernsehschrank und die Standuhr Bäumchen-wechsel-dich gespielt. Die beiden Teppiche waren um neunzig Grad gedreht worden, denn die Fransen wiesen nun zu den Seiten. Lediglich Vaters Porträt in Öl, auf dem er aussah wie Curd Jürgens als General Harras, hing unangetastet an seinem Platz über dem Kamin.

Olga trug Tracht. Eine weiße Bluse mit Rüschenkragen, eine geblümte, überwiegend rote Samtjacke in Spenzerform und einen nachtblauen Rock mit Stickereien und Satinbändern. Die Schuhe waren flach und sahen nach einer Empfehlung ihres Orthopäden aus. Da wir uns bereits mittags gesehen hatten, winkte ich ihr lediglich zu.

Einen Sessel weiter saß mein Bruder Markus. Er war genau zwei Zentimeter größer als ich, acht Jahre älter und inzwischen grau. Anzug, Rolli und Schuhe waren selbstverständlich schwarz. Ihm war zwar Großvater Giovannis Zinken erspart geblieben, aber dafür hatte er die Nase von Großvater Markus-Wilhelm geerbt. Eine verwachsene, großporige Kartoffel, die seinem ansonsten schlanken und feingliedrigen Erscheinungsbild Hohn spottete. Auch ohne das Ding wäre aus ihm kein Frauenheld geworden, aber zu einer Vorstadtfriseuse hätte es allemal gereicht. So jedoch hatte er sich zum Priester berufen gefühlt und litt ständig unter einem übersäuerten Magen. Ich umarmte ihn.

»Hallo, Bruderherz. Was macht die Kollekte?«

Auch Markus umarmte mich, zumindest so gut es seine Abneigung gegen körperliche Berührung zuließ.

»Hm – schön, dich zu sehen, Bruder Gino.«

»Nenn wenigstens du mich Johannes.«

»Hm, nun gut, wenn du –«

»Schämst du dich wieder einmal deiner italienischen Herkunft?« fragte Olga dazwischen.

»Seit wann liegen die Karawanken in Italien?« fragte ich.

Ansatzlos war sie auf hundertachtzig. »Und wenn du es hundertmal bestreitest, mein Vater war ein italienischer Staatsangehöriger, den lediglich gewisse Umstände –«

»Gewisse Umstände! Anno '29 wurde er wegen Landstreicherei und Hühnerdiebstahl des Landes verwiesen. Dabei haben sie ihm auch den Paß abgenommen. Dann war er ein paar Jahre staatenlos und wurde erst nachdem er diese Ferlacher Magd geschwängert hatte, die wir noch als Oma Katrinchen kennengelernt haben –«

»Wer behauptet so etwas?« zischte sie. »Mein Vater war ein armer aber ehrenwerter Wanderarbeiter –«

»– aus dem Friaul, dem wegen Landstreicherei und Hühnerdiebstahl et cetera wie eben«, ergänzte ich. »Der Alte, er da«, – ich zeigte auf den Ölschinken – »er hat mir das mal erzählt. Hat er dich nicht ab und zu, wenn's ihn überkam, als ›mein Edelweiß, das ich am Loibl-Paß pflückte‹ bezeichnet? Markus, daran erinnerst du dich doch bestimmt auch noch?«

»Hm, ich weiß nicht ... «

Olgas Augen waren auf die doppelte Größe geweitet.

»Was haltet ihr davon, wenn ich uns allen erst einmal etwas zu trinken besorge?« ging Waldemar dazwischen. »Olga, meine Liebe, was darf es sein? Ein Port? Ein Sherry? Ein Amaretto?«

»Ein doppelter Scotch.«

»Marco?«

»Ein Sherry.«

Waldemar machte sich an der Anrichte zu schaffen.

»Werde ich nicht gefragt?« fragte ich.

»Dir hole ich gleich eine Dose Bier«, sagte er.

Wir verteilten uns auf der Ledersitzgruppe und beschäftigten uns mit unseren Getränken. Ich hatte eine Dose Tuborg Weihnachtsbier bekommen, auf der der ›Durstige Mann‹ durch einen durstigen Nikolaus ersetzt worden war. Das Bier schmeckte zum Fürchten, aber die Dose war hübsch.

Nach ihrem zweiten doppelten Scotch war Olga in der Lage, die Sitzung zu eröffnen. Sie berichtete, daß sie unmittelbar nach ihrem Überraschungsbesuch bei mir ihren Anwalt aufgesucht hatte. Das Ergebnis dieser Konsultation war, daß Olga mit sofortiger Wirkung die Geschäftsführung der Detektei Hoffmann übernommen und als erste Amtshandlung die von mir vorgenommene Kündigung des Mietvertrages rückgängig gemacht hatte. Des weiteren wollte sie sich bis Ende des Jahres überlegen, ob sie einen versierten Detektiv als Geschäftsführer einstellen oder ob sie – ich traute meinen Ohren kaum – selbst aktiv die Leitung des Unternehmens übernehmen würde.

Es war, wie ich es erwartet hatte.

Von Familienrat im eigentlichen Sinne konnte keine Rede sein. Wir waren lediglich das Gremium, dem die Große Vorsitzende ihre Beschlüsse mitteilte.

»Der Sinn dieser Maßnahmen ist, Düsseldorfs älteste und renommierteste Detektei, das Lebenswerk eures Vaters, meines Mannes, am Leben zu erhalten. Wir haben einen Ruf zu verteidigen. Ein Ruf, der in den letzten drei Jahren schwer gelitten hat, aber zu dessen Wiederherstellung ich alle mir zur Verfügung stehenden Kräfte und Finanzmittel einsetzen werde.«

Markus wurde kreidebleich. Das hörte sich ganz so an, als würde er noch ein Weilchen länger auf sein neues Kirchendach warten müssen.

»Du hast was vergessen«, sagte ich.

»Wie?« fragte Olga irritiert. »Was meinst du?«

»Du hast zum ersten Mal nicht erwähnt, daß der Alte als Bulle um Haaresbreite den Fall Nitribitt aufgeklärt und damit den Grundstein für seine Legende als Detektiv gelegt hat.«

»Natürlich. Aber das wißt ihr doch alle.« Sie sah mich aus zusammengekniffenen Augen an. »Oder sollte das schon wieder eine Spitze sein?«

»Bewahre. Ist noch Bier da?«

»Im Kühlschrank«, sagte Waldemar und machte Anstalten, aufzustehen.

»Bleib sitzen. Falls Olga die Küche nicht in den Keller verlegt hat, find ich's.«

Als ich zurückkam, tätschelte Olga gerade Markus' Knie. »Keine Sorge, mein Sohn. Meine Zusagen der Diözese gegenüber werde ich selbstverständlich einhalten.«

»Mal ganz was anderes«, sagte ich, riß die Dose auf und mußte blitzschnell abtrinken, bevor es eine Sauerei gab. »Erzähl mir doch mal 'n bißchen was über die Epps, Olga. Gesellschaftsklatsch ist doch dein Ressort.«

»Sprichst du von Professor Ludolf Epp und seiner Tochter? Wieso interessierst du dich für sie?«

Ich erzählte ihr, daß ich einen Fall übernommen hätte, in dem die Epps unter Umständen eine Rolle spielten. Wer mein Auftraggeber war und worum es eigentlich ging, ließ ich außen vor.

»Frau Doktor Schallmich-Epp besucht allsonntäglich den Gottesdienst«, sagte Markus. »Und ich nehme ihr regelmäßig die Beichte ab.«

»Das ist ja interessant«, sagte ich. »Was beichtet sie denn so?«

»Du bist ein Hornochse«, sagte Olga. »Mir ist es gar nicht recht, daß du im Umfeld der Epps herumschnüffeln willst. Das ist beste Gesellschaft, mein Sohn. Außerdem war der Herr Professor deinem Vater immer sehr zugetan, seit sie im Krieg gemeinsam bei der Wehrmacht waren.«

»Seit wann hat denn die Wehrmacht schwarze Uniformen getragen?« fragte ich.

»Wie meinst du das?« fragte Markus.

»Unser Alter war bei der SS, nicht bei der Wehrmacht.«

»Er war Verbindungsoffizier«, sagte Olga. »Nicht mehr und nicht weniger.«

»Und der alte Epp war also auch dabei«, sagte ich. »Sehr aufschlußreich. Im übrigen ist es so, Olga, je mehr *du* mir erzählst, desto weniger muß ich Epp und seine Tochter belästigen.«

»War Vater wirklich bei der SS?« fragte Markus mit gequältem Gesicht.

»Du bist vielleicht ein naiver Pinsel«, sagte ich. »Du kennst doch die alten Fotos. Dachtest du, der Alte hätte sich die Uniform beim Kohleschaufeln schwarz gemacht?«

»Auch bei der SS gab es solche und solche«, sagte Olga. »Und jetzt Schluß damit. Waldemar, schenk mir bitte noch einmal nach.«

Für Markus war der Abend gelaufen. Für Olga, wenn sie so weitersoff, beizeiten auch. Also spornte ich sie noch einmal an, zu erzählen. Und sie plauderte.

Professor Dr. med. Ludolf Epp, der mittlerweile weit über achtzig sein mußte, hatte Anfang der Fünfziger Jahre in den Gemäuern von Schloß Elbroich Deutschlands erste Klinik für kosmetische Chirurgie eröffnet. Was zunächst gewagt schien, erwies sich schnell als Goldgrube. Erstens eilte dem Professor der Ruf eines Genies auf seinem Gebiet voraus, was Patienten selbst aus dem fernsten Ausland anzog. Zweitens bescherte die Freßwelle des deutschen Wirtschaftswunders so mancher Konzernchefgemahlin unerwünschte Fettpölsterchen, die der Herr Professor gekonnt und diskret entfernte.

Privat hingegen lief es weniger gut. 1958 kamen die Ehefrau und der fünfjährige Sohn des Professors bei einem Autounfall ums Leben. Epp blieb mit der damals dreijährigen Tochter Margot zurück, die er mit Hilfe von Haushälterinnen und Kinderfrauen allein großzog. Margot war ein musisch überaus begabtes Kind, gab ihre vielversprechende Laufbahn als Pianistin jedoch auf Drängen des Vaters auf und studierte Medizin.

1985 heiratete Margot ihren ehemaligen Studienkollegen Clemens Schallmich. Innerhalb von nur drei Jahren gelang es dem jungen Arzt, sich einen Ruf zu erwerben, der dem seines Schwiegervaters in nichts nachstand. Konsequenterweise übernahm Schallmich 1989 die Leitung der Klinik, die bereits in den späten siebziger Jahren durch einen Neubau beträchtlich erweitert worden war.

Margots und Clemens Ehe blieb kinderlos. Übler Tratsch, auf den Olga aber nicht näher eingehen wollte, besagte zudem, die Ehe sei auch nicht glücklich gewesen. Wie auch immer, Anfang dieses Jahres war Clemens bei dem Absturz seines Privatflugzeugs über der Nordsee ums Leben gekommen, und Margot war gezwungen gewesen, die Leitung der Klinik selbst zu übernehmen.

»War Epp nicht derjenige, der dem Alten damals geraten hat, von Frankfurt nach Düsseldorf zu kommen, wenn er sich schon als Detektiv selbständig machen wollte?« fragte ich.

»Jawohl«, pustete Olga und kippte sich den Rest, den sie noch im Glas hatte, hinter die Binde. Ihr Blick war inzwischen unstet, sie hatte rote Flecken im Gesicht, und ihre Frisur war in Auflösung begriffen. Waldemar und Markus betrachteten sie mit zunehmender Besorgnis.

»Professor Epp war es, der deinem Vater die notwendigen gesellschaftlichen Kontakte vermittelt hat«, lallte sie. »Ihm haben wir unseren gelungen Einstieg in dieser Stadt zu verdanken. Hicks!«

Entsetzt hielt Olga die Hand vor den Mund. Kaum hatte sie sie wieder weggenommen, kam der zweite Hickser. Um ihr die Peinlichkeit zu ersparen, vor unser aller Augen aus dem Sessel zu kippen, schafften Waldemar und mein Bruder sie ins Bett. Sie schnarchte bereits, als sie sie die Treppe hinaufbugsierten. Ich nutzte die Gelegenheit und bediente mich mit Cognac.

Kaum hatte ich meinen Magen angewärmt, waren die beiden wieder da. Markus verabschiedete sich mit dem Hinweis, er habe am nächsten Tag zwei Beerdigungen und müsse sich noch vorbereiten. Ich brachte ihn zur Tür. Er war tatsächlich mit dem Fahrrad gekommen.

»Gibt's eigentlich 'nen Schutzheiligen für Radfahrer?« fragte ich ihn, während er seine Hosenbeine zusammenklammerte.

»Ich denke, diese Aufgabe übernimmt Sankt Christophorus mit«, sagte er und stieg auf. »Definitiv ist jedoch, daß es keinen Schutzheiligen für Alkoholiker gibt. Ich werde für unsere Mutter beten.«

»Und für mich?«

»Du mußt schon selbst auf dich achten, mein Bruder. Mach's gut.«

Er war schon außer Hörweite, als ich ihm nachbrüllte: »Für die Alte betest du doch nur, weil sie dir dein Scheißkirchendach finanziert!«

»Guten Abend, Herr Hoffmann«, sagten Herr und Frau Herzog, der stellvertretende Bürgermeister und seine Gattin, die nebenan wohnten und gerade nach Hause kamen.

»Sie mich auch«, sagte ich und ging wieder rein.

VII

Das Telefon klingelte und klingelte und klingelte ...

Ich sperrte die Augen auf und hätte fast geschrien: Der Alte starrte mich an. Es dauert einen Moment, bis ich kapierte, daß ich im Wohnzimmer auf dem Sofa lag und der Alte nur von seinem Ölbild heruntersah.

Auf Puddingbeinchen, mit einem Stahlhelm Größe S auf dem Schädel und einem Filzkissen im Mund wankte ich in den Flur, hob ab und krächzte in die Muschel.

»Neun Uhr, zwei Minuten und fünfzehn Sekunden«, plärrte Waldemar in mein linkes Ohr. »Ich sollte dich wecken, weil du zeitig an die Arbeit wolltest. Dir geht es hundsmiserabel, habe ich recht?«

Ich setzte mich sicherheitshalber auf den Schuhschrank. »Woher weißt du das?«

»Ich bin derjenige, der dich gestern abend davor gewarnt hat, nach dem Cognac und dem Calvados auch noch den Bourbon zu versuchen. Erinnerst du dich?«

»Ich kann mich an überhaupt nichts erinnern«, sagte ich. »Doch – mein Bruder wollte nicht für mich beten.«

»Ist das alles?«

»Was denn noch?«

»Ich habe dir zwei Stunden lang in aller Ausführlichkeit berichtet, was meine ehemaligen Kollegen bis dato in den Fällen Schallmich und Tänzer ermittelt haben.« Waldemars Stimme hatte einen leicht beleidigten Unterton angenommen. »Sag bloß, du weißt davon nichts mehr?«

»Doch, doch«, sagte ich schnell. »Jetzt, wo du's sagst, da dämmert's mir.«

»Für alle Fälle hast du ja noch deine Notizen.«

»Notizen?«

»Du hast dir Daten, Namen, Anschriften, Zeugenaussagen und so weiter aufgeschrieben. Auf mehrere Bogen von Olgas Briefpapier. Als ich ging, lagen sie auf dem Tisch.«

»Ich seh gleich mal nach. Sollte ich 'ne Rückfrage haben, kann ich dich doch anrufen?«

»Selbstverständlich. Wie geht es deiner Mutter?«

»Entweder haben wir 'nen Handwerker mit 'nem Preßlufthammer im Haus, oder sie schnarcht noch.«

»Grüße sie bitte lieb und richte ihr aus, daß ich so gegen 15 Uhr vorbeischauen werde.«

»Mach ich.«

Die Villa Epp lag nicht irgendwo an der Benrather Schloßallee, nein, sie lag *genau* gegenüber des Schlosses, Ecke Erich-Müller-Straße. Das Haus war nach wie vor imponierend und schien gut in Schuß, der Garten hingegen schrie nach Sense und Unkraut-Ex. Im hinteren Teil des Grundstücks hingen noch Äpfel an den Bäumen.

Es war kurz vor elf, als ich zwar in der Unterwäsche vom Vortag, aber frisch geduscht und rasiert, mit vier Espresso und zwei Aspirin im Bauch sowie vier Bögen unleserlich bekritzeltem rosa Briefpapier in der Jackentasche die Klingel betätigte. Eine halbe Minute später tat ich das noch einmal, und dann vergingen noch einmal knapp zwanzig Sekunden, bis sich endlich jemand erbarmte.

Die junge Frau, die öffnete, war von oben bis unten in Weiß gekleidet und hätte mühelos über mich hinwegspucken können. Das hatte nichts mit irgendwelchem Schuhwerk zu tun, sie war einfach so groß.

Außerdem hatte sie sich, als sie vor der Wahl gestanden hatte, Filmstar oder Krankenschwester zu werden, für Krankenschwester entschieden. Vielleicht war sie ja sehr bodenständig. Auf jeden Fall sah sie phantastisch aus, nicht zuletzt wegen eines sehr erotischen Leberflecks oberhalb des linken Mundwinkels.

Ich lächelte mein schönstes Lächeln. Sie musterte mich einmal von der Pudelmütze bis zu den Hush-Puppies und retour und rümpfte die Nase.

»Haben Sie das Schild nicht gelesen?« fragte sie.

»Welches Schild?«

»Betteln und Hausieren verboten.«

»Doch. Aber das andere ist weg.«

»Welches andere?«

»Vorsicht bissige Krankenschwester.«

Beautys Gesichtsausdruck nach zu urteilen funkten wir in Sachen Humor auf verschiedenen Frequenzen.

»Was ist ihre Masche? Zeitschriftenabos? Weihnachtskarten? Bo-Frost?«

Sie war zu hart, als daß ich bei ihr mit Sprüchen durchgekommen wäre. Also hielt ich ihr meine Lizenz unter die Nase und sagte: »Nehmen Sie das Ding mit und zeigen Sie's dem Professor. Dann wird er Zeit für mich haben.«

»Das glaube ich kaum. Der Herr Professor ist ruhebedürftig. Ich habe strengste Anweisung, niemand zu ihm zu lassen.«

»Wer hat die Anweisung erteilt?«

»Das geht Sie zwar nichts an, aber es war seine Tochter, die Frau Doktor. Holen Sie sich ihre Erlaubnis, und ich lasse Sie rein. Okay?«

»Wie wär's, wenn Sie mich kurz mit ihr telefonieren lassen?«

»Suchen Sie sich eine Telefonzelle.«

Die Tür war schon halb im Schloß, als in Beautys Rücken das Sirren eines Elektromotors ertönte. Dann quietschten Gummireifen auf Marmor und eine brüchige Stimme fragte: »Wer ist der Mann?«

»Hoffmann«, sagte ich und schob die Tür wieder auf. »Johannes Hoffmann, der Sohn von Adolf Hoffmann.«

»Kommen Sie herein.«

Ich streifte meine Füße ab und trat ein. Die Diele war nur sparsam beleuchtet, aber das Licht reichte trotzdem, um beim Anblick des alten Epp zu erschrecken.

Ich hatte ihn als großen, stämmigen Mann in Erinnerung. Die Länge hatte er noch immer, denn in seinem Rollstuhl hockte er arg zusammengefaltet, aber er war entsetzlich mager geworden. Da die Haut nicht mitgeschrumpft war, sondern schlaff runterhing, sah er aus, als habe man ihm die Luft rausgelassen. Der Schädel war kahl, und die Augen saßen tief in den Höhlen. Seine rechte Hand ruhte auf einer Konsole, die vor der Armlehne angeschraubt war und aus der eine Art Joystick ragte. Die andere lag in seinem Schoß. Von der Hüfte abwärts war er in eine karierte Decke gehüllt. Er trug einen blau-weiß-gestreiften Bademantel, der ihn wie das letzte noch lebende Gründungsmitglied von Juventus Turin aussehen ließ.

»Lassen Sie sich anschauen, junger Mann«, sagte er mit einer Stimme, deren Klang mich an ein Kazoo erinnerte, jene an einem

Ende mit Butterbrotpapier bespannte Pappröhre, wie ich sie vor dreißig Jahren in der Jugendmusikschule gebastelt hatte. »Machen Sie mehr Licht, Katinka.«

Katinka drehte am Dimmer, und Epp konnte mich begutachten. Das tat er ausgiebig und aus überraschend lebendigen Augen.

»Ich erkenne Sie wieder, junger Mann, obwohl ich Sie zuletzt als Kind gesehen habe. Folgen Sie mir.« Er zog den Joystick zurück, der Stuhl rollte rückwärts, dann drückte er das Hebelchen gleichzeitig nach vorn und zur Seite und das Gefährt schnurrte mit einem Rechtsschwenk davon. Ich hatte Mühe, sein Tempo zu halten.

Ein Stück ging es den Flur entlang, dann bogen wir rechts ab und standen vor einer Glaswand. Mit einem hydraulischen Zischen schob sich der untere Teil der Wand zur Seite und gab eine gläserne Kammer frei. Epp rollte hinein, und ich stellte mich dazu. Wir befanden uns in einer Art Schleuse, die so knapp bemessen war, daß ich beinahe zu ihm in den Stuhl klettern mußte. Die Tür hinter uns schloß sich, und ihre Dichtungsgummis preßten sich mit einem lauten Schmatzen an. Dann schob sich die Tür vor uns, die so beschlagen war, daß man nicht hindurchsehen konnte, auf, und wir standen mitten im Dschungel.

Feuchte, warme, modrige Luft nahm mir den Atem, und ich war auf der Stelle schweißgebadet. Epp lenkte seinen Mobilstuhl einen schmalen Pfad entlang zu einer Lichtung, auf der ein Rattantisch und zwei Sessel standen. Während er sich in Position rangierte, setzte ich mich hin und keuchte.

So unangenehm die Luft auch war, der Raum war so faszinierend wie das Tropenhaus eines botanischen Gartens. Komplett aus Glas, bestimmt acht mal vier Meter in der Grundfläche und mindestens sechs Meter hoch, vollgestopft mit tropischen Pflanzen aller Art, von denen einige Blätter so groß wie Bettlaken hatten. Er war nachträglich an die rechte Hausseite angebaut worden. Fehlte nur Papageien- und Affengeschrei vom Tonband, und die Illusion wäre perfekt gewesen.

»Es gibt Tage, an denen friere ich sogar hier«, sagte Epp. »Für Sie muß es die Hölle sein. Legen Sie wenigstens Ihre Jacke ab.«

Ich befreite mich aus dem feuchten Leder und nahm auch die Pudelmütze runter. Währenddessen musterte Epp mich mit ruhigem Blick.

»Ich habe seit dem Tod Ihres Vaters auf Ihren Besuch gewartet. Wie lange ist das jetzt her?«

»Im August waren es drei Jahre.« Ich war irritiert und machte keinen Hehl daraus. »Wie darf ich das verstehen, daß Sie auf mich gewartet haben?«

Er legte den Kopf ein wenig schräg, was ihn geradezu anmutig wirken ließ. »Haben Sie mir denn nichts mitgebracht?«

»Nein. Was hätten Sie denn gerne gehabt?«

Lange und eindringlich blickte er mir direkt in die Augen, während mir der Schweiß in Strömen runterlief und ich Angst hatte, mein Nikotinpflaster könnte weggeschwemmt werden.

»Erzählen Sie mir, warum Sie gekommen sind«, sagte er schließlich.

»Ich weiß nicht recht, wie ich beginnen soll, ohne vielleicht bereits verheilte Wunden wieder aufzureißen.«

»Also geht es um den Tod meines Schwiegersohnes. Die Wunde ist noch nicht verheilt. Sie können bedenkenlos erzählen.«

Ich ließ mir trotzdem Zeit und wählte meine Worte sorgfältig. »Als Ihr Schwiegersohn mit dem Flugzeug verunglückte, saß er nicht allein in der Maschine.«

»Das ist richtig. Schwester Rosa, eine meiner Pflegerinnen, war mit an Bord.«

»Es sind Hinweise aufgetaucht, aus denen man schließen könnte, daß Rosa Quist bei diesem Absturz – wobei ich ausdrücklich den hypothetischen Charakter betonen möchte – nicht ums Leben kam, sondern erst vor zwei Wochen bei einem anderen Unglücksfall verstarb.«

»Handelt es sich um Hirngespinste?«

»Nein, es ist mehr.«

»Macht es Ihnen etwas aus, mir Näheres zu erzählen?«

»Durchaus nicht.«

Ich berichtete ihm von den Leichenfunden in der Urdenbacher Kämpe und den besonderen körperlichen Merkmalen des weiblichen Opfers. Ferner erzählte ich, welche Beziehung vor Jahren zwischen Rosa Quist und Heiko Tänzer bestanden hatte. Den Namen meiner Auftraggeberin, die Tatsache, daß Rosa meine Schwägerin gewesen war, und die Geschichte mit dem mysteriösen Anruf verschwieg ich.

Wieder betrachtete Epp mich lange und gründlich. »Das ist nicht viel. Aber nehmen wir einmal an, daß Fräulein Quist den Absturz – aus welchen Gründen auch immer – überlebt hat, dann könnte das doch bedeuten, daß mein Schwiegersohn ihn ebenfalls überlebt hat. Sehe ich das richtig? War es das, worauf Sie hinauswollten?«

Ich nickte. »Bei aller Vorsicht – die Schlußfolgerung wäre zulässig.«

Epp atmete tief durch. Wie er soviel Waschküchenluft in der Lunge vertragen konnte, war mir schleierhaft. Ich atmete flach wie ein Goldhamster.

»Das deckt sich mit meiner Theorie«, sagte er. »Ich habe nie daran geglaubt, daß Clemens tot ist.«

Ich war platt. »Weil nie seine Leiche gefunden wurde?«

Epp lächelte, was ihn schwer entstellte. »Das war natürlich eine unerlässliche Voraussetzung. Nein, Sie müssen wissen, Clemens ist für mich mehr als ein Schwiegersohn. Er ist mir ein Sohn. Und ich glaube, daß auch ich ihm mehr bin als nur der Vater seiner Frau. Wir sind Männer vom gleichen Schlag, deshalb haben wir uns auch von Anfang an so prächtig verstanden. Und wenn man jemandem so nahe steht, dann spürt man, ob er tot ist oder lebt. Mein leiblicher Sohn wurde mir vor beinahe vierzig Jahren genommen. Das war ein völlig anderes Gefühl als das, was ich jetzt bei Clemens verspüre. Ich bin mir sicher – nein – ich weiß, daß Clemens am Leben ist.«

»Teilt Ihre Tochter diese Ansicht?«

»Nein, sie hält ihn für tot.«

»Haben Sie über Ihre gefühlsmäßige Begründung hinaus Anhaltspunkte, daß Ihr Schwiegersohn lebt?«

»Sie meinen, ob er sich in der Zeit seit dem Absturz bei mir gemeldet hat?«

»Zum Beispiel.«

Epp verschränkte seine Hände im Schoß. Die Haut war wachsweiß und an den Gelenken bläulich, die Nägel waren gelb.

»Ein Mann kann in eine Situation geraten, in der er gezwungen ist, seine Familie, seine Freunde, seine Arbeit und sein gewohntes Umfeld zu verlassen«, sagte Epp, und für mich klang es beinahe, als spreche er aus persönlicher Erfahrung. »Weggehen und woanders neu anfangen. In solch einem Fall kann es durchaus von Vorteil sein, wenn dieser Mann vom Rest der Welt für tot gehalten wird.«

Ich wartete einen Moment, bevor ich nachhakte. »War Clemens Schallmich in einer derartigen Situation?«

»Darüber könnte ich nur spekulieren. So nahe wir uns auch standen, es war nicht unsere Art, einander die Ohren vollzujammern.«

»Und wenn Sie spekulieren, was kommt dabei heraus?«

Epps Bronchien rasselten auf einmal, daß ich Angst bekam, Erste Hilfe leisten zu müssen. Gerade als ich aufspringen, ihn aus dem Rollstuhl zerren und in die stabile Seitenlage bringen wollte, hustete er ab und spuckte zur Seite in einen der Pflanzkübel.

»Entschuldigung«, sagte er matt. »Meine Lungen. Rauchen Sie?«

»Ich hab's drangegeben.«

»Sehr weise. Wo waren wir stehengeblieben?«

»Ich hatte Sie gebeten zu spekulieren.«

Es dauerte eine Weile, bis er wieder bei Kräften war.

»Die Ehe meiner Tochter und meines Schwiegersohnes war nicht die beste. Ich fürchte, bei allen Qualitäten, die meine Tochter zweifellos hat, ist ihr die Eigenschaft, einen Mann glücklich zu machen, nicht gegeben.« Es gab ein leichtes Nachhusten. »Sie schlägt diesbezüglich ihrer Mutter nach.«

»Ihr Schwiegersohn hätte sich scheiden lassen können.«

Epp blickte mich an, als sei ich nicht ganz bei Trost. »Margot ist erzkatholisch. Eine Scheidung wäre für sie nie in Betracht gekommen.«

»Oh, ich verstehe. Hat er, ich meine, Ihr Schwiegersohn, sich denn andersweitig getröstet?«

»Vermutlich, schließlich war Clemens ein gutaussehender, charismatischer Mann. Auch wenn das nie ein Thema war.«

»War Rosa Quist seine Geliebte?«

»Davon weiß ich nichts.«

»Sie war attraktiv.«

»Ja, das war sie.« Ein verträumtes Grinsen spielte mit des Alten Zügen. »Noch vor zwanzig Jahren hätte sie sich vor mir in acht nehmen müssen. Ach, was sage ich, noch vor zehn.«

Dann fiel mir doch noch was ein, das Waldemar erwähnt hatte.

»Gab's außer dem Ehefrust vielleicht noch andere Gründe? Ihr Schwiegersohn soll erhebliche Spielschulden gehabt haben.«

»Spielschulden! Und was heißt erheblich? Ich bin reich, sehr reich sogar. Clemens hätte nur ein Wort zu sagen brauchen, und ich hätte seine Schulden beglichen.« Epp schüttelte den Kopf. »Nein, nein, Sie sind vielleicht noch zu jung, um das Gefühl zu kennen, einen toten Punkt erreicht zu haben. Ein Punkt, an dem man genau weiß, daß das Morgen wie das Heute sein wird, das Übermorgen wie das Morgen und so weiter. Es wird sich nichts Außergewöhnliches mehr ereignen, es sei denn, man macht eine Zäsur. Meiner Meinung nach war Clemens an einem solchen Punkt.«

Er konnte es nicht wissen: Der tote Punkt war mein Dauerzustand.

»Wenn es so ist, wie Sie vermuten, dann hätte Clemens den Absturz und damit seinen Tod vorgetäuscht«, sagte ich. »Wie ist so etwas möglich? Technisch, meine ich.«

»Das weiß ich nicht. Ich weiß nur, wenn das sein Plan war, dann wußte er auch, wie er ihn durchzuführen hatte.«

Mein Gewichtsverlust durch Erhitzen betrug mindestens vier Pfund. Ich mußte schleunigst hier raus.

»Danke, daß Sie meine Fragen so freimütig beantwortet haben«, sagte ich und stand auf.

»Ich bin ein schwerkranker Mann«, sagte Epp und unterstrich dies durch einen weiteren schauderhaften Hustenanfall. »Mir bleibt nicht mehr viel Zeit. Arbeiten Sie für mich, Hoffmann, und finden Sie Clemens. Ich werde Sie erstklassig bezahlen. Er muß nicht zurückkommen, er muß nicht einmal Kontakt mit mir aufnehmen. Ich will nur wissen, wo er sich befindet und wie es ihm geht.«

»Bedaure«, sagte ich. »Ich kann nicht für Sie arbeiten. Ich hab bereits einen Auftraggeber.«

»Ich verstehe. Sie können nicht zwei Herren zur gleichen Zeit dienen. Aber Sie könnten mich doch verständigen, falls Sie auf eine Spur von ihm stoßen?«

»Selbstverständlich.«

Die Riesenblätter der Pflanze rechts von mir begannen leicht zu wedeln. Dann klackten Absätze auf den Steinplatten, und eine weibliche Stimme schnarrte: »Was geht hier vor?«

Die Frau, die die Frage gestellt hatte, war Anfang vierzig, schlank und hatte knapp meine Größe. Ihre Gesichtszüge waren ebenmäßig, sie war ungeschminkt und trug eine rahmenlose Brille. Das kastanienbraune Haar hatte einen leichten Rotstich. Unter einem offenstehenden, weißen Kittel waren eine schlichte weiße, hochgeschlossene Bluse und ein bis kurz über die Knie reichender schwarzer Rock zu erkennen. Ihre Strümpfe waren schwarz, und ihre Schuhe hatten flache, kräftige Absätze. Außer einer Armbanduhr und einem einfachen Goldring trug sie keinen Schmuck, es sei denn ein Taillenkettchen.

Margot Schallmich-Epp und ich waren uns bisher nur einmal begegnet, kurz nach meiner Einschulung. Zu dem Zeitpunkt mußte sie dreizehn oder vierzehn gewesen sein. Ich hatte sie als blasierte Pute in Erinnerung.

So wie sie auftrat, konnte ich problemlos bei meiner damaligen Einschätzung bleiben.

VIII

»Entschuldigen Sie bitte«, sagte Margot. »Schwester Katinka hatte ihren Namen nicht richtig verstanden, sonst hätte ich nicht derart ... Zumal ich ja Ihren Bruder, den Herrn Pastor, ganz gut ... Aber nehmen Sie doch bitte Platz.«

Während Katinka den alten Herrn zwecks Mittagsschlaf ins Bett verfrachtete, hatten wir uns in einen kleinen, stilvoll eingerichteten Salon im vorderen Teil des Hauses begeben.

Vom Fenster aus konnte man das Schloß sehen. Ich saß auf einem von zwei exakt einander gegenüberstehenden Sesseln, die bestimmt echte Louis waren.

Margot warf einen Blick auf ihre Armbanduhr.

»Leider bin ich sehr in Eile. Ich war mitten in einer Konferenz, als der Anruf mich ... Das Budget fürs nächste ... Lästig, aber ... «

Sie saß gewagt weit vorn auf der Kante ihres Sessels. Das machte zwar einen ausgesprochen vornehmen Eindruck, andererseits bedurfte es nur eines ganz leisen Zitterns im Rheingraben, und sie würde abschmieren.

»Seit Vater im Sommer zwei Erstickungsanfälle hatte, die ihn beinahe ... Jede Aufregung könnte für ihn ... Ich darf gar nicht daran ... Verstehen Sie?«

Was jeweils am Satz fehlte, ersetzte sie durch Händeringen und Zurschaustellung ihrer werbespotfähigen Zahnreihen.

»Und wie«, sagte ich. »Er hat ein paar mal ganz nett herumgewürgt, als wir im Treibhaus saßen.«

Margot blickte wieder auf die Uhr.

»Ich fürchte, ich muß Sie jetzt leider ... Sie haben sicher eine Unmenge von Fragen an mich, die ich auch gerne ... Wie wäre es mit heute abend? Hätten Sie Zeit und Lust, mit mir ... « – so konnte der Halbsatz unmöglich stehenbleiben – »... zu speisen?«

»Gerne. Wieviel Uhr?«

»Halb zehn, wäre Ihnen das ... Oder ist Ihnen das zu spät?«

»Perfekt«, sagte ich. »Und wo?«

»Wenn Sie einen Vorschlag ...«

»Ich kenne da ein entzückendes, kleines, italienisches ...«, sagte ich.

Ich war zum ersten Mal in meinem Leben in Ratingen. Pech war nur, daß genau da, wo ich laut meiner Notizen hinmußte, eine Brücke stand. Die mußte funkelnagelneu sein, denn auf meinem Stadtatlas Ausgabe 93/94 war sie noch nicht eingezeichnet.

An der nächsten Kreuzung wendete ich, fuhr über die Brücke zurück und verließ mich auf meinen Instinkt. Der ließ mich im Stich, und so stoppte ich an der Ecke Fester-/Homberger Straße an einer TOTAL-Tankstelle und fragte die Frau an der Kasse. Sie kannte das Problem, denn die Adresse, die ich suchte, lag im Schatten der Brücke, keine fünfzig Meter entfernt.

Haus Nummer 11 war grün gestrichen, aber entweder vor zu langer Zeit oder mit zu billiger Farbe, denn der Anstrich löste sich in klodeckelgroßen Placken von der Fassade. Im Erdgeschoß logierte ein Video-Film-Shop. Rechts vom Laden lag der Eingang zu der Wohnung im ersten Stock. Auf dem Klingelschild stand »Bruch«. Ich drückte den Knopf.

Nach fünfmaligem Klingeln gab ich auf und betrat den Video-Shop. Hinter der Ladentheke stand eine vielleicht fünfundzwanzigjährige Blondine mit fünf Kilo Schminke im Gesicht und kaute mit kreisendem Unterkiefer Kaugummi. Ich mußte an einen Dokumentarfilm über die Karawanen auf der Seidenstraße denken.

»Ich suche Frau Bruch«, sagte ich und wies mit dem Kopf zur Decke. »Cornelia Bruch. Wissen Sie zufällig, wo ich sie erreichen kann? Oder wann sie nach Hause kommt?«

»Wenn man reinkommt, sagt man erst mal ›Guten Tag‹.«

»Hab ich doch. Das Türglöckchen ist zu laut.«

Sie musterte mich mit trägem Augenaufschlag. »Und wer ist derjenige, der nach Conny Bruch fragt?«

Ich schob ihr eine Visitenkarte über die Theke. Sie studierte sie eingehend, auch die unbedruckte Rückseite, und benutzte sie dann als Fächer.

»Ein privater Bulle«, sagte sie. »Soso.«

Da sie weiter nichts sagte, sagte ich: »Sie gucken so erwartungsvoll. Möchten Sie, daß ich Ihnen ein Kunststück vorführe?«

»Was können Sie denn?«

»Ich kann mit den Ohren wackeln.«

»Echt?«

»Soll ich mal?«

»Von mir aus.«

Ich machte ein hochkonzentriertes Gesicht, um mich dann plötzlich unter Zuckungen zu winden.

»Haben Sie's gesehen?«

»Nix konnte man sehen«, maulte sie. »Weil Sie so herumgezappelt haben.«

»Das ist es ja«, sagte ich. »Die Ohren wackeln so stark, daß sie den ganzen Körper mitreißen. Soll ich noch mal?«

»Wollen Sie mich verarschen?«

Jetzt war ich beleidigt. »Und ich dachte, ich mach Ihnen 'ne Freude.«

»Moneten machen Freude«, sagte sie. »In den amerikanischen Krimis schieben die Detektive immer Scheinchen rüber, wenn sie was wissen wollen.«

»Oder halten der bockigen Verkäuferin 'ne Knarre an die Birne.«

»Blasen Sie sich bloß nicht auf, Freundchen. Der Typ, mit dem ich geh, spielt bei den Löwen.«

»Schlagzeug?«

»Hä? Sind Sie balla oder was? Löwen sind Eishockey.«

Die Unterhaltung wurde mir langsam zu blöd. »Fünf Mark«, sagte ich.

»Wofür?«

»Für die Antwort auf meine Eingangsfrage: Wissen Sie, wo ich Frau Bruch erreichen kann, oder wann sie nach Hause kommt?«

Sie hielt die Hand auf. »Okay, her damit.«

Glücklicherweise hatte ich noch ein Fünfmarkstück.

»Conny arbeitet bei Aldi«, sagte sie.

»Und wo ist der Laden?«

Sie streckte die Hand wieder vor. »Neue Frage, neuer Heiermann.«

»Ich kenn da 'nen Witz«, sagte ich. »Steht 'ne Blondine in 'nem Video-Shop –«

»Verpiß dich, du Arschloch!«

An der Tankstelle wurde ich begrüßt wie ein alter Freund. Ich versprach der hilfsbereiten Kassiererin, beim nächsten Mal einen Piccolo mitzubringen.

Der Aldi lag am Anfang der Oberstraße, eingeklemmt zwischen einer Gaststätte und einem Bettenfachgeschäft. Ich drehte eine Runde durch den Laden und stellte mich mit einer Dose Karlsberg an der mittleren von drei Kassen an. Auf dem Namensschild, das meine Kassiererin am Kittel trug, stand Öztürk. Ich versuchte die Schilder der beiden anderen zu entziffern. Die Frau an der rechten Kasse saß in einem ungünstigen Winkel und hatte außerdem ihr Schild mehr unter als auf dem Busen befestigt, aber ihr Name begann mit Sal-, soviel konnte ich erkennen. Die an der linken Kasse hieß Hübner.

»Ich bin der Cousin von der Conny Bruch«, sagte ich, als ich zahlte. »Wissen Sie, wo sie steckt?«

Frau Öztürk musterte mich gewissenhaft und entschied dann, daß das stimmen mochte. »Die Conny ist hinten.«

Die Dose steckte ich einem betagten Herrn am Umpacktisch zu, der nach knapper Rente aussah, verließ den Laden und ging wieder rein.

Tatsächlich war jetzt im hinteren Teil ein weiterer Aldi-Kittel auszumachen. Eine kurzgewachsene kräftige Person mit Dauerwelle, die mit einem Hubwagen eine Palette Windelhosen an ihren Verkaufsplatz bugsierte. Ich pirschte mich an.

Sie hatte ein rundes Gesicht mit Speckpölsterchen um die Augen, vollen Wangen und einem Doppelkinn. Eine Molligkeit, die sich unter ihrem Kittel fortsetzte. Ihr Alter war, wie bei vielen Dicken, schlecht zu schätzen. Die Hauptsache war, daß sie Bruch hieß. Sie bemerkte mein Interesse, bevor ich ein Wort sagen konnte.

»Wollen Sie 'n Autogramm?« fragte sie.

»Sind Sie denn prominent?«

»Letztes Jahr war ich Miß Continent, jetzt kämpfe um den Titel der Miß Aldi.«

»Und wenn Sie den haben, geht's ab nach Hollywood.«

»Oder zu REWE. Was wollen Sie?«

Ich gab ihr mein vorletztes Visitenkärtchen und berichtete in wenigen Sätzen, woran ich arbeitete, ohne den Namen Quist zu erwähnen. Sie wirkte so interessiert, als hätte ich ihr die aktuellen Brikettpreise aus Prag mitgebracht.

»Heiko ist tot, begraben, und ich hab ihn beinahe vergessen«, sagte sie. »Mein Bedarf, diesbezüglich noch mal was aufzuwärmen, ist gleich null. Tut mir leid.«

»Es geht ja auch nicht um ihn, es geht um die Frau. Meine Klientin befürchtet, es könnte ihre Schwester sein.«

»Hören Sie, ich kannte die Frau nicht, ich hab sie nie gesehen, ich weiß nicht, wer sie war. Da hinten kommt mein Chef. Ich muß weitermachen.«

In Höhe des Aldi-Kaffees tauchte ein segelohriger Funkturm mit ungehaltenem Gesicht auf.

»Ich lad Sie zum Essen ein«, sagte ich schnell. »Wann haben Sie Feierabend?«

»Ich bin Vegetarierin.«

»Dann gehen wir Möhrchen essen.«

Sie lächelte. »Na schön, viertel vor sieben an der Ecke. Und jetzt hauen Sie ab, sonst krieg ich 'ne Abmahnung.«

Diesmal behielt ich die Dose Karlsberg und vertrieb mir mit ihr die Zeit auf der Fahrt nach Mülheim an der Ruhr.

IX

Das Erste, was mir auffiel, als ich von der Autobahn kam, war die Leichtbauhalle, die aussah wie ein Provisorium zur Unterbringung eines Musicals.

In Wirklichkeit wurden in ihr Luftschiffe gebaut. Ich parkte schräg gegenüber des Hauptgebäudes.

Einem Schaukasten neben der Tür entnahm ich, wer hier alles residierte, wobei mir die Schul- und Charterflug GmbH aufgrund ihres sinnigen Mottos »Fliegen lernen – Fliegen lassen« ins Auge sprang. Einen Hinweis auf den Aero-Classic-Club-NRW suchte ich vergeblich.

Den fand ich erst, als ich das Gebäude betreten hatte. Ein poliertes Messingtäfelchen wies mir den Weg in die erste Etage.

Das gleiche Täfelchen befand sich neben einer Tür am Ende des Gangs, der das Obergeschoß durchzog. Die Tür war verschlossen, und auf mein Klopfen bellte nicht einmal ein Hund. Ich versuchte es ein paar Türen weiter vorn bei der Air Albatros.

Die Frau, die mir an der Empfangstheke gegenübertrat, hatte flammrotes naturkrauses Haar, das sie zu einem buschigen Pferdeschwanz gebändigt hatte, und mehr Sommersprossen im Gesicht als ich in meinem bisherigen Leben Striche auf dem Deckel. Ihr Make-up beschränkte sich auf das Nötigste. Beide obersten Knöpfe ihrer hellblauen Seidenbluse standen offen. Ihr Lächeln war so warm, daß meine stählernen Oberschenkel weich wurden und ich mich auf die Theke stützen mußte.

»Sie sind meine Traumfrau«, hauchte ich.

»Zu dumm, daß ich Ihnen das Kompliment nicht zurückgeben kann«, sagte sie. »Ich steh mehr auf spontane Typen, die direkt zur Sache kommen und nicht so lange um den heißen Brei herumreden.«

»Wenn ich in Therapie ginge und dann so wäre, wie Sie's gerne haben, würden Sie mich heiraten?«

»Unbedingt. Ich hab 'n ausgesprochenes Faible für Bigamie.«

Ich stöhnte. »Um wieviel komm ich zu spät?«

»Knapp fünf Jahre, ein Kind und 'ne Doppelhaushälfte.«

»Sollte Ihre Ehe mal zum Teufel geht, müssen Sie mich anrufen. Versprechen Sie mir das?«

»Ich setz Sie auf stand-by.« Sie zwinkerte. »Was kann ich für Sie tun?«

Ich zeigte mit dem Daumen nach Westen. »Beim Aero-Classic-Club macht keiner auf. Ist der Verein pleite?«

»Genau so gut könnten Sie fragen, ob die Deutsche Bank pleite ist. Nein, die Dame, die sonst in dem Büro ihre Fingernägel lackiert, ist krank.«

»Sie wissen nicht zufällig, wo ich jemanden ...«

»Wollen Sie Mitglied werden?«

Ich erzählte ihr, wer ich war, und daß ich den Absturz eines der Clubmitglieder im Auftrag einer Versicherung überprüfen sollte.

»Es geht um Doktor Schallmich, nicht wahr?« stellte sie mehr fest, als sie fragte.

Ich nickte.

»Es gibt da noch ein paar Fragen.«

»Technischer Natur?«

»Wie meinen Sie das?«

»Weil Sie dann mit Henry sprechen könnten. Er ist der Chefmechaniker des Vereins. Er wartet alle Maschinen.«

»Ist er da?«

»Ich könnte ihn anrufen. Soll ich?«

»Unbedingt.«

Das Fahrzeug, das mich am Zaun abholte, war ein älterer Landrover mit Rechtslenkung. Statt eines Mechanikers in einem ölbesudelten Blaumann entstieg ihm ein gepflegter Mittfünfziger in schwarzen Stiefeln, beigefarbenen Breeches, einem weißen Rollkragenpullover und einer karierten Tweedmütze. Er hatte in etwa meine Größe, war schmalgliedrig und trug einen dünnen grauen Schnäuzer. Ein bißchen sah er aus wie David Niven.

»Der Mann von der Versicherung«, sagte er, während er das Tor aufsperrte. Sein Deutsch war einwandfrei, wenn auch unverkennbar englisch gefärbt. »Willkommen. Mein Name ist Henry Matchbox. Wie die Spielzeugautos.«

Wir gaben uns die Hände, und ich überließ ihm meine letzte Visitenkarte.

Dann chauffierte er mich an den Reihen parkender Kleinflugzeuge vorbei zu einer Halle, die am Ende der Rollbahn lag. Die großen Schiebetore waren geschlossen, so daß wir das Gebäude durch eine Nebentür betreten mußten. Für einen Moment dachte ich, ich sei im Museum gelandet.

Auf einer Grundfläche, die knapp der eines Fußballplatzes entsprach, drängten sich mindestens zehn fliegende Oldtimer, darunter drei Doppeldecker. Das eine oder andere Modell war mir aus dem Flugzeugquartett geläufig.

»Welche fehlt Ihnen?« fragte ich. »Die Spirit of St. Louis?«

»Eine Me 262 wäre nicht schlecht.« Er grinste. »Gehen wir ins Büro. Da ist es wärmer.«

Die Wände des Büros waren mit Fotos, Drucken und Zeichnungen von Flugzeugen aus aller Herren Länder zugepflastert. Mittendrin hing ein Porträt der Queen. Optimistisch wie sie dreinblickte, mußte das eine Anfertigung älteren Datums sein.

Matchbox bot mir einen von vier Stühlen an, die um einen kleinen eckigen Tisch herumstanden. Ich setzte mich so, daß ich beobachten konnte, wie er einen Teestrumpf in eine bauchige Kanne hängte, den Kessel vom Ofen nahm und kochendes Wasser hinzugoß.

»Sie kommen spät«, sagte er. »Der Doktor ist bereits im Mai verunglückt.«

»Bisher hat sich die Versicherung mit den offiziellen Ermittlungsergebnissen der Kripo und des Luftfahrtbundesamtes begnügt. Nun sind aber Hinweise aufgetaucht, die eine zusätzliche private Untersuchung des Absturzes notwendig machen.«

»Sie wollen sicher wissen, ob die Maschine in einwandfreiem Zustand war – ich sage Ihnen, sie war es. Ich hatte sie erst am Tag zuvor inspiziert. Sie wollen wissen, ob der Doktor ein erfahrener Pilot war – ich sage Ihnen, er war es. Meiner Meinung nach einer der besten. Sie wollen wissen, ob –«

»Entschuldigen Sie, wenn ich Sie unterbreche«, sagte ich. »Es geht mehr um Rosa Quist, die Frau, die mit an Bord gewesen sein soll.«

»Wieso gewesen sein soll?« Er schenkte mir eine Tasse Tee ein und würzte ihn ohne zu fragen mit einem kräftigen Schuß Rum. »Sie *war* an Bord.«

»Sind Sie sicher, daß es sich um Frau Quist handelte? Kannten Sie sie?«

»Es war ja nicht das erste Mal, daß sie mit dem Doktor flog. Ich hatte sie bereits zwei- oder dreimal vorher in seiner Begleitung gesehen.«

»Das war wann?«

»In den Wochen davor. Im April.«

»Und an dem bewußten Tag haben Sie mit eigenen Augen gesehen, wie sie einstieg?«

»Ich war ihr noch behilflich, weil sie hinkte. Sie erzählte mir, sie hätte sich am Tag zuvor den Fuß verstaucht.«

Das war neu. Ich ergänzte meine Notizen.

»Die Maschine ist dann aus der Halle zum Start gerollt. Ist das richtig?«

»Genau.«

»Und dabei haben Sie sie die ganze Zeit im Auge behalten?«

»Habe ich.«

»Könnte ich mir das mal ansehen?«

Matchbox führte mich durch die Halle und drückte eines der beiden Schiebetore so weit auf, daß wir uns durchquetschen konnten.

»Geradeaus und dann nach links und hinter den parkenden Maschinen entlang«, sagte er und zeigte mit ausgestrecktem Arm, welchen Weg Schallmichs Maschine genommen hatte.

»Standen Sie an der gleichen Stelle, an der wir jetzt stehen?« fragte ich.

»Exakt.«

»Ich hab mir aufgeschrieben, Schallmichs Maschine sei 'ne Messerschmitt gewesen. Baujahr '39.«

»Eine Taifun. Eine der wenigen, die den Krieg überlebt haben. Ein wunderschönes Stück.«

»Ist so 'ne Taifun höher, als die Maschinen, die da parken?«

»Eine Taifun? Maximal zwei zwanzig. Nein, eher niedriger.«

»Dann hätte Schallmich doch ohne weiteres hinter den Maschinen stoppen und die Quist aussteigen lassen können, ohne daß Sie etwas davon bemerkt hätten, oder?«

»Theoretisch«, sagte er. »Aber wozu hätte er das tun sollen?«

»Das ist 'ne andere Frage«, sagte ich.

Der Tee mit Rum schmeckte ausgezeichnet und wurde mit der zweiten Tasse sogar noch besser. Ich blickte aus dem Fenster. Es begann zu regnen.

»Wie lange kannten Sie den Doktor?« fragte ich.

»Der Doktor wurde vor ungefähr zehn Jahren Mitglied. Ich kannte ihn vom ersten Tag an.« Er bemerkte mein Interesse und holte ein bißchen weiter aus. »Ich hab vor fünfzehn Jahren hier angefangen. Davor war ich bei der RAF – der Royal Air Force, nicht eure Terroristen. Sie wollten mich nach England zurückschicken, aber ich hatte damals eine deutsche Freundin und wollte hierbleiben. Da hab ich den Dienst quittiert und hier im Club als Mechaniker angefangen. Sie zahlen gut, und Flugzeuge sind meine Leidenschaft.«

»Fliegen Sie selbst?«

»Gott bewahre. Ich hab Angst vor dem Fliegen.«

»Das ist nicht wahr.«

»Doch. Ich setze mich in kein Flugzeug. Außer am Boden natürlich.«

Ich schmunzelte, und auch die Queen schien amused.

»Sie sagten vorhin, Schallmich sei einer der besten Piloten gewesen, die Sie kannten«, sagte ich.

»Sie hätten ihn mal mit seiner Jungmeister erleben sollen.« Matchbox bekam einen ganz verklärten Blick. »Mit dem Ding flog er Figuren, da blieb einem die Spucke weg.«

»Was ist 'ne Jungmeister?«

»Eine Kunstflugmaschine, eine Bückers Bü 133. Der Doppeldecker da draußen. Den hat seine Frau inzwischen an einen Clubkameraden verkauft.«

»Wenn Schallmich ein derart exzellenter Pilot war, wieso fliegt er dann einfach mit seiner Maschine über Baltrum hinaus und stürzt ab? Oder war seine Maschine nicht auf dem neuesten Stand der Technik?«

»Die Taifun war mit allem ausgerüstet, was gut und teuer ist, daran hat es nicht gelegen. Auch nicht an den Flugkünsten des Doktors. Es gibt eigentlich nur eine Erklärung: Er muß ohnmächtig geworden sein, und die Taifun flog weiter, bis der Treibstoff zu Ende war.«

»Welche Reichweite hat denn so 'ne Messerschmitt?«

»Theoretisch über 900 Kilometer«, sagte Matchbox. »Aber sie war nicht vollgetankt. Der Doktor hat immer nur so viel mitgenommen, wie er brauchte, plus 'ne kleine Sicherheitsreserve. Die Maschine liegt dann besser in der Hand, hat er immer gesagt. Ich hab mal nachgerechnet: Mit dem, was an Bord war, muß der Tank ziemlich genau da leer gewesen sein, wo der Doktor abgestürzt ist.«

Matchbox hatte eine Pfeife hervorgeholt und stopfte sie. Ich leerte derweil meine Tasse in ganz kleinen Schlucken und grübelte ein bißchen. Als er ein Streichholz anriß, hatte ich eine Eingebung.

»Konnte Schallmich Fallschirmspringen?« fragte ich.

Die Frage überraschte ihn sichtlich. Gerade noch rechtzeitig, bevor er sich die Finger verbrannte, zündete er die Pfeife an und stieß zwischen den einzelnen Zügen hervor: »Davon – ist – mir – nichts – bekannt.«

»In der Taifun haben Sie auch keinen Fallschirm gesehen?«

»Der wäre mir aufgefallen.« Er bemerkte meinen zweifelnden Blick. »Sie können mir glauben, ich weiß, wie so ein Ding aussieht.«

»Und im Gepäck?«

»Seine Wäsche hab ich natürlich nicht durchwühlt.«

»Hatte Schallmich hier 'nen Schrank oder 'nen Spind?«

»Spind, aber den hat seine Frau bereits geräumt.« Die Pfeife schien endlich zu seiner Zufriedenheit zu brennen. »Jetzt steht nur noch seine Harley hier.«

»Seit wann bauen die Flugzeuge?«

»Kein Flugzeug, ein Motorrad.« Er grinste. »Kommen Sie, ich zeig's Ihnen.«

Das Motorrad stand am anderen Ende der Halle und war mit einer Segeltuchplane abgedeckt. Matchbox schlug die Plane zurück, und eine metallic-blaue Electra-Glide kam zum Vorschein. Sie war in gutem Pflegezustand und hatte keine fünftausend Kilometer auf dem Tacho.

Ich wollte die Maschine schon wieder abdecken, als mir an der Packtasche ein kleines Metallschild mit einer schnörkeligen Gravur auffiel – »Joe's Team«. Schallmich hatte seine Harley also bei Joe Pöttges gekauft. Das war nicht strafbar, nicht einmal ehrenrührig, aber durchaus interessant. Schließlich war Pöttges nicht nur der größte Harley-Händler in Düsseldorf, sondern ganz nebenbei auch der größte Veranstalter privater Pokerrunden.

X

Sie ließ mich zehn Minuten warten. Das reichte, um mich verdächtig erscheinen zu lassen, denn Eckestehen ist nun mal verdächtig.

Jedenfalls machte meine Anwesenheit den Inhaber des schräg gegenüberliegenden Fotoladens nervös. Ständig kam er an die Tür und blickte zu mir rüber. Schließlich kommandierte er eine Verkäuferin zu sich und zeigte ihr mich. Ich winkte den beiden zu. Sie verschwanden wie die Erdmännchen. Wahrscheinlich, um die Kasse unter den Briketts zu vergraben.

»Sorry«, sagte die Bruch, als sie auf einmal wie aus der Erde gewachsen vor mir stand. »Der Filialleiter, dieser Arsch. Heute hat er mir 'nen dicken Vortrag über die Unternehmensstrategie des Hauses Aldi gehalten. Statt einfach zu sagen, daß er mit mir ins Bett will – nein – jeden Abend hält der Typ mich auf und labert mir mit irgendeinem Driß die Ohren voll.«

Sie trug einen wadenlangen Webpelzmantel, der ihr endgültig das Volumen einer Operndiva verlieh. Die Dauerwelle schützte ein Chiffon-Schal.

»Ich möchte Ihre Reaktion sehen, wenn der Kerl Sie platschbumm fragen würde, ob Sie mit ihm in die Kiste steigen wollen.«

»Ich würd ihm eine scheuern, daß er quer durch den Laden segelt.« Ihr Lachen dröhnte wie eine stählerne Eisenbahnbrücke unter einem Intercity.

Als der letzte Waggon auf der anderen Seite angekommen war, fragte ich: »Wo gibt's denn in Ratingen die leckersten Möhrchen?«

»Kein Essen. Bringen Sie mich einfach nach Hause. Ich hatte total vergessen, daß ich um halb acht Fahrstunde hab.«

»Das ist nicht Ihr Ernst! Ich dachte, wir –«

»Ich kann verdammt schnell reden, wenn es sein muß«, fiel sie mir ins Wort. »Jammern Sie nicht – stellen Sie Ihre Fragen. Die Zeit läuft.«

»Okay, erste Frage: Was sagt Ihnen der Name Rosa Quist?«

Sie wäre beinahe gestolpert. »Das ist die Frau, die Heiko kaputt gemacht hat. Er hat sie geliebt, sie hat ihm sein Geld genommen und ihn ständig betrogen. Als er ein Invalide und bankrott war, hat sie ihn sitzenlassen.«

»Sie ist tot.«

»Ich weiß. Sie ist mit einem ihrer späteren Liebhaber, diesem Schönheitschirurgen, vom Himmel gefallen. Ein Absturz, den ich ihr von ganzem Herzen gegönnt hab.«

»Wie kommen Sie darauf, daß der Chirurg ihr Lover war?«

»Kannten Sie sie?«

»Nein«, sagte ich, und das war nicht einmal sonderlich gelogen. Ich war meiner Schwägerin ganze dreimal begegnet.

»Ich auch nicht. Jedenfalls nicht persönlich. Aber Heiko hat so viel von ihr erzählt, daß sie mir schließlich richtiggehend vertraut war. Sie muß kaltherzig und berechnend gewesen sein und ihren Körper skrupellos zur Erreichung ihrer Ziele eingesetzt haben. Noch am gleichen Tag, an dem sie Heiko verlassen hat, ist sie bei irgendeinem Kneipenwirt eingezogen. Später hat Heiko dann rausgekriegt, daß sie zuerst in der Klinik und dann privat für diesen Schallmich gearbeitet hat. Ich sage Ihnen, wenn die kein Verhältnis mit dem Arzt hatte, dann dürfen Sie mich Twiggy nennen.«

Wir hatten den Toyota erreicht. Ich hielt ihr die Beifahrertür auf. »Hatten Heiko und Rosa nach ihrer Trennung noch Kontakt?«

»Er ist ihr nachgelaufen«, sagte sie und quetschte sich in den Wagen. »Er hat sie angerufen und hat ihr Briefe geschrieben. Auch noch, als ich schon mit ihm zusammen war. Hätte sie mit den Fingern geschnippst – er wäre zu ihr zurückgegangen.«

Ich warf die Tür zu, ging zur Fahrerseite und stieg ebenfalls ein. »Vielleicht hat sie das ja wirklich.«

»Oh nein!« stöhnte die Bruch auf. »Sagen Sie nicht, Rosa Quist hat den verdammten Flugzeugabsturz überlebt und ist die unbekannte Tote aus dem Camper.«

»Es besteht zumindest der Verdacht.«

Da ich von ihr nichts weiter hörte, blickte ich zur Seite. Die Bruch saß da wie ein aufgeplusterter, todunglücklicher Riesenvogel, der vergessen hat, nach Süden zu fliegen.

»Es ist ja nicht sicher«, sagte ich.

»Hören Sie auf«, sagte sie schroff. »Sie war es.«

Ich startete den Motor und rangierte den Wagen aus der Lücke. »Woher nehmen Sie plötzlich die Gewißheit?«

Jetzt sprach sie so leise, so daß ich das Heizungsgebläse von 3 auf 1 runterdrehen mußte, um sie zu verstehen.

»Im Sommer '93 hab ich den Heiko kennengelernt. Das heißt, ich kannte ihn bereits aus der Zeitung, aber persönlich begegnet sind wir uns zum ersten Mal im Sommer '93. Genau am 16. August. Er war damals so weit unten, wie einer nur unten sein kann. Und ob Sie es glauben oder nicht, ich hab den Heiko da rausgeholt. Raus aus dem Wohnanhänger, raus aus dem Suff und raus aus den Depressionen. Mit meiner Hilfe hat er seine Selbstachtung wiedergefunden.«

Sie schniefte. Ob ihre Nase lief oder ob sie ein Tränchen verdrückte, konnte ich nicht sehen.

»Als er trocken war, hat ihm die Fortuna wegen seiner sportlichen Verdienste den Job eines Zeugwarts gegeben«, fuhr sie fort. »Nichts Dolles, aber es war ein Anfang. Und Heiko machte Pläne: Er wollte den Trainerschein machen und eines Tages vielleicht sogar in der Bundesliga arbeiten. Es lief gut – einfach zu gut, wie ich heute weiß – bis von einem Tag auf den anderen alles am Ende war. Aus und vorbei, als hätte es die drei Jahre zwischen uns nie gegeben. Er trank wieder, blieb nächtelang weg, ging nicht mehr zur Arbeit, die Fortuna feuerte ihn nach der dritten Abmahnung, und als er dann anfing, mich zu prügeln, hab ich ihn vor die Tür gesetzt.«

Ich war so langsam wie möglich gefahren, aber nun waren wir doch da. Die Bruch machte jedoch keine Anstalten auszusteigen. In dem Video-Shop brannte noch Licht.

»Wann war das genau?« fragte ich nach.

»Rausgeworfen hab ich ihn an unserem Jahrestag.«

»Also am 16. August. Wann hatte er mit dem Saufen angefangen?«

»Zwei Wochen vorher. Der Absturz ging rasend schnell. Dahinter kann nur *sie* gesteckt haben. Keine andere hatte einen so verheerenden Einfluß auf ihn.«

»Hat er denn nichts erzählt? Nicht einmal ihren Namen erwähnt?«

»Nein«, sagte sie und ließ dann ein kurzes Schnauben hören. »Große Geschäfte wollte er machen. Millionen verdienen, davon hat er geschwafelt. Wenn ich wissen wollte, was für Geschäfte das sein sollten oder mit wem er sie machen wollte, hieß es immer nur: Darüber darf ich nicht reden.«

»Also nur heiße Luft?«

»Vielleicht ja, vielleicht nein. Ich weiß es wirklich nicht.«

»Haben Sie ihn noch mal gesehen?«

Zuerst schüttelte sie den Kopf, dann sagte sie: »Doch, einmal. Einen Sonntag im September bin ich rausgefahren in die Urdenbacher Kämpe. Ich hatte über Bekannte erfahren, daß Heiko wieder in seinem alten Camper hauste. Ich kam aber gar nicht bis an den Wagen heran, vorher hat mich so 'ne komische Alte mit 'nem scharfen Dobermann abgefangen. Die führte sich auf, als sei sie seine Leibwächterin.«

»Lore Krampenkötter«, sagte ich.

»Ja, ich glaube, so hieß sie. Während ich noch mit der Alten stritt, kommt der Heiko aus dem Schuppen, der mit auf dem Grundstück steht, erkennt mich und verschwindet in heller Panik in seinem Anhänger. Ich hab ihm noch nachgerufen, er soll stehenbleiben, ich wolle doch nur mit ihm reden, aber –«

Diesmal waren es eindeutig Tränen. Ich hätte sie gerne in den Arm genommen, um sie zu trösten, aber bei ihrem Umfang wußte ich nicht, wie ich das anstellen sollte. Ersatzweise tätschelte ich das Lenkrad. Vor uns stoppte ein roter VW Vento.

»Mein Fahrlehrer«, sagte sie und tastete die Türverkleidung ab. »Ich muß.«

»Da vorne«, sagte ich und zeigte auf den Griff. »Falls Ihnen noch etwas einfallen sollte, Sie können mich –«

»Ich hab ja Ihr Kärtchen«, sagte sie hastig und kletterte in einem Tempo aus dem Wagen, als sei sie auf der Flucht.

Den Wagen stellte ich an dem ehemaligen Torwächterhaus ab und marschierte zu Fuß durch den Park. Es war bereits stockfinster, aber die wenigen Laternen verbreiteten genug Licht, um etwaige Hundehaufen rechtzeitig zu entdecken.

Linker Hand tauchte Schloß Elbroich aus Dunst und Dunkelheit auf. Für sich allein betrachtet war es groß, schrumpfte jedoch im Vergleich zu dem gegenüberliegenden Klinikneubau auf Hundehüttenformat. Wie Olga mir erzählt hatte, beherbergte das Schloß nur noch die Verwaltung, geliftet und mit Silikon ausgestopft wurde ausschließlich vis-a-vis.

Ich hatte den Eingang fast erreicht, befand mich aber noch im

Schatten eines abgestellten DRK-Transits, als ich Margot Schallmich-Epp und eine männliche Person im Foyer der Klinik entdeckte und stoppte.

Meine Anwesenheit war nicht angekündigt, denn Margot und ich wollten uns direkt im *Dulcibella* treffen, andererseits aber auch völlig unschuldig, schließlich wollte ich nur mal sehen, wo Clemens Schallmich gewirkt hatte. Doch irgend etwas an der Art, wie die beiden miteinander umgingen, veranlaßte mich, in Deckung zu bleiben. Dabei verstand ich keinen Ton, doch Mimik und Gestik – wenn auch nicht so schrill wie in einem Stummfilm – deuteten auf Streit hin.

Der Mann, der vor Margot auf und ab lief und dabei auf sie einredete, war beinahe einen Kopf größer als sie und schlank, aber nicht von der drahtigen, sondern von der schlaffen Sorte. Zwar war er schmal, aber er hatte auffällige Tränensäcke und ein Doppelkinn, und unter seinem Pulli zeichnete sich ein Kugelbauch ab, als hätte er einen Globus verschluckt. Sein Haar war sandfarben, seitlich gescheitelt, lang und ungepflegt. Das Brillengestell war schlecht gewählt, denn es war zu groß und ließ seinen Kopf noch kleiner wirkte, als er ohnehin schon war. In Summe sah er aus wie ein geborener Verlierer. Ich schätzte ihn auf knapp fünfzig.

Plötzlich öffnete sich eine der Fahrstuhltüren im Hintergrund, und eine mit Schnellheftern bepackte Krankenschwester tauchte auf. Der Kugelbauch verstummte und führte Margot zum Ausgang. Ich duckte mich hinter der Motorhaube.

Die Glasschiebetür schob sich zischend auf. Margots Absätze klackten, während der Kugelbauch schlurfte, weil er Schlappen trug. Aber nur bis auf die andere Seite der Motorhaube, da sagte er: »Warte, ich steck mir eben eine an.«

»Beeil dich. Ich muß noch ein paar Protokolle diktieren und um halb zehn bin ich mit diesem Detektiv verabredet.«

»Wie spät ist es jetzt?« fragte er und inhalierte so tief und genießerisch, daß ich vor Sehnsucht nach Nikotin fast geschrien hätte.

»Gleich halb neun.«

Sie setzten sich in Richtung Schloß in Bewegung.

»Du kannst mir erzählen, was du willst, ich halte es trotzdem für falsch, daß du dich mit ihm triffst«, sagte er. »Diese Typen sind manchmal gerissener, als –«

Der Rest seines Satzes verwehte in der Nacht. Dann erreichte mich ihre Stimme noch einmal, wenn auch nur schwach.

»... geht mir darum, auf dem laufenden ... zwei bis drei Wochen ... Versicherung ... keine Unruhe ...«

Der Kugelbauch schloß das Tor neben dem gegenüberliegenden Flachbau auf, und sie gingen hindurch. Ich verließ mein Versteck und huschte ihnen nach. Das Tor war wieder abgesperrt. Aber ich hätte ihnen sowieso nicht folgen können, jenseits des Tors hätte ich keinerlei Deckung gehabt. Doch noch hatte ich die beiden im Blick.

Er hatte sie am Arm gefaßt, führte sie und redete wieder auf sie ein. Bis sie sich plötzlich losriß und ihn in einer Lautstärke anschrie, daß selbst ich zusammenfuhr.

»Wer hat uns den Schlamassel denn eingebrockt? Du doch wohl!«

Damit verschwand sie im Schloß. Der Kugelbauch blieb eine Weile konsterniert stehen, schüttelte dann den Kopf und entfernte sich in der anderen Richtung.

XI

»Du wirkst so vergnügt«, sagte ich zu Hop-sing, als er mir meinen dritten Wodka-Martini brachte. »Was ist los?«

»Fül zehn Uhl Deng-ho hat zwei Leselvielungen.«

»Früher war der Laden ab acht Uhr proppenvoll. Bildest du dir jetzt schon auf zwei besetzte Tische was ein?«

»Spezielles Velgnügen fül Deng-ho.« Er grinste wie der Teufel und rieb sich die Hände. »Gäste sein Japanel.«

»Oh nein! Was willst du Ihnen vorsetzen? Mit Marshmellows überbackene Ölsardinen an Currycaramel?«

»Weiß noch nicht. Wo bleibt deine Fleundin?«

»Sie ist gerade mal zehn Minuten überfällig. Außerdem ist sie nicht meine Freundin. Das Essen ist geschäftlich.«

»Dann soll Deng-ho nicht empfehlen Eloticcocktail als Apelitiv? Macht Weibel schalf.«

»Um Himmels Willen, die Frau ist hochanständig und außerdem verwitwet. Reiß dich bloß am Riemen.«

Hop-sing legte die Hände zusammen und verbeugte sich, ich führte das Glas zum Mund und nippte, und die Tür ging auf, und Margot Schallmich-Epp kam herein. Manchmal passiert eben alles auf einmal.

Bevor ich ihr aus dem Mantel helfen konnte, hatte sie bereits abgelegt. Bis auf den Kittel trug sie dasselbe, was sie mittags getragen hatte. Sie machte wirklich erschreckend wenig aus ihrem Typ, aber aus der Nähe und bei Licht betrachtet fand ich sie gar nicht mehr so unattraktiv. Außerdem duftete sie angenehm nach parfümierter Hautcreme.

»Was trinken Sie da?« fragte sie.

Ich sagte es ihr.

»Gibt es das auch ohne Alkohol? Ich bin nämlich Abstinenzlerin.«

Ich orderte bei Luigi, dem Kellner, ein Sodawasser. Er brachte es zusammen mit den Speisekarten.

Nachdem wir gewählt und bestellt hatten, sagte Margot:

»Ich kann mich noch gut an den einzigen Besuch erinnern, den Ihre Eltern, Ihr Bruder und Sie uns abgestattet haben. Das muß 1968 oder 69 gewesen sein. Nicht zuletzt wegen des Malheurs, das Ihnen passiert ist.«

»Mir?« fragte ich und freute mich, daß sie nicht wieder in Halbsätzen sprach. »Ein Malheur? Das hört sich ja beinahe so an, als hätte ich mir in die Hose geschissen.«

»Ich hätte es zwar anders formuliert, aber genau so war es.«

»Das ist nicht wahr!«

»Doch. Ihre Mutter hatte Ihnen untersagt, mehr als ein Glas Apfelsaft zu trinken. Aus Trotz haben Sie eine ganze Flasche geleert, und da ist es dann passiert. Können Sie sich nicht mehr daran erinnern?«

Ich schüttelte meinen Kopf extra heftig, damit das Blut wieder aus den Wangen wich. »Sagen Sie bitte, daß das nicht wahr ist.«

Sie lächelte, was ihr übrigens sehr gut stand. »Ich müßte lügen.«

»Und eine Verwechslung mit meinem Bruder ist ausgeschlossen? Er konnte so was nämlich auch ganz gut.«

»Nein, nein, Ihren Herrn Bruder kenne ich. Er ist doch Pfarrer in St. Cäciliä und mein Beichtvater.«

Ich kippte meinen Aperitif und grinste verlegen. »Vielleicht sollten wir einfach das Thema wechseln, was halten Sie davon?«

Sie lächelte schon wieder. »Ist Ihnen das wirklich *so* peinlich?«

»Als sei es mir gerade eben passiert.«

Sie nahm einen sehr kleinen Schluck. »Dann schießen Sie mal los.«

Nachdem ich mich ausgiebig geräuspert hatte, fragte ich: »Hat Ihr Vater Ihnen erzählt, weswegen ich ihn aufgesucht habe?«

»Ich war noch nicht wieder zu Hause und hatte keine Gelegenheit, mit ihm zu sprechen. Aber ich weiß von Schwester Katinka, worum es ging.«

»Hat sie uns etwa belauscht?«

»Sie hat Anweisung, meinen Vater nicht aus den Augen zu lassen. Dazu gehört auch eine akustische Überwachung, ja. Schauen Sie nicht so entsetzt, es ist zu Vaters eigenem Besten. Wenn er einen Anfall hat, benötigt er binnen Sekunden Hilfe.«

»Dann wissen Sie ja, woran ich arbeite.«

»Ja, Sie suchen nach Beweisen für eine absurde Theorie.«

»Was Sie eine absurde Theorie nennen, ist für andere ein Hoffnungsschimmer. Nicht zuletzt für Ihren Vater.«

Margot setzte ihre Brille ab und massierte mit Daumen und Zeigefinger ihre Nasenwurzel. Sie hatte ihre Nägel doch lackiert, allerdings farblos.

»Sie dürfen mich nicht für herzlos halten, nur weil ich nicht an Wunder glaube. Dafür bin ich einfach zu sehr Realistin.« Sie setzte die Brille wieder auf. »Mein Vater war das früher auch. Inzwischen ist er jedoch ein sehr alter, sehr kranker Mann, den es entsetzlich schmerzt, mit ansehen zu müssen, daß niemand mehr da ist, der sein Lebenswerk fortführt.«

»Was ist mit Ihnen? Leiten Sie nicht die Klinik?«

»Nur vorübergehend und mehr schlecht als recht. Als kommissarische Vorsitzende des Verwaltungsrats schlage ich mich ganz gut, aber als Chirurgin bin ich bestenfalls Mittelmaß.« Sie trank erneut einen sehr kleinen Schluck. »Unserer Klinik fehlt ein erstklassiger Operateur vom Schlage meines Vaters oder meines verstorbenen Mannes. Das weiß mein Vater, und so klammert er sich verzweifelt an den Strohhalm, Clemens sei noch am Leben und käme eines Tages zurück.«

Sie warf mir einen bösen Blick zu. »Und solche Geschichten wie die Ihre nähren natürlich seine Hoffnung.«

Ein wenig anders hatte ich den alten Herrn schon verstanden, aber das behielt ich erst einmal für mich.

Luigi servierte die gemischten Vorspeisen, wobei er Margot die geballte Kraft seines Latin-Lover-Charmes spüren ließ. Sie zeigte sich beeindruckt wie von den Abschreibungsmöglichkeiten auf den Komoren.

»War er so etwas Besonderes, Ihr Mann?«

»Clemens war ein Genie. Sie hätten sehen sollen, welche Schnitte er setzte, und wie er nähte. Es war einfach unglaublich. So etwas kann man nicht lernen.«

»Sie wollen mir doch nicht weismachen, das sei angeboren?«

»Nein, aber man braucht dafür eine natürliche Begabung. Wie manche Leute für bestimmte Sportarten mehr oder weniger Talent besitzen, verstehen Sie?«

Die eingelegten Champignons schmeckten wie immer am besten.

»War das Leben Ihres Mannes eigentlich versichert?« fragte ich.

Für Sekundenbruchteile flatterten ihre Augenlider, und ebenso lange zögerte sie, bevor sie den Bissen Carpaccio in den Mund schob.

»Mit fünf Millionen«, sagte sie.

Das entsprach dem, was Waldemar mir genannt hatte. Trotzdem pfiff ich, als hörte ich die Summe zum ersten Mal.

»Ich nehme an, Zweifel am Tod Ihres Mannes würden die Auszahlung der Versicherungssumme nicht gerade beschleunigen, oder lieg ich da falsch?«

Die Vorspeisenteller wurden abgetragen, und Luigi erkundigte sich, was wir zu den gemischten Fischplatten zu trinken beabsichtigten. Ich orderte Frascati, Margot San Pellegrino.

Danach rang sie noch ein Weilchen mit sich. Entweder überlegte sie, ob sie mir meine Frage überhaupt beantworten sollte, oder sie bastelte an einer geeigneten Formulierung. Ich spurte derweil mit den Zinken meiner Gabel Loipen in das schneeweiße Tischtuch.

»Ich kann nicht bestreiten, daß die Klinik erheblichen wirtschaftlichen Turbulenzen ausgesetzt ist«, sagte sie schließlich. »Mein Mann war gewissermaßen das Zugpferd, und da er nicht mehr für uns tätig sein kann, sind bereits zahlreiche Patienten abgesprungen. Dazu kommen die Auswirkungen der Gesundheitsreform und die allgemeine Rezession. Auch unsere Lage ist konjunkturabhängig. Keine Frage, wir benötigen die Auszahlung der Lebensversicherungen zur Begleichung unserer kurzfristigen Verbindlichkeiten.«

»Fallen die Spielschulden Ihres Mannes unter diese Kategorie?«

Ihre Selbstbeherrschung war beachtlich. Daß ich einen Wirkungstreffer erzielt hatte, merkte ich eigentlich nur an ihrer Stimme, die auf einmal direkt aus der Kühltruhe zu kommen schien.

»Woher wissen Sie davon?«

Die Tür flog auf, und acht gesunde, fröhlich schwadronierende Japaner spazierten herein. Luigi nahm sie in Empfang und geleitete sie zum Vergiften in den hinteren Teil des Restaurants. Danach brachte er uns unsere Getränke. Der Frascati war wunderbar kühl.

»Meine Quelle kann ich Ihnen nicht nennen«, sagte ich. »Ich weiß nur, daß Ihr Mann Spielschulden hatte, kenne aber weder die Höhe noch den oder die Gläubiger.«

Margot atmete sehr tief durch. »Bevor ich Ihnen diese Frage beantworte – wenn ich es überhaupt tue – möchte ich, daß Sie mir eine Frage beantworten: Wieso sprechen wir eigentlich die ganze Zeit über meinen Mann? Das Objekt Ihrer Ermittlungen ist doch Rosa Quist, die ehemalige Pflegerin meines Vaters.«

»Die Schicksale Ihres Gatten und Rosa Quists lassen sich nicht trennen. Es gibt drei Möglichkeiten. Nummer eins: Beide saßen in dem Flugzeug, beide stürzten ab und beide kamen bei dem Absturz um. Nummer zwei: Ihr Mann saß allein in dem Flugzeug, stürzte ab und starb, während Rosa Quist überlebte, weil sie nicht an Bord war. Nummer drei: Wieder saß Ihr Mann allein in der Maschine, war aber zum Zeitpunkt des Absturzes nicht mehr an Bord. In dem Fall hätten Rosa Quist und er überlebt.«

Margot sah mich an, als hätte ich gerade von grünen Männchen erzählt. »Wie, bitteschön, hätte Clemens das Flugzeug verlassen sollen, bevor es abstürzte?«

»Zum Beispiel mit einem Fallschirm.«

»Mir ist nicht bekannt, daß Clemens Fallschirmspringen konnte.«

»Ich denke, wenn man's braucht, kann man's lernen«, sagte ich. »Ich hab mir dabei einen Gedankengang Ihres Vaters zu eigen gemacht, der davon ausgeht, Ihr Gatte hätte womöglich Sie, die Klinik und das Land verlassen wollen, um woanders neu zu beginnen. War dem so, dann kommt nur Nummer drei in Frage: Ihr Gatte täuscht seinen Tod vor und kann untertauchen, ohne daß er gesucht wird.«

»Das soll mein Vater gesagt haben?«

»Er sagte, Ihr Gatte sei womöglich an einem totem Punkt gewesen. Gewissermaßen no future.«

»No future! Das ist doch Geschwätz.«

»Warum? Weil er alles besaß, wovon Otto Normal nur träumen kann? Flugzeuge, einen Sportwagen, ein Motorrad?«

»Zumindest letzteres besaß mein Mann nicht.«

»Und wem gehört dann die Harley, die in Essen-Mühlheim auf dem Flughafen steht?«

»Wie bitte?«

Sie wußte anscheinend wirklich nichts von dem Motorrad. Ich hätte mich am liebsten in den Hintern getreten, daß ich davon angefangen hatte. Da half nur ein radikaler Schwenk.

»Warum flog Rosa Quist eigentlich mit Ihrem Mann nach Baltrum?« fragte ich. »War sie seine Geliebte?«

»Also, Sie haben ja vielleicht –«

»War sie seine Geliebte?«

»Jetzt reicht's aber! Gleich unterstellen Sie mir –«

»War sie seine Geliebte?«

»Nein, zum Teufel!« Margots Ausbruch kam derart vehement, daß sie über sich selbst erschrak. Sie hatte sich jedoch sofort wieder im Griff. »Schwester Rosa hatte den Auftrag, unser Ferienhaus auf Baltrum für den Sommeraufenthalt meines Vaters vorzubereiten. Geplant war, daß sie mit dem Zug reiste. In letzter Minute ergab sich für meinen Mann jedoch die Möglichkeit, für einige Tage auf der Insel auszuspannen. Da hat er sie mitgenommen.«

»Die beiden hatten also kein Verhältnis?«

»Nein«, zischte sie derart böse, daß mir angst und bange wurde. »Unsere Ehe mag keine Bilderbuchehe gewesen sein, aber wir waren einander treu. Wollen Sie das schriftlich?«

»Ein Zeuge hat ausgesagt, Rosa Quist und Ihr Gatte seien bereits vor dem tragischen Trip einige Male gemeinsam nach Baltrum geflogen. Das soll im April gewesen sein. Hat Schwester Rosa auch anläßlich dieser Reisen das Haus vorbereitet? Wie groß ist eigentlich das Haus?«

Ich sah ihr an, wie es sie juckte, mich zu ohrfeigen. »Was wollen Sie, Sie billiger kleiner Schnüffler? Mein Mann ist vor nicht einmal sechs Monaten verstorben, und ich bin noch in Trauer. Da kommen Sie daher und besitzen Sie die Pietätlosigkeit, sein Andenken mit wilden Verdächtigungen zu beschmutzen und mich gleichzeitig zu demütigen. Was gibt Ihnen das? Ein Gefühl von Macht?«

»Hiere kommte die leckere Fisse«, sagte Luigi und wollte schwungvoll auftragen.

»Werfen Sie ihn zurück ins Meer«, sagte Margot und stand auf.

»Ich such die Wahrheit«, sagte ich. »Das ist alles.«

»Die Wahrheit! Sie biegen sich die Wahrheit so zurecht, daß Sie zu Ihren Phantastereien paßt. An Tatsachen sind Sie doch überhaupt nicht interessiert.«

»Am Anfang steht immer 'ne Theorie. Zum Beispiel die, daß Ihr Mann Rosa Quist ermordet hat.«

Margot sank zurück auf ihre Bank. »Sie sind wahnsinnig. Komplett verrückt.«

»Scusa, wasse mache isse mitte Fisse?« fragte Luigi.

»Versuch's in fünf Minuten noch mal, okay?«

»Stronzo!«

»Was hat er gesagt?« fragte Margot.

»Nur meinen Spitznamen«, sagte ich. »Rosa Quist wußte, daß Ihr Mann seinen Tod nur vortäuschen wollte, und hat sich dieses Wissen bezahlen lassen. Vielleicht war sie ihm bei der Ausführung sogar behilflich, was weiß ich. Jedenfalls war sie nach der Tat mit ihrem Anteil unzufrieden und versuchte einen Nachschlag zu erpressen. Was ich bisher über Rosas Charakter herausgefunden habe, läßt ein solches Verhalten durchaus wahrscheinlich erscheinen. Daraufhin sah Ihr Mann nur einen Ausweg – Peng!«

Margot hatte ihre Augen derart zusammengekniffen, daß sie mich eigentlich nicht mehr sehen konnte. Aber vielleicht war das ja ihre Absicht.

»Ich steuere Ihnen eine weitere Theorie bei«, sagte sie und ließ es wie eine Bombendrohung klingen. »Ich bin an dem Komplott beteiligt. Um die Klinik vor dem Bankrott zu retten, haben Clemens und ich gemeinsam den Plan geschmiedet, daß er zum Schein ablebt, damit wir anschließend die Versicherungssummen kassieren können. Rosa Quist bekam Wind von dem Plan, versuchte uns zu erpressen, und da haben wir sie beseitigt. Was halten Sie davon?«

»Noch besser«, sagte ich. »Das Motiv ist stärker. In meiner Theorie läuft ihr Mann davon, weil ihn sein bisheriges Leben langweilt. Das ist schwach. Oder hatte er noch andere Probleme, von denen ich wissen sollte?«

»Sie sind kein sonderlich erfolgreicher Detektiv, oder?«

»Vermuten Sie das oder haben Sie sich erkundigt?«

Wir mußten jetzt um einiges lauter sprechen als zuvor, denn im Nebenraum wurde gejohlt wie auf dem Oktoberfest. Die Japaner waren bester Dinge.

»Das ist eine reine Vermutung«, sagte sie und griff nach ihrer Handtasche. »Regeln Sie das bitte mit dem Fisch. Ich möchte jetzt gehen.«

»Nur noch eine Frage: Hatte Ihr Mann Freunde?«

»Wie kommen Sie jetzt darauf?«

»Jemand muß mit einem Fahrzeug auf ihn gewartet haben, wenn er wirklich mit dem Fallschirm abgesprungen sein sollte.«

»Männer wie Clemens haben keine Freunde. Nur Bewunderer oder Neider.«

»Keinen einzigen? Vielleicht einen weiblichen?«

»Fangen Sie schon wieder damit an?«

»Ich rede von *Freunden*. Von mir aus auch ein Bruder oder eine Schwester.«

»Clemens war ein Einzelkind.« Sie starrte aus dem Fenster, als stehe die Antwort womöglich auf dem Bürgersteig. »Wenn überhaupt jemand, dann Arndt Malchau. Er ist Chirurg wie Clemens und ich und arbeitet in unserer Klinik. Clemens und er kannten sich bereits seit der Schule.«

»Ist das etwa der Kugelbauch?« plapperte ich los und hätte mir in derselben Sekunde am liebsten die Weinflasche vor den Kopf geschlagen.

»Kugelbauch?« Margot blickte irritiert. »Nun ja, Arndt hat einen Ansatz zum ... Woher wissen Sie das? Kennen Sie ihn?«

»Ihr Vater«, war das erstbeste, das mir einfiel. »Ich glaube, Ihr Vater erwähnte so etwas.«

Sie musterte mich mit einem langen, ruhigen Blick. Ich hielt ihm stand, obwohl mir der kalte Schweiß aus allen Poren brach.

»Ich mache Ihnen einen Vorschlag«, sagte sie. »Ich engagiere Sie herauszufinden, ob mein Mann noch lebt.«

»Hatten wir uns eben nicht darauf geeinigt, daß ich 'ne Niete bin? Außerdem steht für Sie doch fest, was passiert ist.«

»Ich könnte dann guten Gewissens behaupten, ich hätte alles, wirklich alles versucht.«

»Ich bin mir sicher, Sie haben auch so keine Probleme mit Ihrem Gewissen«, sagte ich. »Tut mir leid, aber ich hab schon einen Klienten.«

»Für den Sie Rosa Quist, aber nicht meinen Mann suchen.«

»Die Interessen könnten kollidieren.«

»Schade.« Sie erhob sich. »War ja auch nur eine Idee. Bleiben Sie sitzen.«

»Falls ich noch Fragen –«

»Erreichen Sie mich in der Klinik. Bitte belästigen Sie nicht noch einmal meinen Vater. Guten Abend.«

Ich wischte ein Guckloch in die beschlagene Scheibe und blickte ihr nach, wie sie in Richtung Ratinger Tor entschwand.

Im Nebenraum fing der erste von Nippons Söhnen an zu kotzen.

XII

Schön, wenn man nahe der Quellen wohnt. Von der Ratinger Straße bis zu meiner Wohnung waren es normalerweise drei Minuten, im Suff schlimmstenfalls eine halbe Stunde. Aber dann mußte auch schon alles schieflaufen.

Ich stand vor der Haustür Ritterstraße 28 und kramte nach dem Schlüssel, als sich eine dunkle Gestalt aus dem Schatten neben dem Eingang löste. Meine Reaktion war professionell: Ich ließ den Schlüsselbund fallen und bückte mich danach. Hätte die Person mich fertigmachen wollen, sie hätte alle Chancen gehabt.

»Ich wußte, daß du noch hier wohnst«, sagte Verena. »Obwohl dein Name nicht mehr auf der Klingel steht.«

»Wartest du schon lange?«

»Vielleicht 'ne halbe Stunde. Ich hab keine Uhr.«

»Frierst du nicht?« fragte ich, weil sie nicht mehr anhatte als am Vortag.

»Geht so. Ich hab 'ne Flasche Asbach Privat mitgehen lassen.«

Endlich hatte ich den richtigen Schlüssel. Ich schloß auf, machte Licht, und wir nahmen die Treppe bis unters Dach.

»Leise, verdammt!« zischte ich, als Verena anfing, irgendeinen Italo-Hit zu trällern. »Das ist nach wie vor ein anständiges Haus.«

»Dafür ist die Lage optimal«, zitierte sie mich.

»Ah – das hast du also nicht vergessen.«

»Hast du inzwischen mal rausgekriegt, was es mit dieser Franzosenseelsorge auf sich hat?«

»Noch nicht, aber ich arbeite dran.«

Die Wohnung bestand aus zwei Zimmern nebst Küche und Bad und dem Flur, in dem wir gerade standen. Sämtliche Außenwände waren schräg und schlecht isoliert, so daß Miete und Heizkosten sich die Waage hielten. Da ich zwei Tage nicht zu Hause gewesen war, war es saukalt.

»Steht der Fernseher noch immer im Schlafzimmer?« fragte Verena.

Ich bejahte.

»Dann leg ich mich ins Bett, ist das okay?«

»Zieh aber vorher die Stiefel aus.«

Da ich Alt nur vom Faß trinke, war der Kühlschrank mit Bitburger bestückt. Ich entnahm zwei Dosen und bemerkte auf dem Rückweg, daß der Anrufbeantworter blinkte. Verena hatte aufs Band genuschelt, sie wolle mich sprechen. Das konnte sie nun haben.

Das Schlafzimmer war nur knapp größer als die beiden Matratzen und die dreieinhalb Meter IVAR, die sich an der gegenüberliegenden Wand entlangzogen. Eine Holztruhe und ein Weidenkorb komplettierten das Mobiliar. In der Truhe lag die frische Wäsche, im Korb steckte die schmutzige.

Farblich dominierte blau. Mittelblaue Rauhfaser, dunkelblauer Teppichboden, babyblaue Spannbettlaken. Über dem Bett hing ein Poster von Rita Hayworth als Gilda.

Verena lag auf der Holztruhenseite. Das war die Seite, die sie auch während unserer Ehe benutzt hatte. Ihre Klamotten lagen als unordentlicher Haufen in der Ecke. Dafür hatte sie sich in sämtliche Decken gewickelt, die ich besaß. Ich legte mich in Boxershorts und T-Shirt neben sie. Im Fernseher lief ohne Ton die Wiederholung einer Seifenoper vom Nachmittag.

»Hast du den Weinbrand an der Hotelbar geklaut?« fragte ich und bot ihr eine Dose Bit an.

»Für mich nicht, ich bleib beim Asbach.« Zum Beweis gurgelte sie einen Streifen weg, der einem Bootsmaat imponiert hätte. Damit war die Flasche halbleer. »Kein Hotel, wir wohnen privat.«

»Wo?«

»Bei Lübke.«

»Lübke? Etwa der Pharmafritze?«

Sie nickte. »Seine Frau, die Christiane, hat doch mit dem, was sie vom Haushaltsgeld abgezwackt hat, die Anselm-Hauschild-Stiftung finanziert. Ein schlappes Milliönchen.«

Ich trank in sehr kleinen Schlucken, damit der Frascati sich an das Bier gewöhnen konnte. Und umgekehrt.

»Ist so was überhaupt zulässig?« fragte ich.

»Was?«

»Das man wie Hauschild mit fremder Leute Geld 'ne Stiftung auf den eigenen Namen aufmacht. Alle denken, er tut was Gutes, und dann steckte Pharma-Kohle dahinter.«

»Ist doch egal, wo's herkommt, Hauptsache, es hilft.«

»Hilft wem?«

»Jungen, mittellosen aber talentierten Künstlern.« Verena drängelte sich in meine rechte Armbeuge. »Die Stiftung finanziert ihnen das Studium. Hätte es sie damals schon gegeben, wärst du bestimmt auch gefördert worden.«

»Ich war nie jung und talentiert. Nur mittellos.«

»Du warst doch gut. Allein, wenn ich an deine Patchwork-Aquarelle denke.«

Der Frascati und das Pils schienen sich zu vertragen. Ich schüttete etwas schwungvoller.

»Laß uns von was anderem reden, sonst werd ich sentimental. Der Anrufbeantworter hat mir erzählt, du wolltest mich sprechen. Was gibt's?«

»Ich bin deine Auftraggeberin, hast du das vergessen? Ich will wissen, wie weit du mit deinem Ermittlungen bist und ob du für mein Geld auch arbeitest.«

»Ich schufte wie ein Tier. Das hätte ich dir aber auch am Telefon sagen können.«

»So ist's gemütlicher. Außerdem hab ich's bei den Lübkes nicht mehr ausgehalten.«

»Mußtest du in der Wanne schlafen?«

»Wenn's das mal wäre. Der Herr des Hauses steigt mir, seit wir da sind, pausenlos nach. An meinem Hintern gibt es keine Stelle mehr, wo er mich nicht gekniffen hat. Und letzte Nacht hat er wie 'n Kater vor meiner Tür miaut.«

»Die Rede ist von Professor Doktor Pius Lübke, dem christdemokratischen und wertkonservativen Aushängeschild der Chemischen Industrie Deutschlands, ist das richtig?«

Sie nickte mit der Flasche am Mund. »Mais oui, monpti. Von sich selbst spricht er gerne schlicht und ergreifend als katholischem Rheinländer.«

»Das war Goebbels auch.«

»Ja, und der war auch so 'n Nachsteiger, hab ich gelesen. Nur die Horney hat ihn abblitzen lassen.«

»Prost, Brigitte«, sagte ich, leerte die Dose und gab Verena in knappen Worten einen Abriß dessen, was sich seit gestern ereignet hatte.

Sie war mächtig aus dem Häuschen, vor allem, als ich ihr erzählte, daß Rosa das Flugzeug durchaus unbemerkt hätte verlassen können.

»Ich wußte es, ich wußte es, ich wußte es!« jubelte sie und klopfte mir dreimal mit dem Gips vor den Rippenbogen.

»Aua, laß das. Damit ist keineswegs bewiesen, daß sie ausgestiegen ist. Ich hab lediglich gesagt, sie hatte die Gelegenheit dazu.«

Aber Verena war nicht mehr zu bremsen. »Und ein Verhältnis mit diesem Schönheitsdoktor hatte sie unter Garantie auch. Im Gegensatz zu mir hat Rosa doch mit allem gebumst, was sie länger als drei Tage kannte.«

»Welche Karenzzeit hattest du noch? Waren's vier oder fünf Tage? Ich hab's vergessen.«

»Gino, wenn ich überhaupt mit fünfzig Prozent der Typen geschlafen hab, von denen du glaubst ich hätte, dann ist es viel.«

»Also nur mit der halben Stadt.«

»Arschloch! Jedenfalls hab ich nie mit Frauen gepennt.«

»Im Gegensatz zu mir.«

»Ich rede von Rosa.«

Das überraschte mich jetzt doch. »Ernsthaft?«

»Nur experimentell. Lesbisch war sie nicht.«

Über den Bildschirm flimmerte ein Werbeblock. Eine elegante Blondine erlebte im Kreise der versammelten Verwandschaft beim Genuß von Eduscho einen Orgasmus.

»Komisch«, sagte Verena. »Von einem Millionending hat sie auch was gesagt.«

»Wie?«

»Das Millionengeschäft, von dem Heiko seiner Freundin erzählt hat. Davon hat Rosa auch geredet.«

»Wann und zu wem?«

»Zu mir. Als sie mich angerufen hat.«

Ruckartig zog ich meinen Arm unter ihrem Nacken raus, daß ihr Kopf ins Kissen plumpste.

»Wieso erfahr ich das erst jetzt?«

Sie guckte verdattert. »Weil ... weil ich mich eben erst wieder daran erinnert hab.«

»Dann hast du sie ja doch eindeutig erkannt. Was hat sie denn sonst noch erzählt?«

»Nichts.«

»Also nur: Hallo Verena, hier spricht Rosa. Ich bin nicht tot, mir geht's gut und ich hab 'n Millionending am laufen. Grüß den lieben Anselm. Muß ich mir das so vorstellen?«

»In etwa, ja.«

Ich starrte die gewohnheitsmäßige Lügnerin, die noch immer meinen Namen trug, an. Alt war sie geworden. Die Zeit mit Hauschild hatte ihr nicht nur diese Sehnenscheidenentzündung, sondern auch jede Menge Falten eingetragen. Vielleicht lag es aber auch an dem mediterranen Klima und der pausenlosen Nudelesserei.

»Guck nicht so«, sagte sie. »Du machst mir Angst.«

»Du erzählst mir Scheiße, Verena. Und ich wüßte gerne, warum.«

Sie schüttelte im Liegen den Kopf. »Tu ich nicht, Gino, wirklich nicht. Nicht absichtlich. Es ist nur – ich bin nicht in Form. Ich vergeß so schrecklich viel.«

Ich kannte sie. Selbst wenn ich sie foltern würde, im Augenblick würde ich nicht mehr aus ihr rauskriegen. Also streckte ich mich wieder aus und nahm sie erneut in den Arm.

Als ich schon dachte, sie wäre eingeschlafen, sagte sie plötzlich: »Weißt du, in welchem Moment ich dich am stärksten geliebt hab?«

»Laß mich raten. Äh – als ich dir sagte, mein Bier ist auch dein Bier, und dir erlaubt hab, an den Kühlschrank zu gehen.«

»Nein. Ernsthaft.«

»Keine Ahnung.«

»Wirklich nicht?«

»Nein. Sag's mir.«

»Als wir im Kino waren, und du rauf zur Leinwand bist und versucht hast, dem Hauptdarsteller diesen riesigen Mitesser an der Nase auszudrücken.«

»Da war ich besoffen.«

»Ich fand das so nett. Wenn ich an dich denk, dann am liebsten daran. Wie hieß der Film noch?«

»Der Violonist. Mit Richard Berry. Ich versteh das heute noch nicht. Irgendwer hätte sich doch bei den Dreharbeiten um den Mitesser kümmern müssen. Die Regie, die Maske, was weiß ich. Irgendwer muß doch für so was zuständig sein.«

»Da hast du es eben versucht.« Sie kuschelte sich dichter an und seufzte wie ein Kind kurz vor dem Einschlafen. »Ein schöner Film. Den würd ich gerne noch mal sehen.«

»Am Tag darauf hast du mich verlassen.«

»Ich hab dich nur verlassen, weil *du* mich nicht verlassen hast. Denn du mußtest gehen. Wären wir zusammengeblieben, wärst du an mir zerbrochen, und das wollte ich auf keinen Fall. Dafür hatte ich dich zu lieb.«

Ich tastete umher, fand die Fernbedienung und knipste die Glotze aus. Da ich im Liegen nicht an den Schalter der Stehlampe kam, zog ich einfach den Stecker raus. Dann kroch ich zu Verena unter die Decken. Sie war bis auf den Gips nackt, aber da ich Shorts und Shirt trug, blieben wir auf Distanz.

»Schlaf schön«, sagte ich, aber das tat sie bereits.

Kurz bevor ich wegduselte, hörte ich das Telefon. Einen Moment spielte ich mit dem Gedanken aufzustehen, aber da war der Anrufbeantworter schon angesprungen.

So blieb ich liegen und träumte von Mitessern, Pickeln und ekeligen Eiterbeulen.

XIII

Es ist keine fünf Jahre her, da hatte ich eine Blase wie ein Stier. Inzwischen mußte ich jede Nacht ein bis zweimal raus. Hochgerechnet hieß das, entweder ließ ich mir mit fünfundvierzig einen Katheder legen, oder ich übernachtete gleich auf dem Klo.

Da ich schon mal auf den Beinen war, hörte ich den Anrufbeantworter ab.

»Hier spricht Frau Bruch, Conny Bruch. Ich hab's schon bei Ihnen im Büro versucht, aber da kann man ja nicht mal 'ne Nachricht hinterlassen. Mir ist da noch was eingefallen, das wichtig sein könnte. Ich möchte das aber nicht aufs Band sprechen, ich weiß ja nicht, wer das eventuell abhört. Rufen Sie mich doch bitte zurück. Zur Sicherheit noch mal meine Nummer: ... «

Ich hob ab und tippte die Ziffern mit. Miß Aldi hatte einen gesegneten Schlaf. Erst nach dem zwölften Klingeln meldete sie sich.

»Hier ist Hoffmann, der Schnüffler.«

Ihr Bett quietschte, ein Lichtschalter klickte, dann fiel irgendwas runter, und sie schimpfte.

»Wissen Sie eigentlich, wie spät es ist? Halb vier!«

»Sorry, aber ich hatte noch 'ne Schießerei mit 'n paar Mafiosi und komm gerade erst zur Tür rein. Außerdem haben Sie ja auch nicht unbedingt am hellichten Tag angerufen. Was gibt's denn so wichtiges?«

»Zumindest war's vor Mitternacht.« Sie hustete mir mitten ins Ohr. »Ob's wichtig ist, müssen Sie selbst entscheiden. Ich fand's nur derart seltsam, daß – am besten, ich erzähl's Ihnen einfach.«

Da die Schnur lang genug war, nahm ich den Apparat mit in die Küche, wo ich mich auf einen der Klappstühle hockte. Das Linoleum war kalt wie panierte Käpt'n Iglos. Also schaltete ich den Backofen ein und stemmte die Füße gegen das Fenster.

»Worum's geht, hat sich knapp 'ne Woche, bevor ich den Heiko endgültig rausgeworfen hab, ereignet«, erzählte die Bruch. »Nachdem er sich drei Tage nicht hatte blicken lassen, stand er abends plötzlich sturzbetrunken vor der Tür. Ich wollte ihn erst gar nicht reinlassen, aber dann tat er mir leid und ... na ja. Kaum war er im Wohnzimmer, drehte er völlig durch und kriegte 'nen Tobsuchtanfall, wie ich das noch nicht erlebt hatte. Und wissen Sie, warum? Wegen so 'ner stinknormalen blauen Diskette, die auf dem Tisch lag. Die hatte mein Neffe am Tag vorher vergessen, darauf hatte er sich irgend so 'n albernes Videospiel kopiert. Jedenfalls riß der Heiko die Diskette an sich und schrie, woher ich die hätte, ob ich ihm das Geschäft seines Lebens kaputtmachen wollte, und was weiß ich noch alles. Ich hab versucht ihm zu erklären, was es mit der Diskette auf sich hatte, aber er war überhaupt nicht zu beruhigen, hat das Ding in die Tasche gesteckt und ist abgehauen.«

»Sie glauben jetzt, daß er im Suff die Diskette mit einer anderen verwechselt hat, die er für sein Millionending brauchte, ist es das?«

»Der Schluß liegt doch nahe, oder?«

»Hat er gesagt, was darauf gespeichert sein sollte?«

»Keinen Ton.«

»Nicht mal 'ne Andeutung?«

»Nichts. Gar nichts.« Sie gähnte. »Aus meiner Sicht brauchen Sie nur die Diskette zu finden, und Ihr Fall ist so gut wie gelöst.«

»Genau«, sagte ich. »So unkompliziert seh ich das auch.«

Der Mann trug einen blauen Kittel und eine Schiebermütze und sah aus wie ein Schreiner, nicht zuletzt, weil ihm drei Finger der linken Hand zur Hälfte fehlten. Unter dem dazugehörigen Arm klemmte ein teilentfalteter Zollstock, während er mit rechts Striche und Zahlen in ein kleines Buch malte.

»Was machen Sie denn hier?« fragte ich.

Er tippte an den Mützenrand. »Deko-Müller. Sie müssen der Junior sein. Wir machen hier alles neu. In zwei Wochen erkennen Sie den Laden nicht wieder.«

»Unternehmen«, sagte ich.

»Wie?«

»Gino, bist du das?« rief Olga von nebenan. »Komm mal her. Das mußt du dir ansehen!«

Ich ließ Deko-Müller stehen und ging ins Büro.

Es war einer jener Tage, an denen Olga beschlossen hatte, mal wieder eines ihrer alten Hündchen, das sie vor vielen Jahren für viel Geld bei Selbach gekauft hatte, zu Ehren kommen zu lassen. Sie steckte in einem für ihr Alter und ihren Umfang viel zu knappen schwarzen Rock und einer Pepitajacke, die sie ohne hydraulische Seilzugunterstützung nicht mehr zuknöpfen konnte. Dazu hatte sie die Haare derart streng nach hinten gebürstet, daß sie aussah, als hätte sie den Vormittag im Windkanal verbracht.

Waldemar hingegen war up to date wie immer. Kleinkarierter Anzug, weißes Hemd, gepunktete Fliege und jede Menge Klätsche im Haar. Die Klamotten sahen so neu aus, daß ich unwillkürlich nach dem Preisschild schielte.

Seite an Seite beugten sie sich über den Schreibtisch.

»Ein Marienkäfer«, sagte Olga.

»Und das Ende November«, sagte Waldemar.

Er hielt dem Käfer seinen rundgefeilten Zeigefingernagel vor die Nase, damit der raufkrabbeln sollte. Das Tier wollte aber nicht und änderte seinen Kurs. So ging das ein halbes Dutzend mal, bis Waldemar nachgab.

»Wir müssen nur aufpassen, daß wir nicht auf ihn drauftreten«, sagte Olga.

»Solange du nicht auf den Tisch kletterst, kann nichts passieren«, sagte ich. »Was will der Kerl da draußen? Kriegen wir Parkett?«

»Parkett wäre gar keine schlechte Idee«, sagte Olga zu Waldemar. »Das macht doch entschieden mehr her als Teppichboden.«

Dann wandte sie sich an mich. »Nur zu deiner Information: Ich habe mit Matuschek gesprochen und ihm die Geschäftsführung angeboten. Er will es sich bis Ende des Monats überlegen. Ich denke, er wird zusagen.«

»Du mußt ihm nur das Doppelte bieten, als er jetzt kriegt, dann kommt er. Seid ihr schon lange hier?«

»Jedenfalls länger als du«, sagte Olga. »Es ist fast Mittag.«

»Ich frage wegen der Post und wegen Anrufen. Nichts für mich?«

Beide verneinten.

»Wie kommst du voran?« fragte Waldemar.

»Es geht so«, sagte ich und erzählte, da Olga vor Neugier bereits hechelte, von meinem Besuch bei den Epps. »Schlecht sieht er aus, der alte Herr, und husten tut er, daß sie's bestimmt in der Erdbebenwarte aufzeichnen. Er sagte, er habe seit dem Tod des Alten auf meinen Besuch gewartet. Habt ihr 'ne Ahnung, wieso?«

Synchron zuckten beide die Achseln.

»Hast du ihn nicht gefragt, wieso?« fragte Waldemar.

»Schon, aber er ist nicht darauf eingegangen«, sagte ich. »Dich soll ich übrigens grüßen, Olga.«

»Danke.« Olga trat vor mich und zupfte in Ermangelung einer Krawatte, deren Knoten sie hätte richten können, am Kragen meiner Lederjacke herum. »Ich mache mir deinetwegen große Sorgen.«

»Wieso? Vor 'nem halben Jahr waren meine Leberwerte noch im grünen Bereich. Aber wenn es dich beruhigt, kann ich gerne –«

»Davon rede ich doch gar nicht«, fiel sie mir ins Wort. »Ich dachte mehr an deine Ex-Frau. Ich bin besorgt, daß du dich wieder mit ihr einlassen könntest.«

»Olga meint, der Auftrag, Rosa zu suchen, könnte lediglich ein Vorwand sein, um dich zurückzugewinnen«, sagte Waldemar.

»Willst du keine Enkel?« fragte ich. »Bei Markus wirst du lange darauf warten können. Die Verantwortung liegt also bei mir.«

Olga prallte zurück, als hätte ich sie geboxt. »Aber doch wohl nicht von dieser Person!«

»Wenn die kleinen Racker erst mal da sind, wirst du sie schon mögen.«

Olga schlug die Hand vor den Mund. »Ist Verena etwa in anderen Umständen?«

»Olga, ich bitte dich«, sagte Waldemar. »Sie haben sich doch erst gestern wiedergesehen.«

»Könnten Sie mal wegen der Heizkörperverkleidungen gucken kommen?« fragte Deko-Müller von der Tür aus. »Ich bin mir nämlich nicht sicher, ob ich –«

»Ich komme«, rief Olga.

Als sie den Raum verlassen hatte, fragte ich Waldemar: »Hattest du im Fall Schallmich einen Doktor Arndt Malchau erwähnt? Notiert hab ich mir nämlich nichts.«

»Nein, an den Namen würde ich mich erinnern. Spielt er bei deinen Ermittlungen eine Rolle?«

»Bisher ist er nur 'ne Randfigur. Aber er soll Schallmichs bester Freund gewesen sein.«

»Soll ich ihn sicherheitshalber mal überprüfen lassen?«

»Das wär wunderbar«, sagte ich. »Übrigens – du hast 'nen Marienkäfer im Haar.«

Bei Tageslicht erwies sich der Klinikneubau als übler Klotz. Ein rostender Flugzeugträger hätte den Park nicht ärger verschandeln können.

An der Anmeldung saß eine Schwester, die bestenfalls noch fünf Jahre bis zur Pensionierung hatte. Sie war schlank, hatte eine Gesichtsfarbe, die auf viel Obst und noch mehr frische Luft schließen ließ, und huskyblaue Augen, die vor Vitalität nur so sprühten. Ihre kurzgeschnittenen Haare waren mausgrau, und den Angestelltenrabatt für Lifting hatte sie verfallen lassen. Mich wunderte, daß sie an solch exponierter Stelle Dienst schieben durfte, war sie doch die beste Werbung für das Gegenteil dessen, was man ein paar Türen weiter für viel Geld aus sich machen lassen konnte.

»Hallo«, sagte ich. »Wo krieg ich hier 'nen Kostenvoranschlag für 'ne Verwandlung in Robert Redford?«

»Wozu?« fragte sie. »Sie sehen doch beinahe aus wie der junge Dustin Hoffman. Und der ist der bessere Schauspieler.«

»Aber die Frauen stehen mehr auf Redford.«

»Geschmackssache. Mein Favorit ist Sean Connery.«

»Auch nicht schlecht«, sagte ich. »Was würde die Nummer denn kosten?«

Sie lehnte sich zurück und schwang mit dem Drehsitz ihres Stuhls hin und her.

»Ich glaube, ich muß Sie bitten, die Klinik zu verlassen. Es laufen des öfteren Patienten durchs Foyer, und die meisten dürfen in den ersten Tagen nach ihrer Operation nicht lachen. Scherzbolde sind hier nicht erwünscht.«

»Sonst platzt die Pelle wieder auf, wie?«

»Das ist eine ausgesprochen hemdsärmelige Formulierung, aber im Prinzip haben Sie recht.«

»Eigentlich will ich ja nur zu Doktor Malchau.«

»Haben Sie einen Termin?«

»Ich möchte ihn überraschen.«

»Er hatte aber bereits im September Geburtstag.«

»Seh ich etwa aus wie der Mann von Fleurop?«

»In welcher Angelegenheit wünschen Sie ihn zu sprechen?«

»Ich glaube nicht, daß ich das herumposaunen möchte.«

»Und ich glaube, Sie haben die Spielregeln nicht begriffen«, sagte sie ungerührt. »Ich bin der Drache, der den Eingang bewacht. An mir kommen Sie nur vorbei, wenn Sie mir sagen, was Sie von ihm wollen.«

»Die Alternative wäre, ich kauf den Laden und schmeiß Sie raus.«

»Sie würden Ihr Geld verplempern. Ich bin unkündbar.«

»Sie sehen überhaupt nicht schwerbehindert aus.«

Sie lachte. »Danke für's Kompliment. Im bin seit vierunddreißig Jahren im Haus, das wiegt genauso schwer.«

»Überredet«, sagte ich, stellte mich vor und erzählte, daß ich Doktor Schallmichs Absturz untersuchte. »Doktor Malchau möchte ich sprechen, weil er Doktor Schallmichs bester Freund war.«

Sie sah mich an, als hätte ich Idi Amin für den Friedensnobelpreis vorgeschlagen. »Sein bester Freund? Dann möchte ich aber nicht seine Feinde kennenlernen.«

»Das heißt was?«

»Raten Sie mal.«

»Und weswegen?«

»Wenn zwei Hähne auf dieselbe Henne wollen, wird's eng.«

»Hm, das kommt auf die Henne an. Apropos – von welcher Henne reden Sie?«

»Langsam machen Sie mir Spaß, junger Mann. Sie kommen hier mit einem absoluten Nullwissen an und erwarten von mir, daß ich Ihnen das Einmaleins beibringe. Sonst haben Sie keine Probleme, wie?« Sie nahm einen der vier Hörer ihrer Schaltzentrale auf und drückte einen Knopf. »Ich fürchte nur, Doktor Malchau ist noch zu Tisch.«

Nachdem das grüne Lämpchen zehnmal geblinkt hatte, legte sie wieder auf. »Tut mir leid, es meldet sich niemand. Wie gesagt, er wird noch zu Tisch sein. Aber Sie können gerne dort drüben warten.«

Der Sessel, den ich wählte, stand direkt vor der Heizung und war ausgesprochen komfortabel. Die herumliegenden Zeitschriften – Äskulap-News, Der kleine Mediziner, Skalpell heute, Chirurg und Welt, Das goldene Thermometer, Die Pillenpost und wie sie alle hießen – taten ein übriges, mich schläfrig werden zu lassen. Keine hatte einen Sportteil. Bereits halb eingenickt, blätterte ich noch eine letzte Seite um – und war glockenwach.

Auf den Seiten 24 bis 28 brachte Der kleine Mediziner nämlich unter der Rubrik »Zu Hause bei ...« eine Reportage über Pius

Lübke und Gattin Christiane. Wobei mit »zu Hause« in diesem Fall nicht der Familiensitz der Lübkes, Schloß Hardenberg bei Neviges, gemeint war, sondern die kuschelige 390qm-plus-Dachterasse-Wohnung an der Cecilienallee, in der die Lübkes immer unter der Woche logierten.

Die Farbfotos zeigten einen kurzgewachsenen, kompakten Pius, 62, der das runde, faltenfreie Gesicht eines Kleinkindes hatte, wobei die vorgestülpte Unterlippe die Vermutung nahelegte, daß er sich in der Trotzphase befand. Bis auf einen Satz waigel'scher Augenbrauen war er völlig haarlos.

Gattin Christiane, 39, war spindeldürr und schien Pius um ein paar Zentimeter zu überragen. Abgesehen davon machte sie einen ähnlich durchgeknallten Eindruck wie Fürstin Gloria. Zu einer Stachelschweinfrisur, die zwischen rot und grün changierte, war sie kriegsbemalt, daß ein hartgesottener Komantsche vor Furcht erbleicht wäre.

Kinder gab's glücklicherweise keine, dafür zwei Windhunde namens Max und Moritz. Dem Text konnte ich entnehmen, daß Herrchen und Frauchen seit ihrer Hochzeit vor beinahe 19 Jahren pausenlos superglücklich miteinander waren, und das nicht trotz, sondern weil sie so verschieden waren. Nicht einmal die Tatsache, daß er katholisch und sie Anhängerin irgendeiner hinterasiatischen Naturreligion war, konnte da etwas trüben. Über Pius' Hobby, Künstlermusen nachzustellen, schwieg sich der Artikel aus.

»Ich warne Sie, Schwester Ursula«, schrillte eine Frauenstimme durchs Foyer. »Ich lasse mich nicht noch einmal abwimmeln.«

Der Disput war schon länger im Gange, nur hatte ich ihm bisher taktvoll keinerlei Aufmerksamkeit geschenkt. Nun konnte ich ihn jedoch aufgrund der Lautstärke und des mittlerweile hysterischen Tonfalls nicht länger ignorieren.

Um von meinem Sitzplatz aus zu erkennen, was sich an der Anmeldung abspielte, mußte ich durch ein 1.000-Liter-Aquarium hindurchsehen. Zwischen Guppys, Skalaren und einem einsamen Wels entdeckte ich das Zerrbild einer Frau in einem wadenlangen braunen Wollmantel mit Webpelzkragen und mit einem Hut, der aussah wie ein verprügelter Napfkuchen. Ihr Gesicht konnte ich nicht erkennen, da sie mir den Rücken zuwandte. Sie setzte sich gerade in Richtung Aufzüge in Bewegung.

»Frau Finken-Sprickmann!« rief der selbsternannte Drache hinter ihr her. »Bleiben Sie stehen! Ich darf Sie allein nicht durchlassen!«

Frau Finken-Sprickmann scherte sich jedoch einen Dreck darum, was gestattet war oder nicht, und war im Aufzug verschwunden, bevor Schwester Ursula ihre Kabine verlassen konnte.

Ich trat hinter dem Aquarium hervor. »Soll ich ihr nach und sie einfangen?«

»Sie setzen sich wieder auf Ihre vier Buchstaben!« schnauzte sie mich an und stellte dann telefonisch die Suchtrupps zusammen.

Ich kehrte zurück in meinen Sessel und beobachtete interessiert die Hektik, die im Foyer ausbrach. Pflegerinnen und Pfleger, Ärztinnen und Ärzte, Büro- und Laborpersonal und sogar der eine oder andere Patient schwirrten auf der Suche nach der irgendwo im Gebäude untergetauchten Frau Finken-Sprickmann herum. Was der ganze Wirbel sollte und warum nicht einfach gewartet wurde, bis Durst oder Hunger die Frau aus ihrem Versteck treiben würde, war mir unklar. Ich jedenfalls ließ mich nicht anstecken und las meinen Artikel weiter.

»Herr Hoffmann?«

Die Frage überraschte mich im vorletzten Absatz. Doktor Malchau hatte sich auf samtenen Sandalensohlen genähert. Er trug die gleichen Klamotten wie am Vorabend. Als wir uns die Hand gaben, merkte ich, daß er nach Lysol roch.

»Schön, daß Sie ein paar Minuten Zeit für mich haben«, sagte ich.

»Aber wirklich nur ein paar Minuten«, sagte Malchau und geleitete mich zum Aufzug, wo er auf die 4 drückte. »Ich bin sehr beschäftigt. Dazu noch die Aufregung wegen der entschwundenen Patientin.«

»So wie sie gejagt wird, könnte man meinen, sie werde steckbrieflich gesucht.«

»Eine bedauernswerte, psychisch labile Person, die schon mehrfach Drohungen gegen unser Haus ausgesprochen hat.«

»Wurde bei ihr Mist gebaut? Die Ohren vergrößert und die Brüste kupiert?«

Er lächelte unbeholfen, wobei er sehr viel Zahnfleisch zeigte. »Ärztliche Schweigepflicht. Bitte.«

Wir verließen den Lift und gingen einen mit Nadelfilz ausgelegten, gedämpft beleuchteten Gang entlang. Vor der vorletzten Tür zog Malchau einen gewaltigen Schlüsselbund aus der Hosentasche. Überflüssigerweise, denn die Tür war angelehnt.

»Seltsam«, sagte er und schob die Tür auf. »Ich war mir sicher, daß ich –«

Es verschlug Malchau nicht nur die Sprache, er erstarrte regelrecht. Da er mir die Sicht versperrte, konnte ich zunächst nicht erkennen, warum. Erst als die Tür so weit aufschwang, daß sie gegen ein Möbel schlug, sah ich, daß wir erwartet wurden.

Hinter einem halbrunden Schreibtisch, in einem ergonomisch perfekt gestylten Schwingsessel, saß Frau Finken-Sprickmann. Ich erkannte sie an ihrem Hut, denn von vorne hatte ich ja noch nicht gesehen.

Sie war schätzungsweise Mitte fünfzig, hatte ein Mondgesicht mit rötlichem Teint und schwarzgeränderte Augen. Ihre Mundwinkel zuckten, und ihr Blick flackerte wie ein Satz Glühbirnen im zehnten Betriebsjahr. Abgerundet wurde ihr Erscheinungsbild durch eine kleine schwarze Pistole, die sie in ihrer rechten Hand hielt.

Ich hielt sie für irre genug, damit zu schießen.

XIV

Die Einrichtung war konsequent klinisch weiß und sollte so wohl Keimfreiheit signalisieren. Lediglich der grau-blaue Teppichboden und drei Drucke von Magritte verliehen dem Raum einen Hauch von Sepsis.

Frau Finken-Sprickmann erhob sich leicht schwankend aus dem Sessel und dirigierte uns mit der Waffe zu zwei nebeneinander an der Wand stehenden Stühlen. Wir waren folgsam und setzten uns. Die Stühle waren unbequem.

»Wer sind Sie?« Ihre Frage galt mir. So wie sie formulierte, hatte sie sich ein wenig Mut angetrunken.

»Johannes Hoffmann«, sagte ich. »Wenn Sie mich nicht erschießen, dürfen Sie mich Gino nennen.«

»Sind Sie auch wegen Redupond hier?«

»Redupond?«

»Frau Finken-Sprickmann«, mischte sich Malchau ein. »Ihnen ist doch bekannt, daß Sie darüber zu niemand –«

»Halten Sie den Mund!« kreischte sie. »Wenn Sie wollen, daß ich schweige, dann geben Sie mir die Tabletten.«

»Sie wissen doch, daß ich Ihnen das Medikament nicht mehr verordnen darf.«

»Ich habe bereits dafür bezahlt!«

»Sie erhalten Ihr Geld zurück.«

»Ich will das verdammte Geld nicht!« schrie sie. »Ich will meine Tabletten!«

»Nun geben Sie sie ihr schon«, sagte ich zu Malchau. »Oder wollen Sie, daß sie uns abknallt?«

»Ich habe das Medikament nicht mehr«, sagte Malchau. »Außerdem geht Sie das überhaupt nichts an. Halten Sie sich gefälligst da heraus.«

»Er lügt«, sagte Frau Finken-Sprickmann. »Er bewahrt es im Schreibtisch auf. Jetzt ist die Schublade abgeschlossen.«

»Her mit dem Schlüssel«, sagte ich und streckte die Hand aus.

»Den Teufel werde ich tun.« Malchau rückte ein Stück von mir ab. »Was bilden Sie sich eigentlich ein? Sie haben mir keinerlei Anweisungen zu geben.«

»Schießen Sie ihm ins Bein«, sagte ich.

»Wie?« fragte Frau Finken-Sprickmann.

»Sie sollen ihm ins Bein schießen. Dann wird er den Schlüssel schon herausrücken.«

»Sie sind ja nicht ganz bei Sinnen«, fuhr Malchau auf. »Jetzt stiften Sie die Frau auch noch zu –«

Der Knall war ohrenbetäubend, und der Gestank des Kordits verursachte mir Brechreiz. Aber niemand schrie, und es spritzte auch kein Blut. Wohin auch immer Frau Finken-Sprickmann gezielt hatte, die Kugel hatte lediglich den Teppichboden vor Malchaus Sandalen aufgerissen. Aber nun wußten wir wenigstens, daß es sich nicht um eine Knallblättchenpistole handelte.

Während sich der Doktor zu meiner Rechten hektisch verrenkte, um die Kette des Schlüsselbundes von der Gürtelschlaufe seiner Hose zu lösen, starrte Frau Finken-Sprickmann mit weit aufgerissenen Augen auf die Pistole und schüttelte immer wieder den Kopf. Auch ihr war der Schreck in die Knochen gefahren. Ein, zwei Doppelte hin oder her, sie befand sich bereits tief im Feindesland, weit jenseits der Grenzen ihres normalen Selbstvertrauens.

Malchau gab mir seinen Schlüsselbund, der von Umfang und Gewicht auch einen Schließer in einer JVA beeindruckt hätte, und zeigte mir den Schlüssel für den Schreibtisch.

»Wollen Sie selbst?« fragte ich Frau Finken-Sprickmann.

»Nein«, sagte sie. »Sperren Sie ihn auf.«

Ich bewegte mich langsam und schlug einen weiten Bogen, um sie nicht zu nervösen Fehlreaktionen zu verleiten. Auf der rechten Schreibtischseite gab es zunächst zwei Schubladen, die allerlei Papiere und Schreibutensilien beherbergten. Weiter unten gab es eine tiefere Lade, die in einzelne Fächer unterteilt war. In jedem der Fächer befand sich ein Medikament. Ein paar Namen waren mir aus Olgas Hausapotheke geläufig. Redupond war nicht dabei.

»Wie sieht die Packung denn aus?« fragte ich.

»Blau-weiß«, sagte Frau Finken-Sprickmann. »Die Schrift ist schwarz. In Großbuchstaben.«

»Ich habe Ihnen doch gleich gesagt, daß es sich nicht mehr hier befindet«, sagte Malchau.

»Wo ist das Zeug denn dann?« fragte ich.

»Sie werden es nirgendwo in der Klinik finden«, sagte Malchau, und für meine Ohren klang es schadenfroh. »Es wird nicht länger verordnet.«

»Nein«, sagte Frau Finken-Sprickmann, leise, aber bestimmt. »Nein, nein, nein. Nicht mit mir. Ich will mein Redupond.«

In dem Moment klopfte es an der Tür, und eine weibliche Stimme rief: »Herr Doktor? Ist alles in Ordnung?«

Malchaus Antwort ertrank in einem Kiekser. Er mußte sich erst räuspern, dann ging es. »Ja, danke.«

»Wir haben nämlich ein seltsames Geräusch gehört«, fuhr die Frau vor der Tür fort. »Es klang wie ein Schuß.«

Frau Finken-Sprickmanns Aufmerksamkeit war ganz auf Malchau und die Stimme vor der Tür gerichtet. Mich schien sie vergessen zu haben. Langsam und leise schlich ich von hinten auf sie zu.

Ich hätte sie auch problemlos erreicht, wenn Malchau weitergeredet hätte. Aber anstatt unsere Geiselnehmerin durch die Fortsetzung der Unterhaltung abzulenken, glotzte der Schwachkopf mich an. So fehlten mir noch ungefähr zwei Meter, als die Finken-Sprickmann plötzlich blickte, was Sache war, und herumfuhr. Sie riß den Arm hoch, und ich sprang sie an.

Sie war kleiner als ich und lange nicht so kräftig. Aber ihr Mantel war aus dickem Stoff und weit geschnitten, so daß ich sie schlecht packen konnte. Außerdem trat und schlug sie um sich wie eine Furie. Wir drehten uns im Kreis wie ein groteskes Tanzpaar, bis es mir endlich gelang, ihr den Arm mit der Waffe zu verdrehen. Ich hatte ihr die Pistole fast entwunden, als plötzlich ihr Hinterkopf vor mein Nasenbein krachte. Obwohl der Hut den Anprall ein wenig dämpfte, hatte ich sofort Tränen in den Augen, und sie konnte ihren Arm befreien. Dann krachte ein Schuß, und jemand jaulte auf.

Frauen schlägt man nicht. Trotzdem: Ich kniff die Augen zusammen, nahm kurz Maß und verpaßte der Finken-Sprickmann einen rechten Haken, der sie fällte. Die Tür flog auf, und eine ganze Horde von Weißkitteln stürmte herein.

Für mich interessierte sich niemand, alle drängten sich um Doktor Malchau. Als ich zwischendurch mal einen Blick auf ihn werfen konnte, sah ich auch, warum.

Sein Kittel war rot getränkt.

»Keine Polizei«, sagte Margot Schallmich-Epp. »Auf keinen Fall.«

Wir befanden uns in einer Art Waschraum im Souterrain der Klinik. Der Raum war fensterlos, durchgehend gekachelt und so gemütlich wie ein Spülstein. Zwei Türen weiter wurde Doktor Malchau versorgt. Die Einrenkung von Frau Finken-Sprickmanns Kinnlade besorgte man eine Etage höher.

»Auf einen Ihrer Ärzte ist geschossen worden«, sagte ich. »So was kehrt man normalerweise nicht unter den Teppich.«

»Das ist genau die Art Publicity, die unser Haus momentan nicht gebrauchen kann.«

»Und wenn er dabei draufgeht? Wollen Sie seinen Kadaver dann im Park verscharren?«

Frau Doktor wurde kreidebleich vor Zorn. »Mag sein, daß man Ihre flapsige Art in Ihrer Stammkneipe schätzt. Ich kann Ihnen jedoch versichern, daß in diesem Hause niemand Wert darauf legt. Doktor Malchau erlitt einen glatten Durchschuß des Oberarms. Von Lebensgefahr kann somit keine Rede sein.«

»Und was ist mit Frau Finken-Sprickmann? Wollen Sie sie so mir nichts dir nichts laufen lassen? Wenn Sie Pech haben, steht sie morgen mit 'ner Kalaschnikow vor der Tür.«

»Ich denke, was Frau Finken-Sprickmann betrifft, werden wir zu einer einvernehmlichen Lösung gelangen. Einer Lösung, die sicherstellt, daß sich so etwas nicht wieder ereignet.«

»Indem Sie ihr wieder Redupond verabreichen? Was ist das eigentlich für 'n Zeug?«

Schwester Ursula, die sich angeboten hatte, mir Weinbrand zu besorgen, trug eine kleine Flasche Chantré herein und verschaffte Margot so eine Atempause. In Ermangelung eines Glases erhielt ich einen Automatenbecher. Ich trank ganz schnell, damit der Chantré keine Löcher in das Plastik fressen konnte.

Ich beneidete Margot nicht. Obwohl sie mich am liebsten zum Teufel gejagt hätte, mußte sie sich mit mir arrangieren. Denn daß ich herumlief und aller Welt von der Schießerei erzählte, konnte sie sich nicht erlauben.

Jetzt lächelte sie mich sogar an. Das erschreckte mich derart, daß ich mich verschluckte.

»Redupond ist ein Medikament, daß trotz vielversprechender therapeutischer Erfolge wegen einiger Nebenwirkungen wieder vom

Markt genommen wurde. Das ist natürlich für einige Patienten, die mit dem Mittel bestens zurechtkamen, nur schwer nachvollziehbar. So auch für Frau Finken-Sprickmann, die mit Redupond sehr erfolgreich therapiert wurde.«

»Was behandelt man damit?«

»Redupond ist ein Appetitzügler.«

»'ne Freßbremse? Deswegen macht die Finken-Sprickmann so 'n Aufstand? Und ich dachte, wer weiß was das für 'n Zeug ist. Die hat sich ja aufgeführt, als sei ihr Dealer gestorben. FdH tut's auch.«

»Ich kann mir nicht vorstellen, daß Sie über das notwendige Wissen verfügen, um sich ein derartiges Urteil erlauben zu können«, sagte sie und ließ mich die geballte Arroganz ihres Standes spüren. »Ich will Ihnen hier auch keinen Fachvortrag über den Botenstoff Serotonin, das Zusammenwirken von Leptin und Neuropeptid Y, das Obesitas-Gen und den Jo-Jo-Effekt halten. Lassen Sie mich nur soviel sagen – selbst wenn keine organischen oder neurologischen Befunde vorliegen, kann es aufgrund der psychischen Situation eines Patienten durchaus angezeigt sein, wenn ihm ein Appetitzügler verabreicht wird –«

»Macht das Zeug süchtig?«

»Nein. Ein eindeutiges Nein. Es sind keine körperlichen Abhängigkeiten nachgewiesen.«

»Und seelische?«

»Die lassen sich nie völlig ausschließen.« Sie spielte mit ihrer Armbanduhr. »Es gibt Menschen, die sind nach Salmiakpastillen süchtig.«

»Da hab ich ja noch mal Schwein gehabt«, sagte ich. »Ich hab die Dinger früher nämlich auch gelutscht.«

»Was Sie nicht sagen.«

Ich leerte das Weinbrandfläschen in den Becher. »Und Sie haben wirklich nicht die Absicht, die Polizei einzuschalten?«

»Nein«, sagte sie und musterte mich mit einem Blick, der mir ein Mehrfaches der jährlich höchstzulässigen Dosis Röntgenstrahlen verpaßte. »Ich frage mich, welchen Ansporn es für Sie geben könnte, die Angelegenheit mit der notwendigen Diskretion zu behandeln.«

»Gehen Sie mit mir ins Bett«, sagte ich.

Gefaßt war ich auf eine Ohrfeige oder einen Kinnhaken. Ihre Reaktion war jedoch völlig anders. Sie knipste das milde Lächeln einer Lehrerin an, die Nachsicht mit einem zwar ungezogenen aber auch behinderten Schüler walten läßt.

»Manchmal bin ich sehr froh, keine Kinder zu haben«, sagte sie. »Ihre Mutter muß oft betrübt sein. Selbstverständlich nicht wegen Ihres Bruders.«

»Ich wollte Sie nicht beleidigen. Ich finde, Sie duften sehr angenehm.«

»Ich dusche täglich. Vielleicht sollten Sie das auch mal versuchen.« Ihr Lächeln verlosch. »Genug der Scherze. Wollen Sie Geld?«

»Nein.« Ich winkte ab wie Colombo. »Mir reicht, wenn Sie Ihren Kollegen Malchau anweisen, sich mit mir zu unterhalten, sobald er wieder auf den Beinen ist.«

»Ein Ansinnen, daß ihn wenig begeistern wird. Er schimpfte, Sie seien schuld an seiner Verwundung.«

»Die hat er sich selbst zuzuschreiben. Hätte er sich nicht so dämlich angestellt, wäre nichts passiert.«

»Er hat in solchen Dingen wenig Routine.«

»Wer hat die schon?«

Margot stand auf. »Ich begleite Sie hinaus.«

Wir gingen den kurzen gefliesten Gang zurück, den wir auch gekommen waren. Die Tür, hinter der Malchau verarztet wurde, war noch immer geschlossen.

Als wir im Fahrstuhl standen, sagte ich: »Eine Frage hab ich noch: Ist Malchau in Sie verliebt?«

»Wie kommen Sie darauf?«

»Es könnte doch sein, oder?«

»Vielleicht sollten Sie ihn das selbst fragen.«

»Das werde ich.«

Sie brachte mich bis vor die Tür, wo wir uns die Hand gaben.

Stellenweise war die Wolkendecke aufgerissen und ließ einige Sonnenstrahlen durchblitzten. Knapp ausreichend, um mit Sonnenbrille nicht lächerlich zu wirken.

Auf der Fahrt in die Innenstadt hatte ich das Gefühl, verfolgt zu werden. Aber das habe ich oft, und meistens ist es grundlos.

XV

Eine Flasche 93er Chianti Classico, ein Stück Ricotta, ein Schälchen Oliven und ein Körbchen mit Weißbrot, was wollte ich mehr? Ruhe vielleicht, aber daran war nicht zu denken, denn Hop-sing hatte Langeweile und laberte mir die Ohren voll.

Nachdem er mir ausgiebig erklärt hatte, warum Japaner im Gegensatz zu Chinesen so wenig Alkohol vertragen – seiner Meinung nach war die Leber eines Chinesen mindestens dreimal so groß wie die eines durchschnittlichen Japaners und selbstverständlich von ganz anderer Güte – kam er auf das leidige Thema Fahrtkostenabrechnung zu sprechen.

»Wieviel Kilometel hast du gefahlen?« wollte er wissen.

»Keine Ahnung.«

»Macht nix. Deng-ho hat Kilometelstand von Anfang notielt.«

»Das wird dir nicht viel nützen.«

»Nicht nützen?«

Ich gab ein kleines Pfützchen Olivenöl auf meinen Teller, um das nächste Stückchen Schafskäse darin zu wälzen. »Der Tacho ist kaputt. Das heißt der Kilometerzähler.«

Hop-sing machte ein Gesicht, als sei ein naher Verwandter gestorben.

»Kaputt? Keine Kilometel gezählt?«

»Doch, die ersten sechs oder sieben hat er noch funktioniert.« Ich schob das Käsestück in den Mund. »Die zahl ich dir natürlich.«

»Nul sieben Kilometel? Scheiße Shellock Holmes fählt Wagen seit zwei Tagen!« Er rechnete mit dem Finger in der Luft. »Okay, machen wil Pauschale. Sagen wil hundelt Kilometel am Tag. Was mehl ist, ist Geschenk.«

»Von wegen.«

Ich steckte mir ein Stück Brot in den Mund und schwemmte es mit Chianti runter. »Der Vermieter – also du – ist für die technische Zuverlässigkeit des Fahrzeugs verantwortlich. Sei froh, daß ich die Karre überhaupt bewege. Wenn sie immer nur rumsteht, gehen die Reifen kaputt.«

Mit einer Geschwindigkeit, die an Hexerei grenzte, räumte Hop-sing meinen Tisch ab. Oliven, Käse, Wein, selbst das halbvolle Glas riß er mir von den Lippen.

»Laus! Laus aus meinem Lestaulant. Betlügel haben hiel nichts zu suchen.«

»Hop-sing, mach keinen Ärger. Ich bin in zehn Minuten hier verabredet. Willst du, daß ich in der Affenkälte vor der Tür herumstehe und mir da die Schwindsucht hole? Was würde deine Frau dazu sagen?«

»Ich bin nicht Flau. Malia ist viel zu guthelzig.« Wie er das sagte, wurden seine Züge ganz melancholisch.

»Hast du was von ihr gehört?«

Er setzte sich mir gegenüber und erzählte mit hängendem Kopf, daß seine Schwiegermutter jetzt auch noch eine Lungenentzündung bekommen hatte. Daß Maria noch in diesem Jahr zurückkommen würde, wurde immer unwahrscheinlicher. Um ihn zu trösten, spendierte ich ihm einen Tequila. Während wir uns zuprosteten, kam Verena herein. Hop-sing stand auf, umarmte sie und verdrückte doch tatsächlich ein Tränchen.

»Gloße Fleude fül Deng-ho, Velena nach so lange Zeit wiedelzusehen.«

»Ich freu mich auch, Deng-ho. Und ich hab 'nen Mordshunger.«

Wie früher bestellten wir Minestrone und danach Fisch und Salat. Ich bekam mein Glas und die Flasche zurück.

»Wie war dein Tag?« fragte ich, während Verena ihre Gauloise auf dem Tisch anklopfte. Ich gab ihr Feuer.

»Ich hab bis Mittag geschlafen und war dann im Schlonz frühstücken. Ach so, eh ich's vergesse, eine Frau Bruch hat 'ne Nachricht auf dem Anrufbeantworter hinterlassen. Sie –«

»Das ist schon erledigt«, sagte ich. »Ich such jetzt nach 'ner blauen Diskette.«

»Un dischetto azzuro«, zwitscherte Verena.

»Was ist los?«

»So heißt das auf italienisch.«

»Was du nicht sagst.«

»He, warum bekennst du dich nie zu deiner italienischen Abstammung? Was ist daran so schlimm? Ich find italienische Männer toll.«

»Gracie, signora«, sagte Luigi und servierte Brot und Butter mit einem Schwung, als übe er fürs Ballet.

»Ich trag nicht gern enge Hosen«, sagte ich. »Als Italiener muß man enge Hosen tragen. Und das mag ich nicht.«

»Enge Hosse?« fragte Luigi.

»Jawohl«, sagte ich. »Guck dir doch an, wie deine Hose im Schritt klemmt. Da kannst du dir ja gleich 'nen Schild an den Reißverschluß hängen: Hodenkrebs willkommen.«

»Das ist doch lächerlich«, sagte Verena. »So einen Mist hab ich noch nie gehört.«

»Si, signora, isse dicke Miste«, sagte Luigi und bedachte mich mit der internationalen Geste für bescheuert.

»Ich glaube, die Wurzeln für deine antiromanische Haltung sind eher im Verhältnis zu deiner Mutter zu suchen«, sagte Verena.

»Machen wir jetzt 'ne Psychoanalyse, oder was wird das?«

Verena tätschelte meine Hand. »Ganz ruhig. Wir essen was, wir trinken was und dann gehen wir auf die Lübke-Fete. Okay?«

»Hab ich dir wirklich versprochen, mitzugehen?«

»Oh ja. Heute morgen, als wir uns verabschiedet haben.«

»Ich stell mir das zum Kotzen vor.«

»Das wird's nur, wenn du durcheinander säufst. Aber für mich wär's noch schlimmer, wenn ich ohne dich da hin müßte. Momentan hängt mir die Szene dermaßen zum Hals raus.«

»Versteh ich nicht. Das ist doch dein Leben.«

»Mein Leben ist die Bühne. Ich bin Schauspielerin, keine Malerin oder Bildhauerin. Streich mir mal 'n bißchen Butter aufs Brot.«

Ich bestrich gleich zwei Scheiben. »Du und Schauspielerin, das wüßte ich. Du hast einen einzigen Spot für – was war's? – Damenbinden gemacht. Da hat ja selbst die Frau vom Stich mehr gespielt. Und die ist schon keine Schauspielerin.«

»Badeschaum, keine Damenbinden.«

»Ich behaupte schließlich auch nicht, ich sei Maler, nur weil ich Tapetenmuster entwerfe.«

»Du hast aber Kunst studiert. Genau wie ich auf der Schauspielschule war.«

»Und beide haben wir null Abschluß.«

»Das ist doch egal. Als was bezeichnest du dich denn? Detektiv bist du doch auch nicht.«

Ich dachte eine ganze Weile wirklich ernsthaft nach, bevor ich sagte: »Zur Zeit bin ich ohne Titel. Aber spätestens nächstes Jahr kauf ich mir entweder 'nen Weinberg oder ich geh ins Kloster.«

Verena sah mir lange und tief in die Augen. Dafür, daß sie sonst wer weiß wie oberflächlich war, war es ein sehr anspruchsvoller Blick.

»Das war gerade dein Ernst, nicht wahr?«

Ich nickte, und dann kam auch schon die Minestrone. Sie war kalt und versalzen, aber ich hatte Hunger, und so war es mir egal. Verena weniger. Sie schob ihre Terrine zur Seite.

»Eben sind wir völlig vom Thema abgekommen«, sagte sie. »Du sagtest, du suchst 'ne Diskette.«

»In blau.«

»Warum? Was ist damit?«

»Die spielt 'ne Rolle in dem Millionengeschäft, das deine Schwester und Tänzer anleiern wollten.«

Verenas Blick schweifte in die Ferne. »Also mit der Diskette sollte die Erpressung laufen ... «

Ich spuckte fast die Suppe über den Tisch. »Was? Woher weißt du, daß es um Erpressung ging? Und wen wollte Rosa erpressen?«

Ihr Blick kehrte zurück. »Wie?«

»Du hast mich sehr wohl verstanden, Frollein. Versuch ja nicht, mich für blöd zu verkaufen. Also?«

Verena kratzte sich mit dem Stiel ihres Eßlöffels unter dem Gips. »Weil sie das schon mal gemacht hat, deshalb.«

»Weil sie *was* schon mal gemacht hat?«

»Wovon reden wir denn? Jemanden erpreßt natürlich.«

»Und wen?«

»Damals oder jetzt?«

»Jetzt.«

»Das weiß ich nicht. Damals hat sie Männer erpreßt.«

»Und wie ging das?«

»Sie hat sie mit nach Hause genommen. Wenn sie dann zusammen im Bett lagen, hat ihr Freund Fotos gemacht. Aber das ist ewig her. Da war sie noch in der Ausbildung.«

Ich löschte den Salzbrand mit Chianti. »Das kann's aber diesmal nicht sein. Auf 'ner Diskette sind Texte und keine Fotos, und außerdem verdient man mit solchen Schnappschüssen keine Millionen.

Aber vielleicht liegst du mit Erpressung trotzdem nicht falsch. Mir kam nämlich schon der Gedanke, daß dein Schwesterherz Schallmich erpreßt haben könnte, weil sie davon wußte, daß er den Absturz und damit seinen Tod nur vortäuschen wollte.«

Sie zuckte die Achseln. »Schon möglich. Aber wäre das Millionen wert?«

Luigi deckte ab. »Ware Minestrone smackhafte?«

»Sag Hop-sing, er soll sie für den Winter aufheben, dann kann er sie bei Glatteis auf den Bürgersteig kippen«, sagte ich. »Du solltest ein bißchen darauf achten, was dein Chef sich zusammenkocht. Sonst kannst du dich bald nach 'nem neuen Job umsehen.«

Luigi richtete seinen Blick flehend zur Decke. »Isse bete jede Tage, dasse Signora Maria wiederkomme.«

»Ich auch. Bring mir zum Fisch 'ne Flasche Frascati, ja?«

Luigi schwirrte ab, und Verena fragte: »Hast du eine Ahnung, wo du nach der Diskette suchen könntest?«

»Es ist so gut wie aussichtslos. Selbst wenn ich in Tänzers oder Rosas ehemaligem Umfeld so 'n Ding fände, wie könnte ich wissen, ob es die richtige ist? Ich müßte wissen, was drauf ist.«

»Rein juristisch gehört die Diskette doch mir, oder nicht?«

»Hatte Rosa dich denn als Erbin eingesetzt?«

»Weiß ich nicht, aber ich bin doch ihre nächste Verwandte.«

»Hast du nach ihrem Tod irgendwelche Sachen erhalten?«

Verena schüttelte den Kopf.

»Nein. Sie besaß ja wohl nichts.«

»Persönlichen Besitz hat jeder, auch wenn er vielleicht nicht wertvoll ist. Wo könnten die Sachen sein?«

»Vielleicht hat sie die Kripo.«

»Das läßt sich ja rauskriegen«, sagte ich.

Der Fisch sah akzeptabel aus und war es auch. Der Frascati war frisch wie die Luft nach einem sommerlichen Landregen. Wir kauten und tranken und waren selig.

Als sie die letzte Gräte auf dem Tellerrand deponierte, sagte Verena: »Du hast mir noch nicht erzählt, was deine Unterredung mit diesem Doktor Malchau ergeben hat.«

Ich gab die Anekdote mit Frau Finken-Sprickmann zum Besten, und Verena gackerte, daß Hop-sing aus der Küche kam und fragte, ob alles in Ordnung sei. Das Gespräch mit Margot Schallmich-Epp und was ich sonst noch getrieben hatte, faßte ich in zwei Sätzen zusammen.

»Du bist den ganzen Nachmittag in Parkhäusern herumgeschlichen?« fragte Verena und sah mich schräg an.

»Nur in einem. Es hat fast zwei Stunden gedauert, bis ich alle Decks durchhatte.«

»Ist das dein neues Hobby?«

»Mir ist wieder eingefallen, daß ich Olgas Benz in 'nem Parkhaus abgestellt hab. Ich weiß nur nicht mehr in welchem.«

»Und jetzt willst du sämtliche Parkhäuser der Stadt durchsuchen, bis du ihn findest?«

»Eins pro Tag hab ich mir vorgenommen.«

»Wieviele gibt's in Düsseldorf?«

»Keine Ahnung. Zwanzig, vielleicht dreißig. Ich denke, bis Weihnachten bin ich durch.«

»Viel Vergnügen.«

»Mal was anderes: Nehmen wir ein Taxi oder laufen wir?«

»Ein Taxi. Wir werden noch genug Kondition zum Rumstehen brauchen.«

»Wieso? Ich hab dir doch von diesem Gefälligkeitsbericht über die Lübkes in dem Ärzteblatt erzählt. Auf den Fotos waren Möbel abgebildet. Sitzmöbel.«

»Es sind über fünfzig Leute eingeladen. Du wirst schon zu jemand auf den Schoß müssen, wenn du sitzen willst.«

»Wieso fünfzig Leute? Du hast von einem kleinen Kreis gesprochen.«

»Das *ist* ein kleiner Kreis. Zumindest in den Kreisen«, sagte sie und amüsierte sich über ihr eigenes Wortspiel.

»Das ist überhaupt nicht witzig, Verena. Du hast mich reingelegt. Du weißt genau, daß ich niemals zugesagt hätte, wenn ich gewußt hätte, daß so viele Leute kommen. Bei Ansammlungen von mehr als fünf Menschen krieg ich 'ne Krise.«

Verena bekam ihr Cassata mit einem Zwinkern serviert, ich Espresso und Grappa ohne Mienenspiel.

»Das ist doch albern, Gino«, sagte sie. »Und wenn du doch Platzangst kriegst, gehst du auf die Terrasse.«

»Fünfzig Leute! Wer kommt denn da alles?«

»La crème de la crème der Szene.«

»Lüpertz? Immendorff? Klapheck? Graubner mit Hut?«

Verena nickte viermal. »Wenn sie nicht gestorben sind. Dazu noch die üblichen Promis.«

»Und alle wollen zugucken, wie ihr Hauschild einen runterholt?«

»Quatsch, die Hose bleibt zu. Er ist sowieso ganz wund.« Sie verdrehte die Augen, so mundete das Eis. »Göttlich. Wir sitzen nur 'n bißchen rum, wir –«

»Ich dachte, wir müssen stehen.«

»Also gut, wir stehen 'n bißchen rum, wir trinken 'n bißchen was, Christiane erzählt 'n bißchen dummes Zeug, dann sagt Anselm auch 'n paar Töne, und das war's auch schon. Das Ganze findet nur statt, um im privaten Kreis noch mal die Gründung der Stiftung zu feiern. Das ist alles.«

»Cameriere!« rief ich. »Die Rechnung, bitte!«

XVI

Von wegen fünfzig, es waren mindestens achtzig, wenn nicht neunzig Gäste. Dazu kamen die Leute vom Sicherheitsdienst, die vor dem Haus, im Treppenhaus und vor der Wohnungstür postiert waren, sowie das livrierte Personal, das mit Tabletts voll Canapés und Champagner oder Chablis herumlief. Ich hatte nicht übel Lust, Verena in den Hintern zu treten.

Die Gastgeber hatten sich in der Nähe des Eingangs aufgebaut und begrüßten jeden Neuankömmling persönlich.

Pius, der tatsächlich einen ganzen Kopf kürzer war als ich und überhaupt keinen Hals hatte, war mit einem schwarzen Leinenanzug und ein anthrazitfarbenen Polohemd bekleidet. Bis auf eine Armbanduhr, mit der man ein Reihenhaus in einer besseren Gegend hätte bezahlen können, war er schmucklos. Sein Handschlag war kräftig, und seine Stimme war unerwartet sonor und markant wie die eines Radiosprechers.

Christiane hielt ich im ersten Moment für Elke Koska. Sie war derart geschminkt, daß ich Schwierigkeiten hatte, Augen und Mund ausfindig zu machen. Abgesehen davon erwies sie sich als alberne Kicherliese, die pausenlos herumzappelte, als müsse sie aufs Klo. Ihr Händchen war schlaff und feucht, und ich war froh, daß ich keine Frau oder ein Freund des Hauses war, denn die wurden geküßt. Das Parfüm, das sie aufgelegt hatte, erinnerte mich an diese blauen Desinfektionswürfel, wie man sie in Pissoirs findet.

Die Räumlichkeiten kannte ich ja bereits aus der Zeitung, aber in natura waren sie natürlich noch beeindruckender. Allein das Wohnzimmer hätte gereicht, um darin die Interboot zu veranstalten. Möbel gab's verhältnismäßig wenig, aber dafür sah jedes Stück nach Einzelanfertigung aus.

Auf einer Chaiselongue am Horizont entdeckte ich Hauschild. Er trug eine Art Nachthemd und saß im Schneidersitz wie ein Guru. Ihn umlagerte ein Dutzend Jünger. Die meisten waren weiblich.

Verena faßte mich am Arm. »Du mußt ihn wenigstens begrüßen.«

Während wir uns durch die Meute der Herumstehenden schoben, hatte ich den Eindruck, daß Verena und ich die einzigen Nicht-VIPs auf dem Parkett waren. Bis auf Ebby Thust und Roberto Blanco war wirklich alles gekommen, was auch sonst immer kommt: Künstler, Politiker, Sportler, der eine oder andere Wirtschaftskapitän und eine bekannte Schauspielerin, deren Namen mir nicht einfallen wollte. Aber ich wußte, wie ihre Brüste aussahen, denn die packte sie in jedem Film aus.

Einmal blieben wir im Getümmel stecken, und Verena nutzte die Gelegenheit, um sich vom designierten Nachfolger des Landesvaters wegen ihres Gipses bedauern zu lassen. Ich plünderte derweil ein vorbeischwebendes Weißweintablett. Dann löste der Stau sich auf, und es ging weiter.

Als wir endlich am Ziel waren, erschrak ich gewaltig. Entweder hatte Hauschild Krebs oder Aids. Er wog bestenfalls noch fünfzig Kilo und sah derart krank aus, daß er mir ehrlich leid tat, obwohl ich ihn eigentlich nicht leiden konnte. Ich wollte ihm die Anstrengung des Händeschüttelns ersparen, aber er legte Wert darauf. Nur ein toter Frosch war kälter als seine Hand.

Aber mochte sein Körper auch ein Wrack sein, in seinen Augen glomm nach wie vor diese unerträgliche Arroganz, gespeist von dem Wissen, daß er »Der Göttliche« unter den Pinselschwingern war. Und die Speichellecker, die um ihn rumschwirrten, bestätigten ihm das mit jedem Satz.

Ich entdeckte Nachschub auf einem Tablett, das auf dem Steinway abgestellt war. Drei Schritte vor dem Ziel stieß ich mit einem baumlangen Mann in einem cremefarbenen Lederanzug zusammen.

Außer dem Anzug trug er hochglanzpolierte silberbeschlagene Westernstiefeln und ein besticktes Hemd, dessen Knöpfe offenstanden und so den Blick auf ein mindestens fünf Pfund schweres silbernes Kreuz freigaben. Sein fettiges schwarzes Haar, dessen Ansatz mittlerweile sehr spät kam, hatte er zu einem Pferdeschwanz zusammengebunden. Wässerige Augen der Marke Basedow und eine ewig triefende Koksnase bestimmten seine Züge. Ich hätte ihn aber auch ohne sein Gesicht erkannt. Das war Josef Pöttges, von Freund und Feind Joe genannt.

»Mensch, Hoffmann, du Zwerg«, krakeelte er. »Daß ich hier über dich stolpern würde, hätte ich nun wirklich nicht gedacht. Was machst du hier? Haben sie dich angestellt, um die runtergefallenen Kippen aufzusammeln?«

Ich zog meinen Kugelschreiber aus der Tasche und malte ihm ein großes blaues Kreuz aufs Revers. Er versuchte zwar auszuweichen, aber dafür war zu wenig Platz.

»Bist du völlig bescheuert?« schnauzte er mich an. »Was soll das? Hast du 'ne Vorstellung, was der Anzug gekostet hat? Das verdienst du nicht in 'nem halben Jahr.«

»Mich haben sie engagiert, um Arschlöcher zu markieren«, sagte ich. »Unter allen markierten Arschlöchern wird am Ende der Fete 'n gußeiserner Dildo verlost. Als Briefbeschwerer. Du kannst ihn dir natürlich auch in den Hintern stecken. Ganz wie du willst.«

»Du bist vielleicht eine asoziale Pottsau«, schimpfte er. »Aber so kommst du mir nicht davon. Die Jacke zahlst du mir.«

»Buch sie aufs Verlustkonto Doktor Schallmich. Auf 'n paar Mark mehr oder weniger kommt's doch da nicht an.«

Mit beiden Händen packte er mich am Kragen und schob mir seine verlebte Ibizavisage bis auf Zentimeter vors Gesicht. Die Mischung aus Old Spice, Fisherman's Friend und Veuve Cliquot war mörderisch.

»Was quatscht du da, du Plattfuß?«

»Und dann ist da noch 'ne blaue Electra Glide mit gerade mal fünftausend auf dem Tacho. Was ist denn so 'n Ding noch wert?«

Er ließ mich los. »Ich glaube, wir sollten uns mal unterhalten.«

»Gehen wir auf die Terrasse«, sagte ich.

Die Luft war feucht und kalt. Pöttges hatte bereits einen Meter hinter der Türschwelle blaue Lippen.

»Welchen Deal schlägst du vor?« fragte er und rieb sich die Hände.

»Du erzählst mir alles, was ich über Schallmichs Spielschulden wissen will, und dafür erzähl ich dir, wo seine E-Glide steht.«

»Hört sich koscher an«, sagte er, nickte und schniefte. »Okay – Schallmich hat bei mir gezockt.«

»Was hat er gespielt?«

»Poker und Black Jack.«

»Wieviel hat er verloren?«

»Mehrere hunderttausend. Wieviel genau, weiß ich nicht.«

»Wie lange hat er dafür gebraucht?«

»Ungefähr 'n Jahr. Später hat er dann Schuldscheine ausgeschrieben.«

»Über welche Beträge?«

»Insgesamt über vierhunderttausend.«

»Holla-holla. Hat er je was abgezahlt?«

»Einmal fünfzig Mille«, sagte er, und seine Zähne klapperten wie Kastagnetten.

»Du bist jetzt in 'nem Alter, Joe, da solltest du im Winter lange Unterhosen tragen.«

»Schwätz nicht, Hoffmann«, sagte er. »Stell deine verdammten Fragen, damit wir endlich wieder reingehen können.«

»Also stand er bei dir mit dreihundertfünfzig in der Kreide, als er vom Himmel gefallen ist?«

»Von wegen. Im März haben die Bullen bei mir 'ne Razzia gemacht. Dabei haben sie Schallmichs dickste Schuldscheine kassiert. Für ungefähr zweihunderttausend.«

»Und?«

»Was und?«

»Hast du sie wiedergekriegt?«

»Die sind in der Asservatenkammer verbrannt.«

»Echt?« Ich mußte furchtbar lachen. »Ein Feuer in der Asservatenkammer? Das ist ja 'n Gag.«

Pöttges erwies sich einmal mehr als humorlos. Aber was konnte man von einem gebürtigen Protestanten aus Moers schon erwarten?

»Bleiben hundertfünfzig«, sagte ich.

»Die sind gelöhnt worden.«

Jetzt verstand ich überhaupt nichts mehr. »Von wem?«

»Von seiner Frau.«

»Wann?«

»Drei Wochen nach seiner Kamikazenummer.«

»Du bist also drei Wochen nach seinem Tod zu ihr hin und hast ihr die Schuldscheine unter die Nase gehalten?«

»Ja.«

»Und sie hat anstandslos bezahlt?«

»Ja«, sagte Pöttges und tanzte von einem Bein aufs andere. Mit Verlegenheit hatte das aber nichts zu tun. »Am nächsten Tag konnte ich mir die Scheinchen abholen.«

»Du bist vielleicht ein pietätloser Hund.«

»Ich muß schließlich auch von was leben.«

»Armes, armes Joe. Diese Eisenhaufen, mit denen du handelst, verkaufen sich doch wie warme Semmeln. Ich weiß gar nicht, was du jammerst.«

»Könnten wir vielleicht mal zu deinem Teil der Vereinbarung kommen?« sagte er und zitterte mittlerweile, als befänden wir uns auf dem Marktplatz von Narvik. »Wo steht der Bock?«

»Das wollte ich dir als Entschädigung für entstandene Verluste verraten. Wie ich jedoch höre, hast du gar keine Verluste erlitten.«

»Na, hör mal. Was ist denn mit den abgefackelten Schuldscheinen?«

»So was fällt unter allgemeines Lebensrisiko, Joe.« Da er bereits die Fäuste ballte, hob ich beschwichtigend die Hände. »Schon gut, schon gut. Ich will ja kein Spielverderber sein. Die Maschine steht auf dem Essen-Mühlheimer Flughafen in der Halle des Aero-Classic-Clubs-NRW. Frag nach einem gewissen Henry. Der zeigt sie dir.«

Pöttges fiel die Kinnlade runter. »So 'n Flughafen ist doch bewacht! Da krieg ich den Bock doch niemals raus.«

»Das ist nun wirklich dein Problem«, sagte ich und machte, daß ich wieder unter Menschen kam.

Auf dem Klo gab's goldene Armaturen und Handtuchhalter. Das gefiel mir. Als ich zurück im Wohnzimmer war, hockte Hauschild noch immer auf seiner Chaiselongue, aber Verena war verschwunden. Ich besorgte mir einen Weißwein und stand dumm rum.

Plötzlich hatte ich wieder das Gefühl, beobachtet zu werden. Wie schon frühnachmittags, als ich von der Klinik in die Stadt gefahren war. Natürlich war mir klar, daß ich mich in Gesellschaft von knapp hundert Leuten befand, von denen der eine oder andere schon mal zu mir herübersah. Aber das war nicht, was meine Nackenhaare elektrisierte. Ich spürte, daß mich jemand gezielt beobachtete. So unauffällig wie möglich blickte ich mich um, konnte aber niemand überführen. Eine Situation, die begann, mir den Chablis zu verleiden.

Gerade noch rechtzeitig, bevor ich einen hysterischen Anfall bekommen konnte, kroch mir ein sehr sinnliches Parfüm in die

Nase. Einigermaßen interessiert drehte ich mich um und sah mich einer etwa eins sechzig großen, eher molligen denn schlanken Farbigen gegenüber.

Sie trug knallgelbe Pumps und ein rot-gelbes Minikleid, das nur aus dem Dekolleté zu bestehen schien. Die Frau hatte eine Ausstrahlung – für sie wäre ich sogar Bungee gesprungen. Ich schätzte sie auf maximal Mitte zwanzig. Andererseits hatte ich bei Farbigen schon oft danebengetippt.

»Hallo«, sagte sie. »Ich bin Carmelita. Und wer bist du?«

»Ich bin betrunken«, sagte ich. »Leider.«

»Du siehst aber noch recht fit aus, Mr. Betrunken.«

»Gib mir noch 'ne halbe Stunde, und du erkennst mich nicht wieder.«

»Liebeskummer?«

»Nicht mehr und noch nicht wieder. Ich häng so dazwischen. Außerdem leide ich an Verfolgungswahn.«

»Wer verfolgt dich?«

»Wenn ich das wüßte, wär's prima.«

Sie klimperte zweimal mit ihren teppichfransenlangen Wimpern. »Jetzt fällt es mir ein: Bist du nicht der Typ, der mit Verena gekommen ist?«

Ich nickte.

»Dann mußt du Gino sein.« Carmelita lachte. »Sag bloß, sie hat dir nie von mir erzählt?«

»Ich hau Verena nur ungern in die Pfanne, aber ... Sorry, sie hat dich nie erwähnt. Seid ihr befreundet?«

»Verena, Erika und ich kümmern uns um Hauschild.«

»Oh – die Musen-Troika.« Unwillkürlich warf ich einen Blick auf ihre Arme. Deutlich zeichneten sich die Venen ab. Sie schien top in Form zu sein. »Und, gefällt dir die Party?«

Sie rollte die Augen. »Bei uns ist auf Beerdigungen mehr los.«

»Bei euch ist wo?«

»Brasilien. Hier gibt's ja nicht mal Musik.«

Ich hob den Zeigefinger und richtete den Blick nach oben, um ihre Aufmerksamkeit auf das beinahe unhörbare Gedudel zu lenken, das aus unsichtbaren Lautsprechern irgendwo über unseren Köpfe waberte. »Wie im Supermarkt. Dadurch wird man zum Kauf eines Extra-Koteletts verführt.«

»Du fühlst dich doch verfolgt«, sagte sie und tat, als lache sie über meinen Kotelett-Scherz. »Wenn du dir nichts anmerken läßt, sag ich dir, wer dich die ganze Zeit anstarrt.«

Ich fiel in ihr Lachen ein. »Selbstverständlich.«

»Er lehnt an der Anrichte unter dem Bild, das aussieht wie 'ne Hypnotisierscheibe.«

»Welche Richtung?«

»Ein Stück rechts der Tür zur Terrasse«, gluckste sie. »Es ist der baumlange Kerl mit der feuerroten Narbe an der Stirn.«

»Und du bist dir sicher, daß er dir nicht bloß in den Ausschnitt guckt?« fragte ich.

»Eine Million Lire, daß der Typ schwul ist.«

Champagner wurde angeboten. Ich angelte uns zwei Flöten. Wir stießen an, und Carmelita begann mich mit sambazuckenden Hüften zu umkreisen. Ich drehte mich tänzelnd mit. Der einzige, der unter dem angegebenen Gemälde stand, war Norbert Blüm.

»Er ist nicht mehr da«, flüsterte ich. »Siehst du ihn woanders?«

Sie schüttelte den Kopf.

Plötzlich wurden Carmelita und ich gleichzeitig in den Arm genommen. Mir scheuerte die rauhe Oberfläche von Gips im Genick.

»Fünf Minuten später hätte ich euch wahrscheinlich beim Petting erwischt«, lachte Verena und nebelte uns mit ihrem Marihuana-Atem ein. Ihre Pupillen sahen aus, als trüge sie drei Paar Kontaktlinsen übereinander.

»Hier schleicht einer rum, der mich beobachtet«, sagte ich leise.

»Ein Typ mit 'ner leuchtenden Narbe am Kopf«, sagte Carmelita. »Hast du so einen gesehen?«

»Nee«, sagte Verena, um dann die Stirn kraus zu ziehen. »Komisch. Das hat die Frau auch gesagt.«

»Wer hat was gesagt?«

»Das hab ich dir doch erzählt. Die Frau, die auf den Anrufbeantworter gequasselt hat. Bach oder so.«

»Bruch, Conny Bruch.« Bei mir fiel ein siedendheißer Groschen. »Wann ist der Anruf gekommen?«

»Ich denk, das ist alles geklärt.«

»Wann der Anruf gekommen ist, will ich wissen.«

»Als ich unter der Dusche stand. Was ist denn los mit dir?«

»Scheiße. Und was hat sie gesagt?«

»Das sie beobachtet wird. Von 'nem Kerl in 'nem weißen Golf. Und daß der Kerl 'ne Narbe hätte.«

Ich zog beide Frauen ganz dicht an mich. »Ihr kennt euch doch hier aus: Wo kann ich denn mal ungestört telefonieren?«

XVII

Ich war froh, daß der Opel Automatik hatte, denn ich hatte mir früher mal einen mit Schaltgetriebe geliehen und größte Schwierigkeiten gehabt, den Rückwärtsgang zu finden. Und er hatte genug PS. Bis Ratingen brauchte ich keine zwanzig Minuten.

Nachdem Carmelita mir ein Handy besorgt hatte, hatte ich versucht, Conny Bruch zu erreichen.

Niemand hob ab. Also rief ich Waldemar an, der gleich um die Ecke am Golzheimer Platz wohnte. Wundersamerweise war er nicht mit Olga auf der Piste, sondern lag im Bett. Ohne großes Theater war er bereit, mir seinen Omega zu leihen, und kam sogar an die Haustür, um mir den Schlüssel zu geben. Daß ich angetrunken war, merkte er nicht, und daß mein Lappen in Flensburg lag, hatte ich ihm nie erzählt. Manchmal zahlt es sich eben aus, wenn man die Klappe halten kann.

Bei Nacht sah die Häuserreihe erst recht aus wie ein Import aus der Bronx. In dem Video-Shop wechselten sich in quälender Langsamkeit ein roter, ein grüner und ein blauer Spot beim Anstrahlen der Auslage ab. Umsonst, denn die Schaufensterscheibe war total beschlagen. In der darüberliegenden Wohnung waren sämtliche Fenster dunkel und erinnerten mich in ihrer Leblosigkeit an ausgestochene Augen.

Wer nicht ans Telefon geht, drückt normalerweise auch nicht den Türöffner. Genauso war es. Ich nahm das kleine Lederetui mit den Dietrichen aus der Jacke, mit denen mein Alter jedes Schloß geknackt hatte. Beim Abschätzen, welcher wohl passen mochte, lehnte ich mich gegen die Haustür – und kippte ins Treppenhaus. Dabei schlug die Tür gegen ein an der Wand lehnendes Fahrrad. Das Rad stürzte um und riß einen Schrubber mit, der in einem emaillierten Putzeimer steckte. Da hätte ich auch auf der Straße Waldhorn blasen können.

Geschlagene fünf Minuten verharrte ich fluchtbereit. Da niemand kam, um mich zu verscheuchen, und sich auch keine Polizeisirenen näherten, knipste ich die Taschenlampe an und stieg die Treppe hoch. Die Stufen waren aus Holz und jede knarrte anders. Die Wand zum Nebenhaus war feucht und sah aus wie Gorgonzola.

An der Wohnungstür gab es einen Klopfer. Ich fand jedoch, daß ich genug Lärm veranstaltet hatte, und nahm gleich den Dietrich. Das Schloß war außerordentlich primitiv, und so dauerte es keine zehn Minuten, bis ich in der Diele stand. Als ich die Taschenlampe kreisen ließ, beschleunigte mein Puls. Hier hatte jemand ganze Arbeit geleistet.

Mäntel und Jacken türmten sich auf dem Boden. Eine von zwei Wandleuchten hing nur noch an ihrem Stromkabel. Bei jedem Schritt knirschte Spiegelglas unter meinen Sohlen.

Hinter der ersten Tür zur Rechten befand sich das Bad. Der Alibert lag in der Wanne, sein Inhalt verstreut daneben. Der Duschvorhang baumelte nur noch an einem Ring. Ein blumenbedruckter Stoffkleiderschrank war umgestoßen worden und hatte das WC unter sich begraben. Ich staunte, daß die Kacheln noch an den Wänden waren.

In der Küche stand das Fenster sperrangelweit offen, und der hereinschlagende Regen hatte das Linoleum in eine Rutschbahn verwandelt. Zerbrochenes Geschirr lag in der Spüle, auf der Arbeitsfläche und auf dem Boden. Feucht gewordenes Mehl verkleisterte den Herd. Nicht nur die Kühlschranktür, auch die Klappe vom Eisfach stand offen. Die Pappverpackungen des Spinats und der Fischstäbchen waren bereits durchgeweicht.

Im Wohnzimmer war das Chaos am größten. Zersplitterte Gläser, zerbrochene Schallplatten, zerfetzte Zeitschriften und Bücher, ausgebuddelte Topfpflanzen, eine ausgelaufene Flasche Eierlikör, der eingeschlagene Fernseher und die aufgeschlitzten Polster addierten sich zu einer apokalyptischen Collage. Einzig ein CD-Ständer mit ungefähr zwanzig Scheiben, der im toten Winkel hinter der Tür stand, war unversehrt geblieben.

Blieb das Schlafzimmer. Hier sah es kaum besser aus, aber da fast ausschließlich Wäsche herumlag, konnte man die Szenerie auch für das Ergebnis einer außer Kontrolle geratenen Kissenschlacht halten. Neben dem Bett war die Dose fürs Telefon. Der Apparat selbst war verschwunden.

Wie die Mieterin der Wohnung. Ich konnte nur hoffen, daß sie sich rechtzeitig hatte in Sicherheit bringen können und dem oder den Vandalen nicht in die Hände gefallen und verschleppt worden war. Hier war sie jedenfalls nicht.

Ich mußte pinkeln, seit ich die Fete verlassen hatte. Inzwischen war der Druck so stark, daß mich bereits der leise gegen die Scheiben schlagende Regen irre machte. Also begab ich mich ins Bad. Zuerst wollte ich ins Waschbecken urinieren, aber darin lagen Haar- und Zahnbürste, Haarklammern und Make-Up-Pads, und so machte ich mich doch daran, den Stoffschrank aus dem Weg zu räumen.

Das Ding war zwar nicht schwer, aber sperrig und schlecht zu packen. Ächzend und fluchend ochste ich, bis ich das Möbel schließlich in der Senkrechten hatte und zur Seite schieben konnte. Ich wollte gerade noch einen Stapel auf dem Boden liegender Badetücher beiseite räumen, als ich vor Schreck einen Atemstillstand erlitt. Das WC war besetzt.

Conny Bruch hatte es doch nicht geschafft. In einem babyblauen Bademantel saß sie gegen den Spülkasten gelehnt auf dem heruntergelassenen Klodeckel. Man hatte ihr übel mitgespielt. Ein Hämatom ging in das andere über. Ihre Augen waren zugeschwollen, und ihre Lippen waren dick wie Würste und aufgeplatzt.

Außerdem hatte man sie mit Zigaretten gefoltert. Ihre Unterarme und ihr Dekolleté waren traktiert worden. Ich zählte gut zwei Dutzend Brandnarben. Aber gestorben war sie weder an den Schlägen noch an den Brandverletzungen. Getötet hatte sie das Telefonkabel, das um ihren Hals geschlungen war.

Es kostete mich Überwindung, sie zu berühren, aber ich drückte ihr die Augen zu.

Ich kurvte mehr in der Gegend herum, als daß ich nach Düsseldorf zurückfuhr. Irgendwann wurde der Sprit knapp, mir fiel ein, daß ich kaum noch Geld im Portemonnaie hatte, und außerdem mußte die Kripo verständigt werden. Wenigstens anonym.

Während ich nach einer Telefonzelle Ausschau hielt, fragte ich mich zum hundertstenmal, warum man der Frau das angetan hatte. Hatten der oder die Mörder geglaubt, die Bruch habe die Diskette bei sich versteckt? Irgend etwas hatten sie gesucht, soviel stand fest.

Und wer war der Täter? Der Unbekannte mit der Narbe? Seine Identität mußte sich eigentlich schnell ermitteln lassen, denn unkontrollierten Zutritt zu Lübkes Fete hatte keiner gehabt.

Im Gegensatz zu den gelben waren die neuen Zellen mit ihrem rosa-grauen Tarnanstrich kaum noch auszumachen, aber ich hatte doppeltes Glück. Erstens, weil ich trotzdem eine entdeckte, und zweitens, weil der Apparat funktionierte. Dreißig Sekunden später wußte die Kripo Bescheid, und ich machte, daß ich zurück zur Cecilienallee kam.

Es war halb zwei, und die Party war zu Ende. Das hieß, nicht ganz, wie mir der Bodyguard vor der Haustür mitteilte. Der Hausherr und einige handverlesene Gäste hatten sich zu einem vertraulichen Plausch in einen der Salons zurückgezogen. Ein anderer Teil der Gäste, der noch schwofen wollte, war unter Führung der Gastgeberin in die Altstadt gezogen. Was aus Verena geworden war, wußte er nicht, er kannte sie nicht einmal. Carmelita ebensowenig.

Ich ging zurück zum Wagen, rangierte ihn aus der Parklücke und ließ ihn in Richtung Innenstadt rollen. Keine zehn Meter weiter sprang mir eine Frau im Pelzmantel vor den Kühler. Die Vollbremsung glückte, und da ich wie üblich nicht angeschnallt war, knallte ich mit der Nase gegen das Lenkrad. Sie fing sofort an zu bluten.

»Da hab ich dich ja gerade noch erwischt«, sagte Carmelita, als sie einstieg. »Was ist mit deiner Nase passiert?«

»Was ist in Brasilien riskanter?« fragte ich mit zurückgelegtem Kopf. »Karneval oder Autofahren?«

»Am gefährlichsten ist natürlich, wenn du Karneval Auto fährst. Warum fragst du so etwas?«

»Blanke Neugier. Wo steckt Verena?«

»Keine Ahnung«, sagte sie und hob beide Hände zum Signal, daß sie jedwede Verantwortung ablehnte. »Sie verschwand 'ne Viertelstunde nach dir und ist nicht wieder aufgetaucht.«

Darüber dachte ich solange nach, bis das Nasenbluten aufhörte. Carmelita rauchte derweil ihre zweite Benson & Hedges.

»Gehen wir noch was trinken?« fragte ich.

»Hast du keine Wohnung?« fragte sie.

»Da gibt's aber nur Bier.«

»Was für Bier?«

»Bitburger.«

»Ist das helles Bier?«

»Ja.«

»Okay«, sagte sie. »Laß es uns versuchen.«

Wir lagen auf den Matratzen zu Rita Hayworths Füßen. Zum x-ten Mal war ich einem Push-up auf den Leim gegangen, aber auch was übrigblieb, begeisterte mich. Leider nur kurz, dann ging ich auf Distanz.

»Tut mir leid«, sagte ich. »Ich kann nicht.«

»Ist es wegen Verena?«

»Nein, wegen der Zigaretten.«

»Was?«

»Ich rauch doch nicht mehr, und du riechst nach Qualm. Das hat mich früher nie gestört, es ist mir nicht aufgefallen. Aber jetzt ... «

»Jetzt hast du das Gefühl, einen Aschenbecher zu bumsen«, sagte Carmelita und lachte. »Das hat mir noch kein Mann gesagt.«

»Dabei find ich militante Nichtraucher zu Kotzen«, sagte ich. »Leute, die, nur weil sie zu feige sind weiterzurauchen, allen Rauchern das Leben zur Hölle machen. Zu denen wollte ich nie gehören. Und normalerweise stört's mich auch nicht. Nur eben ... Ich weiß auch nicht. Tut mir leid.«

»Keine Panik. Wo ist das Bad?«

»Zweite Tür links. Im Spiegelschrank rechts ist 'ne unbenutzte LTU-Zahnbürste.«

Ich hatte Carmelita erzählt, was mit Conny Bruch passiert war. Sie war zunächst schockiert, hatte dann aber gemeint, miteinander zu schlafen sei eine gute Therapie, um zu vergessen. Dem hatte ich vorbehaltslos zugestimmt.

Sie kam zurück, legte sich neben mich und hauchte mich an. Colgate mit Baking Soda.

»Ehe ich es vergesse«, sagte sie. »Du ... «

»Ich stink nach Bier«, sagte ich und setzte mich auf. »Gleiches Recht für alle.«

Sie zog mich zurück aufs Laken. »Ich weiß, wer der Kerl mit der Narbe ist.«

»Wer?«

»Er heißt Enno Axt. Und rat mal, was er macht?«

»Sagtest du nicht, er ist schwul?«

»Ja.«

»Dann ist er bestimmt beim Fernsehen.«

»In Deutschland auch? Ich dachte, das sei nur in Italien so. Nein, er leitet den Schutzdienst bei Lübke.«

»Schutzdienst? Du meinst Werkschutz.«

»Ja. Genau.«

Ich verschränkte die Hände hinter dem Kopf. Was hatte das nun zu bedeuten? Welches Interesse konnte der Werkschutz von Lübke-Pharma an mir haben? Beziehungsweise – denn darauf lief es ja hinaus – welches Interesse hatte Pius Lübke an mir? Langsam blickte ich überhaupt nicht mehr durch.

»Bei uns sagt man, wenn man ein großes Problem hat, soll man erst einmal eine Nacht schlafen, dann ist es am nächsten Tag schon viel kleiner.«

»Ihr Brasilianer könnt nicht nur gut Fußball spielen, ihr seid auch noch schlau. Allein oder zusammen?«

»Egal. Hauptsache, du denkst nicht an Rosa.«

Die Art, wie Carmelita den Namen meiner Schwägerin aussprach, ließ mich stutzen. Das hatte sehr vertraut geklungen.

»Bist du ihr eigentlich mal begegnet?« fragte ich. »Rosa, meine ich.«

»Ich hab sie nur das eine Mal gesehen«, sagte Carmelita. »Als sie im Sommer bei uns in Talla war.«

In meinem Kopf begann etwas zu klingeln. »Von welchem Sommer sprichst du?«

»Von diesem. Vom letzten.«

»Neunzehnhundertsechsundneunzig?«

»Wenn ihr hier nicht anders rechnet als wir in Italien – ja.«

»Sag mir den Monat, in dem sie da war.«

»Im August. Mein Gott, was machst du für ein Gesicht?«

XVIII

Heute war der Tag, an dem ich unbedingt einen Lottoschein ausfüllen mußte, denn ich erwischte eine Parklücke direkt vor Waldemars Haus.

Eine Minute später war die Glückssträhne zu Ende. Beim Aussteigen entdeckte ich einen Blutfleck auf dem Fahrersitz. Das Blut war eingetrocknet, da war nichts mehr zu machen. Als ich das Mofa aus dem Kofferraum hob, sah ich, daß es Öl verloren hatte. Fehlte nur noch, daß nachts die Radkappen geklaut worden waren. Ich umrundete den Omega, aber Kappen, Zierleisten und die Antenne waren noch dran.

Nachdem ich Schlüssel und Papiere in Waldemars Briefkasten geworfen hatte, schwang ich mich in den Sattel und knatterte nach Benrath. Die Fahrt in der frischen bis frostigen Morgenluft dauerte beinahe eine Dreiviertelstunde, weil ich beim Anblick jedes weißen Golf einen kleinen Umweg fuhr. Aber die Kälte und die Konzentration auf mögliche Verfolger machten mir den Kopf frei. Endlich wurde ich das Bild der toten Conny Bruch los, das mich trotz Carmelitas aufopferndem Einsatz die halbe Nacht gequält hatte.

Gleiche Haustür, gleiches Spiel. Ich klingelte, was ich dreißig Sekunden später wiederholte. Ziemlich genau zwanzig Sekunden danach wurde geöffnet. Weil ich jemand anderen erwartet hatte, blickte ich zu weit nach oben.

»Bitte verschwinden Sie«, sagte Schwester Ursula. »Sie bringen Unglück.«

»Wieso Unglück? Stellen Sie sich vor, ich wäre gestern nicht zur Stelle gewesen, dann hätte Frau Finken-Sprickmann den ehrenwerten Doktor Malchau höchstwahrscheinlich ins Jenseits befördert.«

»Das sieht er, glaube ich, etwas anders.«

»Dem Kerl fehlt die Gabe zur Dankbarkeit.«

Das erheiterte sie. »Da mögen Sie recht haben. Falls Sie die Frau Doktor sprechen wollen, kommen Sie zu spät. Sie ist bereits vor einer halben Stunde in die Klinik gefahren.«

»Ich würde mich gerne mit dem alten Herrn unterhalten.«

»Der alte Herr schläft noch. Oder besser gesagt endlich. Wie die Nachtschwester mir mitteilte, ist er erst im Morgengrauen eingeschlafen. Außerdem ist Ihnen doch untersagt worden, ihn aufzusuchen. Haben Sie das vergessen?«

»Woher wissen Sie das?«

»Die Frau Doktor hat mich entsprechend instruiert. Und nach dem, was gestern passiert ist, kann ich mir keinen weiteren Fehler leisten.«

»Was heißt Fehler? Sie hatten doch gar keine Chance.«

»Ich saß an der Information, als Frau Finken-Sprickmann der Durchbruch gelang. Das genügt.«

»Die hätten sie bestenfalls mit einem gezielten Wurf Ihres Drehstuhls stoppen können«, sagte ich. »Ist das hier quasi Ihr Strafbataillon?«

»Es gibt Schlimmeres.« Sie fröstelte, obwohl sie einen Rolli unter dem Kittel trug. »Versprechen Sie mir, nichts anzustellen, wenn ich Sie auf eine Tasse Tee in die Küche lasse?«

Ich machte das Victory-Zeichen und sagte: »Dickes Indianerehrenwort.«

Als ich die Küche betrat, erinnerte ich mich auf einmal: Apfelsaft und volle Hosen. Margot Schallmich-Epp hatte nicht gelogen. Die Einbaumöbel und -geräte waren natürlich andere als seinerzeit, aber die gewaltige kupferne Esse hatte es damals schon gegeben. Ebenso die Delfter Kacheln. Aus dem Fenster blickte man in den ungepflegten Garten. Links entdeckte ich, halb verborgen hinter Gestrüpp, das Garagenhaus.

»Hat der Professor nicht früher Rosen gezüchtet?« fragte ich. »Ich meine mich zu erinnern, drüben bei den Garagen hätte es jede Menge Rosenstöcke gegeben.«

»Das ist schon lange her«, sagte Schwester Ursula und servierte mir einen Keramikbecher, aus dem es dampfte. »Die Rosen sind schon lange tot. Erst verwildert, dann abgestorben. Nehmen Sie Zucker oder Süßstoff?«

»Pur. Was ist das? Riecht gut.«

»Kräutertee.«

»Hoffentlich ohne Erdbeerblätter«, sagte ich. »Von denen krieg ich nämlich Nesselfieber.«

Schwester Ursula studierte die Packungsaufschrift und gab Entwarnung. Der Tisch, an dem wir saßen, stand vor dem Fenster. Beide blickten wir hinaus. Eine schwarze Katze schlich durchs Gras. Das Gras war so hoch, daß man eigentlich nur ihren hochgestellten Schwanz sah.

»Ich hab früher, als Margot noch ein Teenager war, oft hier gearbeitet«, sagte Schwester Ursula, ohne den Blick vom Garten zu wenden. »Der Herr Professor war stets der Meinung, das Klinikpersonal habe sich auch um seinen Privathaushalt zu kümmern. Im nachhinein muß ich sagen, das war nicht die schlechteste Zeit.«

»Waren Sie seine Geliebte?«

Ihr Kopf ruckte zu mir herum. »Sie sind dreist, junger Mann!«

»Ich entschuldige mich in aller Form«, sagte ich. »Waren Sie's?«

Sie nickte. »Ja, es gab eine Zeit, da war ich die Geliebte des Professors. Ich war nicht die erste, ich war nicht die letzte, aber ich bin die einzige aller Mätressen, die noch in der Klinik tätig ist.«

»Hatte Clemens Schallmich auch Mätressen?«

»Ich sagte Ihnen zwar, ich sei unkündbar, aber so unkündbar, daß sie mich nicht rausschmeißen könnten, bin ich nun wieder nicht.« Sie hielt ihren Becher mit beiden Händen. Die Dinger waren aber auch schwer. »Fragen Sie das lieber seine Frau.«

Ich kratzte mich rund ums Nikotinpflaster, das heute auf dem rechten Oberarm klebte. »Gestern sagten Sie, die Doktoren Schallmich und Malchau seien Konkurrenten im Kampf um Margot Epp gewesen.«

»Das habe ich nie gesagt.«

»Ich interpretiere gerne frei. Zudem erzählte der Professor mir, die Ehe seiner Tochter und seines Schwiegersohnes sei nicht glücklich gewesen. Für mich heißt das in Addition, Clemens Schallmich ging fremd, und Margot Schallmich-Epp war frei für Doktor Malchau. Was halten Sie davon?«

»Nichts. Sie haben Doktor Malchau doch kennengelernt. Er ist eine Flasche. Mit ihm würde sich Margot niemals einlassen.«

»Weiß er, daß er eine Flasche ist?«

»Davon gehe ich aus. Wie ich gehört habe, ist Malchau schon zu Schul- und Universitätszeiten nie aus Schallmichs Schatten herausgekommen. Das hat sich dann im Berufsleben fortgesetzt.«

»Tut er Ihnen leid?«

»Überhaupt nicht. Der ewige Zweite mag eine tragische Figur sein, aber es lebt sich auch bequem in dieser Rolle.«

»Kannten Sie Rosa Quist?«

Schwester Ursula musterte mich über den Becherrand, was sie wie Killroy wirken ließ. »Ich sage Ihnen etwas: Sie war eine gute Krankenschwester. Mochte sie auch Defizite im menschlichen Bereich haben, ihren Beruf beherrschte sie.«

»Defizite?«

»Ich hielt sie für berechnend.« Sie schmunzelte. »Aber es gab Zeiten, da war ich das auch.«

»Also war die Quist Schallmichs Geliebte.«

»Das werde ich Ihnen nicht bestätigen, weil ich es nicht weiß.«

Mein Becher war leer. Den angebotenen Nachschlag lehnte ich ab. »Wissen Sie, wo die Quist gewohnt hat?« fragte ich. »Hat die Klinik nicht eigene Wohnungen?«

»Ja, Am Falder und Am Zunder. Da wohne ich. Aber die Quist, nein, die hat hier im Haus gewohnt.«

Das überraschte mich nun doch.

»Mund zu«, sagte sie. »Was wundert Sie? Das letzte halbe Jahr vor ihrem Tod hat Schwester Rosa sich ausschließlich um den Professor gekümmert. Von ihrer Tätigkeit in der Klinik war sie entbunden. Da hat man ihr selbstverständlich ein Zimmer hier im Haus zur Verfügung gestellt. Ich habe früher auch hier gewohnt.«

»Im gleichen Zimmer?«

»Es gibt nur das eine.«

»Dürfte ich es mir mal ansehen? Oder ist es derzeit bewohnt?«

»Das nicht«, sagte Schwester Ursula und machte ein Gesicht, als hätte ich vorgeschlagen, im Garten ein Heavy-Metal-Open-Air zu veranstalten.

»Ich zieh mir auch die Schuhe aus«, sagte ich.

»Sie fassen nichts an, ist das klar?« sagte sie und erhob sich derart mühselig, als bereute sie ihren Entschluß bereits.

Das Zimmer lag im zweiten Stock zum Garten hin. Es maß zirka zwanzig Quadratmeter abzüglich zweier Schrägen und war mit einem Bett, einem Schrank, einer Kommode, einem Tisch und zwei Stühlen möbliert. Die Möbel waren aus Nußbaum und stammten aus der Zeit, als ein Sauerländer Bundespräsident gewesen war.

Schwester Ursulas Anweisung erwies sich als überflüssig. Außer Staub und dem Papier, mit dem die Schubladen und die Fächer ausgelegt waren, gab es nichts anzufassen.

»Was ist aus Rosa Quists Sachen geworden?« fragte ich.

Schwester Ursula zuckte die Achseln. »Vermutlich sind sie zusammengepackt und den Hinterbliebenen zugestellt worden. Sofern da jemand war.«

Ich nickte. »Da ist jemand, aber er hat nichts bekommen. Könnte es sein, daß die Sachen noch im Haus sind?«

»Da bin ich überfragt. Wenn überhaupt, dann im Keller.«

»Sollen wir mal nachsehen?«

Sie seufzte. »Ich durfte Sie schon nicht ins Haus lassen, geschweige denn mit Ihnen hier heraufgehen. In den Keller kann ich Sie unmöglich lassen.«

»Haben Sie keinen Schlüssel?«

»Ich bin achtundfünfzig. Wenn ich hier gefeuert werde, krieg ich nicht mal mehr eine Anstellung als Putzfrau.«

»Ich geh außen rum und tret eins von den Kellerfenstern ein. Dann können Sie behaupten, ich sei eingebrochen.«

»Sie sind eine Nervensäge, Herr Hoffmann. Was versprechen Sie sich davon?«

»Vielleicht finde ich zwischen den Sachen einen Hinweis, der mir weiterhilft.«

»In Dreiteufelsnamen«, seufzte sie erneut und schüttelte den Kopf über ihre eigene Inkonsequenz. »Aber lassen Sie den Unfug mit dem Kellerfenster.«

»Sie sind ein Schatz.«

»Ich bin eine Idiotin.«

Der Keller war ein gemauertes Gewölbe von bestimmt vier Metern Höhe. Ein Ort, wie geschaffen, um Wein zu lagern. Nur mit Wein hatten die Epps nichts im Sinn. Dafür um so mehr mit Gerümpel.

Das fing an mit zwei bleischweren, weil noch mit Schamottsteinen ausgekleideten Herden direkt neben der Kellertreppe. Dann kamen ein mit sprödem Geschirr vollgestopfter Vorkriegsküchenschrank, eine Waschmaschine von anno pief, ein halbes Dutzend Fahrräder mit und ohne Bereifung, das Gerippe eines Sonnenschirms, ein Stapel Regalbretter, ein paar Mauersteine, ein Sack eingetrockneter Zement, ein Kleiderschrank voller Kartons mit Christbaumschmuck, ein Paar Rollschuhe, eine Spielzeugeisenbahn, eine Singer mit Pedalantrieb, ein Schaukelpferd ohne Kopf, verrostete Gartenmöbel, Autoreifen in verschiedenen Größen und was weiß ich noch alles.

Es waren nicht die Gegenstände an sich, die faszinierten, denn solches oder ähnliches Zeug fand sich in vielen Kellern, auch bei Olga. Es war die schiere Menge, die mich beeindruckte. Von vorne bis hinten, vom ersten bis in den letzten Raum war jeder Quadratmeter vollgestellt. Und an Quadratmetern maß der Keller bestimmt hundert, wenn nicht hundertzwanzig. Sollte die Klinik den Bach runtergehen, die Epps würden sich einige Jahre mit dem Verkauf des Trödels über Wasser halten können.

Wenn, dann in dem Raum, wo der Öltank ist, hatte Schwester Ursula gesagt. Da es keine Wegweiser gab, ging ich systematisch vor. Die Beleuchtung funktionierte tadellos, überall hingen explosionsgeschützte Bergwerksleuchten. Ich kam an einer Nische vorbei, und in dem Augenblick machte es laut »Wuff!«. Meine Pumpe pausierte für drei Schläge. Aber es war kein Tier, das da lauerte, nur der Gasbrenner war angesprungen.

Den nächsten Raum beanspruchte der Öltank fast vollständig für sich. Ein riesiges Teil, in das Zigtausende von Litern gehen mußten. Ich klopfte dagegen und war überrascht, daß er nicht hohl klang. Der Tank schien gefüllt zu sein. Vorne pappte der knallgelbe, ziemlich neue Aufkleber eines Ölhändlers.

Neben dem Tank stapelten sich Umzugskartons an der Wand entlang. Die vordersten waren kaum eingestaubt. Ich zog den ersten heran. Er war mit schwarzem Filzschreiber beschriftet. »Frl. Quist« stand da in Versalien. Ich klappte den Karton auf.

Zuoberst lag ein dicker Teddybär, der ein Plüschäffchen im Arm hielt.

XIX

»Sind Sie fündig geworden?« fragte Schwester Ursula, als ich zehn Minuten später wieder die Küche betrat.

Sie trug gelbe Gummihandschuhe, saß am Tisch und schabte Möhren.

»Hat Rosa mal 'nen Spielzeugladen geerbt?«

»Sie meinen wegen der vielen Stofftiere? Die hat sie gesammelt. Dafür war sie bekannt.«

Ich gab ihr das Foto, das ich in einer Biographie über Simone de Beauvoir gefunden hatte. Es zeigte, wie sich die nur mit einer Prinz-Heinrich-Mütze bekleidete Rosa auf einem Eisbärenfell räkelte. Das Fenster hinter ihr reichte bis auf den Boden und bot Ausblick auf eine weiße Dünenlandschaft.

Schwester Ursula mußte es fast auf Armlänge von sich halten, um es zu erkennen. »Das ist auf Baltrum aufgenommen. Im Haus des Professors.«

»Sind Sie sicher?«

»Ich kenne die Aussicht und auch das Fell. Ich habe selbst schon darauf gelegen.« Sie reichte mir das Foto zurück. »War es das, wonach Sie gesucht haben?«

»Ein Zufallstreffer.«

»Und was werden Sie damit anfangen?«

»Ich würde gerne herausfinden, wer die Aufnahme wann gemacht hat.«

»Sind Sie nicht sicher, daß Doktor Schallmich der Fotograf war?«

»Eigentlich schon. Ich wüßte es nur gerne mit Bestimmtheit.«

»So etwas rauszukriegen ist doch Ihr Job, oder nicht?«

Über der Tür begann ein rotes Lämpchen zu blinken. Schwester Ursula streifte die Handschuhe ab und stand auf.

»Ich muß Sie jetzt bitten zu gehen. Der Professor braucht mich.«

Sie eskortierte mich zur Haustür. So ganz schien sie mir nicht zu trauen, daß ich das Haus von allein verlassen würde. Ich war schon die Stufen hinunter und hatte bereits die Pudelmütze auf dem Kopf, als mir noch etwas einfiel.

»Es gibt doch bestimmt ein Verzeichnis, in dem steht, wann ein Medikament zugelassen wurde, wann ihm die Zulassung wieder entzogen wurde, und wer der Hersteller dieses Präparats war.«

»Ich denke, etwas in der Art wird es geben.«

»Und für Sie wäre es doch sicher leichter, an solche Informationen zu gelangen, als für mich.«

Schwester Ursula stemmte die Hände in die Hüften. »Nun sagen Sie schon, wie das Präparat heißt, sonst werde ich Sie ja nie los.«

»Redupont.«

»Ich rufe Sie an, sobald ich etwas weiß.«

Bevor ich mich bedanken konnte, war die Tür zu.

Park und Schloß Elbroich waren noch in morgendlichen Dunst gehüllt. Es schien, als beginne der Tag hier später als in der Stadt. Alles war so still, daß ich den Motor abstellte und die Vespa schob.

An der Anmeldung saß eine kleine Blondine mit unreiner Haut. Während sie Margot Schallmich-Epp anpiepste, zählte ich die Fische im Aquarium. Es waren viel weniger als am Vortag. Vielleicht trafen sich hier nachts die Patienten zum Wettangeln.

Ein Pfleger mit einem Dreitagebart tauchte auf und führte mich vom Neubau hinüber zum Schloß, wo die Frau Doktor ihr Büro hatte. Es lag im Erdgeschoß, war ein großzügig verglastes Eckzimmer und bot einen ausgezeichneten Blick auf den alten Baumbestand des Parks. Das Mobilar war aus Eiche und hatte vermutlich bereits dem Professor gedient.

Margot Schallmich-Epp sah übernächtigt aus. Ihre Augen lagen tief und waren von dunklen Rändern umgeben. Dazu paßte der etwas fahrige Eindruck, den sie machte. Sie trug den gleichen Rock und die gleiche Bluse wie an den vorangegangenen Tagen. Entweder besaß sie davon gleich mehrere oder sie hatte ein ausgesprochenes Händchen, sich nicht schmutzig zu machen.

»Was führt Sie her?« fragte sie, nachdem ich mich auf einem gepolsterten Stuhl vor dem Schreibtisch niedergelassen hatte.

»Wie geht es Doktor Malchau?«

Sie zog die Brauen hoch. »Sind Sie extra gekommen, um sich nach seinem Befinden zu erkundigen?«

»Am Telefon kriegt man doch nie 'ne vernünftige Auskunft. Lebt er noch?«

»Wie ich Ihnen bereits gestern sagte, befand sich Doktor Malchau glücklicherweise nicht in Lebensgefahr. Ihm geht es daher den Umständen entsprechend gut. Dennoch hat er, da er allein lebt, die Nacht vorsichtshalber in der Klinik verbracht.«

»Prima«, sagte ich. »Dann besteht ja aus ärztlicher Sicht kein Einwand, daß ich mich mal mit ihm unterhalte.«

»Lassen Sie ihm noch ein oder zwei Tage. Es war doch ein ziemlicher Schock für ihn.«

»Nur zehn Minuten.«

»Ich ein oder zwei Tagen«, sagte sie, und es klang nach basta.

Von hier hatte man wirklich einen schönen Ausblick. Draußen im Park jagten zwei Jogger einander einen ansteigenden Weg hinauf. Dabei stießen sie Atemwölkchen aus wie zwei Dampfloks, die sich ein Wettrennen lieferten.

»War es das?« weckte mich Margot Schallmich-Epp. »Ich bin nämlich sehr beschäftigt.«

»Ich hab da was, das Sie interessieren dürfte«, sagte ich und nahm das Foto von Rosa auf dem Bärenfell aus der Brieftasche. »Schauen Sie mal.«

Sie nahm die Aufnahme zur Hand, und im selben Moment versteinerten ihre Züge. »Woher haben Sie das?«

»Das ist doch egal. Wie würden Sie das Foto interpretieren?«

»Ich will zuerst wissen, woher Sie das haben.«

»Es wurde mir zugeschickt. Anonym.«

»Anonym zugesandt?« bellte sie heiser. »Das glaube ich Ihnen nicht.«

»Doch, so war es.«

»Warum sollte jemand das tun?«

»Offensichtlich gibt es auch Menschen, die wollen, daß ich mit meiner Arbeit vorankomme. Nicht alle behindern oder belügen mich.«

»Sollte ich mich durch Ihre letzte Äußerung angesprochen fühlen?«

»Allerdings«, sagte ich. »Zurück zu der Aufnahme. Wie deuten Sie sie?«

Sie warf das Foto auf den Tisch. »Was gibt es da zu deuten? Die Porträtierte ist Schwester Rosa. Sie liegt auf einem Fell und ist bis auf eine Kapitänsmütze unbekleidet.«

»Prinz-Heinrich-Mütze. Panorama und Fell müßten Ihnen bekannt vorkommen.«

»Wieso?«

»Hundert zu Eins, daß die Aufnahme in Ihrem Haus auf Baltrum gemacht wurde?«

»Wie kommen Sie darauf?«

»Hören Sie doch auf mit dem Spielchen, Frau Doktor. Sie wissen es, ich weiß es. Jetzt geht es nur noch darum, wer auf den Auslöser gedrückt hat. Ich tippe mal auf Ihren treuen Gatten.«

Sie sah mich sehr böse an. Sollte ich mal dringend Geld oder einen guten Rat benötigen, Margot Schallmich-Epp zu fragen, konnte ich mir sparen.

Irgendwann war aber auch das vorbei. Sie räusperte sich und legte ihre Fingerspitzen zu einem Spitzdach zusammen.

»Schwester Rosa war das letzte einer Reihe von Verhältnissen, die mein Mann im Laufe unserer Ehe unterhielt. Ich wußte von allen und hatte nichts dagegen, denn wir hatten vereinbart, uns gegenseitig nicht einzuengen und einander jeden gewünschten Freiraum zu lassen. Die einzige Bedingung, die ich gestellt hatte, war, daß die Affären diskret gehandhabt wurden. Mit seiner Beziehung zu Schwester Rosa ignorierte er diese Bedingung zum ersten Mal.«

»Weil Rosa Quist eine Angestellte war?«

»Sie war mehr als das: Als Pflegerin meines Vaters genoß sie eine Vertrauensstellung. Und sie wohnte bei uns im Haus. Eine Konstellation, die für mich nicht tolerabel war.«

»Haben Sie Ihrem Mann das gesagt?«

»Allerdings.«

»Wie hat er reagiert?«

»Er versprach, die Affäre zu beenden.«

»Und? Hat er?«

»Er verunglückte, bevor er sein Versprechen einlösen konnte.«

Während ihrer Ausführungen wirkte sie so gelassen, als referiere sie über die Entwicklung der Postgebühren seit dem Ende der Großen Koalition. Ich hakte trotzdem nach.

»Waren Sie nie eifersüchtig? Auf keine der Damen?«

»Nein. Es stand mir ja frei, mich meinerseits schadlos zu halten.«

»Mit wem haben Sie's denn getrieben?«

Sie lächelte ein schmales Lächeln.

»Für Ihre Impertinenz werden Sie eines Tages noch einmal teuer bezahlen müssen. Oder Sie erhalten eine Auszeichnung, das trauc ich Ihnen auch noch zu.«

Nach einem kleinen Päuschen war sie wieder beim Thema. »Mein verstorbener Gatte litt unter einem – wie soll ich sagen – fast schon manisch ausgeprägten Sexualtrieb. Eine Veranlagung, wie man sie bei großen Genies häufig finden kann. Erklären läßt sich das als Maßnahme der Natur, um besonders wertvollem Erbgut eine möglichst große Verbreitung zu sichern.«

»Den besten Zuchtbullen juckt's eben immer am stärksten.«

»Wo wären wir nur ohne Ihre plastischen Vergleiche«, sagte Margot Schallmich-Epp. »Um das Thema zum Abschluß zu bringen: Mein Sexualtrieb hingegen ist von durchschnittlicher Ausprägung, und zudem verbietet mir meine Konfession, außereheliche Beziehungen zu unterhalten. Ich hoffe, Ihre Frage ist damit erschöpfend beantwortet.«

»Wenn das so einfach und harmlos ist, warum haben Sie mir das nicht gleich gesagt, und mir statt dessen bei unserem Essen diese Nummer von gegenseitiger Treue vorgespielt?«

»Ich bin auch jetzt noch der Meinung, daß es niemanden außer meinem Mann und mir etwas angeht, wie wir unserer Privatleben gestalten.«

»Im Prinzip haben Sie recht«, sagte ich. »Es sei denn, es geht um Mord.«

»Sie haben, fürchte ich, zuviel Phantasie.«

Da Margot Schallmich-Epp in immer kürzeren Abständen auf ihre Uhr blickte, stand ich auf. Sie läutete nach dem Pfleger, damit der mich wieder hinausließ. Bevor er kam, mußte ich noch schnell eine Frage loswerden.

»Sie haben drei Wochen nach dem Absturz Ihres Mannes seine Spielschulden in Höhe von einhundertfünfzigtausend Mark bezahlt. Woher hatten Sie das Geld?«

Ihre Gesichtsfarbe wechselte, also hatte ich sie auf dem falschen Fuß erwischt. Abgesehen davon reagierte sie jedoch souverän.

»Ein Freund hat mir mit dem Betrag ausgeholfen.«

»Hat der Freund einen Namen?«

»Selbstverständlich«, sagte sie und lächelte. »Aber nicht für Sie.«

Gegen alle Ratschläge liegt mein Bargeld unter der Matratze im Schlafzimmer. Das hat schon meine Oma so gemacht, und der war nie was geklaut worden.

Es war kurz nach elf, als ich die letzten Stufen nahm. Die Wohnungstür war nur angelehnt, und mir sackte das Herz in die Hose. Leise schlich ich in den Flur und packte einen Kleiderbügel, um wenigstens ein bißchen bewaffnet zu sein.

Dabei war alle Aufregung für die Katz. Der einzige Unterschied zu morgens war, daß ich statt einer nunmehr zwei Frauen im Bett hatte. Neben der im Schlaf schmatzenden Carmelita lag meine Ex-Gattin mit verdrehten Armen auf dem Bauch und schnarchte. Schon vom Flur aus roch ich, daß sie stank wie ein entgleister Schnapswaggon.

Ich schloß die Schlafzimmertür, schnappte mir das Telefon und setzte mich in die Küche. Bereits nach dem zweiten Klingeln wurde abgehoben.

»Air Albatros. Mein Name ist Konrad. Guten Tag.«

»Ich bin's«, sagte ich munter. »Der Mann, der unsterblich in Sie verknallt ist.«

»Wie bitte?«

»Sie haben mich doch auf Standby gesetzt, für den Fall, daß Ihre Ehe mal das Zeitliche segnet. Erinnern Sie sich nicht mehr?«

»Hören Sie mal, falls daß Ihre Art sein sollte, einen obszönen Anruf einzuleiten, dann –«

»Sind Sie nicht die Rothaarige von Dienstag?« fragte ich.

»Ich bin die Brünette von heute«, knurrte sie. »Was wollen Sie?«

»Sorry. Ich brauch die Nummer von Henry Matchbox. Ich hatte sie zwar aufgeschrieben, aber ich hab den Zettel verloren.«

»Ich bin nicht nur nicht die Rothaarige, ich bin auch nicht die Auskunft.«

»Nun seien Sie doch nicht so zickig, nur weil ich mich weigere, Ihnen Schweinereien ins Öhrchen zu flüstern.«

»Also, da hört sich ja alles auf!«

»Das muß Ihnen doch nicht peinlich sein. Sie gehören eben zu den Frauen, die auf so was stehen. – Hallo? Sind Sie noch dran?«

Sie hatte aufgelegt. Ich rief die Telekom an. Die Nummer war inklusive Vorwahl zwölfstellig. Ich kritzelte sie auf den Rand der Tageszeitung.

Diesmal war ein Irrtum ausgeschlossen. Matchbox' Stimme und Aussprache waren unverkennbar.

»Sie führen doch Buch über sämtliche Flüge mit den von Ihnen gewarteten Maschinen«, sagte ich. »Können Sie mir sagen, wann Doktor Schallmich in diesem Jahr nach Baltrum geflogen ist?«

»Sie meinen die Daten?«

»Genau.«

»Hang on.«

Das tat ich natürlich nicht, sondern blieb in der Leitung. Keine Minute später war er wieder da.

»Im Januar hab ich die Taifun komplett überholt«, sagte er. »Die Gelegenheit war günstig, weil der Doktor zu der Zeit in den USA war.«

»Er war in den USA?«

»Ja, vier Wochen lang. Ein Kongreß oder so. In Florida.«

Ich hörte, wie er umblätterte und vor sich hin murmelte.

»Im Februar ebenfalls nichts«, sagte er. »Es beginnt im März. Haben Sie einen Bleistift?«

Ich bestätigte und notierte die Daten, die Matchbox durchgab. Schallmich war insgesamt neunmal nach Baltrum geflogen. Zweimal im März, viermal im April und dreimal im Mai. Der dritte Flug im Mai war der Schicksalsflug gewesen.

»Wissen Sie, wie oft Frau Quist dabei war?« fragte ich.

»Das habe ich nicht festgehalten. Aber bei den Flügen im April und Mai bestimmt.«

Ich dankte ihm und hatte noch nicht ganz aufgelegt, als Verena in die Küche gestürzt kam und sich ins Spülbecken übergab.

XX

»Du bist sogar zu blöd, um ins Klo zu kotzen«, schnauzte ich Verena an, die leichenblaß und zitternd auf der Matratze lag.

»Hör auf, sie anzuschreien«, sagte Carmelita und legte ihr einen ausgewrungenen Waschlappen auf die Stirn. »Du siehst doch, wie es ihr geht. Ich mach das schon weg.«

»Mit Schreien fang ich gerade erst an. Warum hast du mir verschwiegen, daß Rosa dich noch drei Monate nach ihrem angeblichen Tod besucht hat, he?«

Wimmernd drehte Verena ihren Kopf zur Seite.

»Laß sie jetzt in Ruhe.« Carmelita knurrte wie eine ungehaltene Löwin. »Streiten könnt ihr euch, wenn sie wieder auf den Beinen ist. Besorg ihr lieber ein Aspirin.«

»Die braucht 'ne Familienpackung.«

»Dann besorg ihr die, okay?« Carmelita wies mit dem Kopf nach draußen. »Außerdem hat's geklingelt.«

»Ich hab nichts gehört.«

»Aber ich.«

Ungläubig ging ich zur Tür und riß sie auf. Olga und Waldemar standen auf dem Absatz.

Olga sah aus wie die Mutter des Zaren. Sie trug den Nerz, den sie im letzten Herbst bei Slupinski für ein Sümmchen erstanden hatte, das dem Wochenumsatz einer gutgehenden McDonalds-Filiale entsprach. Allein was sie für die dazugehörige Mütze hingelegt hatte, hätte mir gereicht, um vorzeitig in den Ruhestand zu gehen. Waldemar war etwas preiswerter, aber auch nicht gerade billig gekleidet. Der schlicht wirkende nachtblaue Kammgarnmantel war nämlich eine Maßanfertigung. Beide strahlten wie ein Paar werdende Eltern. Offenbar hatte Waldemar seinen Wagen noch nicht inspiziert.

»Schön euch zu sehen«, sagte ich. »Ihr könntet kaum gelegener kommen.«

»Leider können wir nur fünf Minuten bleiben«, sagte Olga und drängelte sich an mir vorbei. »Um halb eins müssen wir in St. Cäcilia sein. Heute wird doch die Schwarze Muttergottes eingesegnet.«

Ich warf einen Blick den Flur hinunter. Küchen- und Schlafzimmertür waren glücklicherweise zu.

»Was gibt's da einzusegnen?«

»Sie ist doch frisch restauriert worden«, sagte Waldemar und spazierte ebenfalls herein. »Woran deine Mutter einen nicht unerheblichen Anteil hat.«

»Ich mach auch 'ne Kirche auf«, sagte ich. »Was Markus schon eingesackt hat, geht auf keine Kuhhaut.«

Wir befanden uns im Wohnzimmer, das vor vier Jahren von genau neunhundertneunundneunzig Mark möbliert worden war. Die Holzflächen mußten noch lackiert werden. Wenn man nicht aufpaßte, hatte man Harz an den Fingern oder sonstwo. Olga wußte das. Sie hatte sich schon mal ein Mohairjäckchen versaut. Entsprechend umsichtig nahm sie Platz.

»Was verschafft mir die Ehre?« fragte ich. »Ihr bessert eure Renten doch hoffentlich nicht auf, indem ihr für die GEZ schnüffelt?«

Das war das Stichwort. Olga sah sich um.

»Hast du meinen alten Fernseher versetzt, den ich dir zu Weihnachten geschenkt habe?«

»Er steht im Schlafzimmer. Wenn du ihn begrüßen möchtest, hol ich ihn gerne her.«

Bevor wir das Thema vertiefen konnten, sagte Waldemar: »Ich wollte dich nur kurz informieren, was die Überprüfung dieses Doktor Malchau ergeben hat.«

Ich setzte ein erwartungsvolles Gesicht auf, und Waldemar berichtete in dem für ihn typischen Telegrammstil. Olga sah sich derweil um, wo überall staubgewischt werden mußte.

Malchau war unbescholten wie ein Klosterbruder, nicht einmal als Falschparker war er aufgefallen. Ferner war er unverheiratet, gehörte zu den zirka 25% Protestanten der Stadt, war bei seinen Nachbarn beliebt, sofern sie ihn überhaupt kannten, war so gut wie nie krank und hatte keine Schulden. So hatte ich mir das schon gedacht: Ein Langweiler vor dem Herrn, der keine Angriffspunkte bot. Und dann kam doch noch ein Hammer. Malchau hatte am Tag vor Schallmichs Absturz zweihunderttausend Mark in bar abgehoben.

»War das sein gesamtes Vermögen?« fragte ich.

»Nein, aber viel ist ihm nicht geblieben.«

»Ein stolzer Betrag«, murmelte ich.

»Das könnte natürlich Zufall sein«, sagte Waldemar. »Zum Beispiel könnte er an dem Tag bei Auto Becker einen Ferrari gekauft haben. Das müßte noch überprüft werden.«

»Oder er hat den Deckel in seiner Stammkneipe bezahlt«, sagte ich. »Ich geh mal lieber davon aus, daß die zweihunderttausend aufs engste in Zusammenhang mit Schallmichs Absturz stehen.«

Zuerst erkannte ich an Olgas Gesichtsausdruck, daß etwas nicht stimmte.

»Die Aspirin«, sagte Carmelita von der Tür. »Wo kann ich die finden?«

Ich drehte mich um. Sie hatte es noch immer nicht geschafft, mehr als den Tanga anzuziehen.

»Im Bad«, sagte ich. »Im Spiegelschrank. Das sind übrigens meine Mutter und ihr Cousin Waldemar.«

»Hallo«, sagte Carmelita, winkte und verschwand im Bad.

»Hallo«, sagte Waldemar und winkte zurück, wofür Olga ihn beinahe vom Sofa getreten hätte.

»Das war Carmelita«, sagte ich. »Eine Bekannte.«

Olga hatte es auf einmal sehr eilig. »Waldemar, ich glaube, wir müssen. Sonst kommen wir noch zu spät.«

»Ich bring euch zur Tür«, sagte ich.

Carmelita hatte die Schlafzimmertür offengelassen. Olga warf einen Blick hinein und entdeckte Verena, die auch nicht mehr am Leib hatte als Gips und Höschen.

»Die beiden Blondinen sind in der Küche und machen Frühstück«, sagte ich. »Wenn ich 'n bißchen mehr Zeit hab, komm ich mal mit allen zum Kaffee.«

Olgas und Waldemars Reaktionen waren unterschiedlich. Sie gab mir, bevor sie grußlos die Treppe runterrauschte, mit einem kurzen Blick zu verstehen, daß mein Erbteil perdu war. Er hingegen boxte mir übermütig vor die Schulter, zwinkerte und sagte: »Mensch, Junge!«

So richtig verstand mich keiner.

»Isse Signora nixe gute?« fragte Luigi mit besorgtem Blick auf Verena, die mehr zwischen Carmelita und mir hing, denn auf ihren eigenen Füßen stand.

»Gib uns 'nen Tisch, wo man ihre Schreie nicht hört, und dann schick uns deinen Chef«, sagte ich. »Er muß uns was mixen.«

»Chefe isse bei Figaro.«

»Beim Friseur? Warum?«

»Warume wohle?« Luigi machte mit Zeige- und Mittelfinger eine Schere nach. »Snipp-snipp.«

»Sind das etwa Haare, was er auf dem Kopf hat? Ich dachte immer, das ist 'ne Perücke.«

Luigis temporeichem italienischen Wortschwall entnahm ich sinngemäß, sollte Hop-sing je erfahren, daß ich sein Haupthaar für eine Perücke hielt, würde er mich vierteilen, in Streifen schneiden, durch den Fleischwolf jagen, frittieren und den Ratten vorwerfen.

»Du mußt es ihm ja nicht erzählen«, sagte ich. »Vielleicht kannst du uns ja helfen. Hop-sing hat 'n phantastisches Rezept gegen Kater. Soweit ich weiß, ist das 'ne Mischung aus Sojasoße, Lebertran, Eidechsenblut, Weihwasser und verschiedenen Nachtschattengewächsen. Kriegst du das auch hin?«

Bei der Aufzählung der Zutaten begann Verena erneut zu würgen. Glücklicherweise hatte sie nichts mehr im Magen. Trotzdem verfrachteten wir sie vorsichtshalber in die Nische neben dem Eingang. Von dort konnten wir sie zur Not auf die Straße werfen.

Luigi schüttelte den Kopf. »Kenne nur Rezepte von Mama.«

»Und wie geht das?«

»Heisse Grappa mit Eie.«

»Zum einreiben?«

»Nixe reibe. Trinke.«

»Gütiger Himmel«, sagte ich. »Deine Mama in Ehren, aber das lassen wir bleiben. Bring uns drei Espresso, 'ne Flasche Wasser und 'n Körbchen Brot.«

Carmelita setzte sich neben Verena, ich nahm ihnen gegenüber Platz. Verena sah aus wie siebzig.

»Du weißt genau, daß du Saufen und Kiffen zusammen nicht verträgst«, sagte ich. »Oder war das ein verkappter Selbstmordversuch?«

»Aus Eifersucht, weil ihr zusammen gepennt habt?« Verenas Stimme erinnerte mich an Ricky Shane. »Das könnte dir so passen.«

Luigi brachte, was ich geordert hatte, und zusätzlich ein Schälchen mit sauren Gurken. »Hilfte manchemale«, sagte er.

»Ich bin nicht schwanger«, sagte Verena. »Ich hab 'nen Kater.«

Nach dem Espresso kaute sie ein bißchen Brot und trank fast die ganze Flasche San Pellegrino. Außerdem schienen die zwei Aspirin anzuschlagen, die sie noch in der Wohnung genommen hatte. Jedenfalls sah sie nicht mehr ganz so leidend aus.

»Bist du jetzt in der Lage, mir 'n paar Fragen zu beantworten?« fragte ich.

Verena wandte sich an Carmelita. »Was hast du ihm eigentlich erzählt?«

»Gino fragte, ob ich deine Schwester gekannt hätte. Da hab ich ihm gesagt, ich hätte sie einmal gesehen. Im August, als sie dich besucht hat.«

»Da war ich baff«, sagte ich. »Ich wußte gar nicht, daß Tote so gerne reisen.«

»Ha-ha«, machte Verena. »Was erwartest du? Daß ich vor dir auf die Knie falle und dich um Verzeihung bitte, weil ich dich belogen hab?«

»Conny Bruch, die Frau, die anrief, als du unter der Dusche gestanden hast, ist tot. Sie wurde gefoltert und erdrosselt, weil der Täter annahm, sie sei im Besitz dieser ominösen Diskette.«

Ich hatte gedacht, blasser als käseweiß ginge nicht. Verena belehrte mich eines Besseren.

»Oh nein.«

»Oh ja. Wie wäre es, wenn du den Fall Rosa Quist 'n bißchen aufhellst?«

»Was willst du hören?« fragte sie matt und ohne mich anzublikken.

»Wie hat Rosa ihre Auferstehung begründet? Hatte sie keine Angst, daß du 'nen Herzschlag kriegst, wenn sie auf einmal vor der Haustür steht?«

Verena schüttelte den Kopf. »Ich hab dir doch erzählt, daß sie mich angerufen hatte. Dabei deutete sie an, sie würde mich bald besuchen. Eine Woche später war sie dann da. Im ersten Moment fand ich es schon etwas seltsam, sogar 'n bißchen gespenstig, meine verstorbene Schwester wiederzusehen, zumal sie ihr Äußeres total verändert hatte. Aber das verflog direkt, sobald wir uns umarmt hatten.«

Sie trank einen Schluck, und ich drängte sie nicht.

»Rosa bat mich, niemand zu sagen, wer sie war. Also hab ich sie als 'ne Kusine zweiten Grades vorgestellt. Das haben alle anstandslos geschluckt. Bis auf Carmelita, die alte Hexe. Sie hat wie immer geblickt, was Sache war.«

Verena versuchte sich an einem Lächeln, was mißlang. Carmelita sprang in die Bresche.

»Rosa ging es nicht gut«, fuhr Verena fort. »Sie konnte ihren linken Arm nur unter Schmerzen bewegen. Als ich sie danach fragte, sagte sie, sie hätte einen Unfall gehabt. Eines Morgens kam ich ins Bad, als sie sich gerade frottierte. Da hab ich gesehen, daß sie eine stark vernarbte Schußwunde an der Schulter hatte. Sie hat sich aber kategorisch geweigert, darüber zu sprechen.«

Ich bestellte für Verena eine weitere Flasche Wasser und für Carmelita und mich noch mal Espresso und dazu Grappa. Carmelita ließ sich außerdem die Speisekarte geben.

»Von dem angeblichen Flugzeugabsturz wollte sie zuerst überhaupt nichts erzählen. Sie sagte, je weniger ich davon wisse, desto besser sei es. Damit hab ich mich auch zufrieden gegeben – ich war ja froh, daß sie überhaupt am Leben war – bis sie mich bat, eine Diskette für sie aufzubewahren.«

Ich wurde schlagartig zornig. »Ich such mich zum Schänzchen, reihenweise werden Leute wegen dieser verdammten Diskette umgebracht, und du sitzt mit –«

»Stop, stop, stop!« Verena preßte die Fäuste gegen ihre Schläfen. »Schrei nicht so, sonst platzt mir der Schädel. Ich hab sie nicht mehr. Rosa hat sie wieder mitgenommen.«

»Okay«, sagte ich und atmete langsam aus. »Noch mal der Reihe nach.«

»Zuerst wollte sie, daß ich die Diskette für sie aufbewahre. Als Rückversicherung, wie sie sagte. Am nächsten Morgen war Rosa dann verschwunden. In 'nem Brief, den sie mir auf den Nachttisch gelegt hatte, schrieb sie, sie wolle mich keinem unnötigen Risiko aussetzen, und nähme die Diskette deshalb wieder mit.«

»Was war drauf?«

»Ich weiß es nicht. Ich hab sie danach gefragt, aber sie sagte, je weniger ich wisse, desto besser. Sie sagte nur, die Daten seien brisant wie Sprengstoff.«

»Und wen sie in die Luft jagen wollte, hat sie nicht gesagt?«

»Nein.«

»Hat sie wenigstens erzählt, woher sie kam? Wo sie die Zeit seit dem Absturz verbracht hat? Hat Sie Tänzers Namen erwähnt? Sagte sie, wohin sie wollte, nachdem sie bei dir war?«

Verena schüttelte in einer Tour den Kopf.

Luigi brachte unsere Getränke. Carmelita bestellte einen Insalata Capricciosa. Verena und ich hatten keinen Appetit.

Ich kippte meinen Grappa. »Kommen wir zum entscheidenden Punkt, my dear lovely. Warum hast du mich von Anfang an belogen? Warum hast du mir die Wahrheit nur scheibchenweise serviert?«

Zum ersten Mal, seit wir hier saßen, hielt Verena meinem Blick stand. »Wozu fragst du? Für dich steht die Antwort doch längst fest.«

»Allerdings. Ich soll diese Diskette für dich finden, damit du vollenden kannst, woran deine Schwester gescheitert ist. Damit du ihr Erbe als Erpresserin antreten kannst. Stimmt's?«

»Es ist doch egal, was ich jetzt sage. Du würdest mir doch sowieso nicht glauben.«

»Du könntest es ja mal versuchen.«

»Wozu die Mühe?«

Ich nahm das Foto, das Rosa auf dem Fell zeigte, aus der Brieftasche und warf es Verena hin. Einen Moment war sie verdattert, dann begannen ihre Lippen zu beben, und ihre Augen wurden feucht.

Ich sagte nichts, guckte aber weiter grimmig, und das reichte schon. Verena heulte los wie eine Fünfjährige, deren Zwergkaninchen gestorben ist. Carmelita nahm sie in den Arm und warf mir böse Blicke zu.

»Du herzloser Hund«, sagte sie zu mir. »Was weißt du schon? Sie will weg von Hauschild, aber sie hat kein Geld.«

»Rechtfertigt das eine Erpressung?« fragte ich, bekam aber natürlich keine Antwort. »Außerdem ist das was für Lebensmüde. Guckt euch doch an, wer schon alles dabei draufgegangen ist. Will Verena die nächste sein?«

»Ja«, schluchzte Verena laut an Carmelitas Busen. »Dann hätte ich es wenigstens hinter mir.«

Ich kapierte nichts.

»Sie hat Aids«, sagte Carmelita.

XXI

Mir fiel außer Plattitüden nichts Tröstliches ein, was ich Verena hätte sagen können, also hielt ich den Mund. Sie schien aber auch keinen besonderen Wert auf Zuspruch zu legen. Jedenfalls nicht auf solchen von mir. So verlief die Fahrt schweigend. Nur einmal, als wir durch Urdenbach rollten, fragte sie, wohin wir denn fahren.

»Ich will mal ausprobieren, wie ähnlich du deiner Schwester siehst«, sagte ich.

Unterwegs waren wir in Hop-sings Toyota. Die Fahrzeugübernahme war völlig problemlos vonstatten gegangen, da Luigi morgens Getränke geholt und den Schlüssel noch in der Tasche hatte. Carmelita winkte uns nach und wollte dann einen Stadtbummel machen.

Diesmal fuhr ich nicht bis *Zum Toni*, sondern bog an der aufgebockten, grün gestrichenen Baubude ab. Zwei frische Sträuße signalisierten, daß Heiko noch immer nicht vergessen war. In längstens einem Jahr würde aber auch das vorbei sein.

Die Schranke zum Krampenkötterschen Areal stand offen. Um in den matschigen Spurrinnen nicht steckenzubleiben, gab ich ordentlich Gas. Der Wagen schlingerte und vor allen Dingen machte er einen Riesenlärm. So fuhren wir denn heulend und wild driftend vor Lore Krampenkötters Camper vor. Ich drehte den Zündschlüssel auf off, und da stand auch schon der Dobermann auf die Motorhaube und ließ seine Wut an den Scheibenwischern aus.

Den auf der Beifahrerseite hatte er gerade zerlegt, als die Tür des Campers aufgestoßen wurde. Die Trittstufe herunter stieg eine ungefähr eins fünfzig große, kugelrunde Person undefinierbaren Alters und Geschlechts. Zwischen vierzig und siebzig und zwischen Frau und Mann war alles drin.

Sie steckte in einem ausgeleierten flaschengrünen Wollpullover, der ihr bis auf die Knie reichte. Unterhalb des Pullovers war ein schmaler Streifen Arbeitshose zu erkennen, dann kamen schon die Gummistiefel. Um den Hals hatte sie einen blau-weißen Schal geknotet.

Das Gesicht der Person war rund, speckig und rot, und die Haare waren extrem kurzgeschnitten. Eingebettet zwischen Fettwülsten huschten kleine Augen hin und her. Die Nase war eine Ruine und erinnerte an die von W.C. Fields. Daß wir wenig willkommen waren, stand außer Frage, denn wer auch immer da auf uns zugewatschelt kam, zielte mit einer doppelläufigen Flinte auf uns.

Als der Lauf gegen mein Seitenfenster stieß, hob ich die Hände und deutete mit dem Daumen auf Verena.

»Was soll das?« fragte Verena.

»Sie soll dich zuerst erschießen«, sagte ich. »Ich will noch mit ihr reden.«

»Eine Sie?« fragte Verena ungläubig. »Bist du dir sicher?«

»'n Zehner, daß das Lore Krampenkötter ist!«

Die Person beugte sich über die Motorhaube, so gut ihr kurzer Wuchs das zuließ, und begutachtete Verena durch die Frontscheibe. Ich sah ihr an, daß ihr die Ähnlichkeit ins Auge sprang.

Der Dobermann wurde von der Haube kommandiert und mußte an die Kette. Den Scheibenwischer durfte er behalten. Dann wagte Verena, ihr Seitenfenster runterzukurbeln. Das auf meiner Seite funktionierte nicht.

Frau Krampenkötter – inzwischen war ich mir absolut sicher, daß sie es war – kam wieder an den Wagen. Diesmal hielt sie die Flinte mit dem Lauf nach unten.

»Vorne is 'n Schild, auf dem steht Privatweg«, sagte sie heiser. »Normalerweise ruft man von da aus. Dat is hier so üblich.«

»Damit hab ich schlechte Erfahrungen gemacht«, sagte ich. »Der einzige, der mich am Montag gehört hat, war der Hund.«

»Ach, Sie sind dat. Und jetzt haben Sie sich weiblichen Beistand mitgebracht, weil Sie sich allein nicht mehr hertrauen. Sind doch alles feige Säcke, die Kerle, wat Kindchen?«

Verena nickte, sagte aber nichts.

»Wat führt euch her?« fragte die Krampenkötter.

Ich ging ohne Umschweife in medias res. »Die Frau, die zusammen mit Heiko Tänzer verbrannt ist, war die Schwester meines Beistands. Wenn Sie 'n paar Minuten Zeit haben, würden wir uns gerne mit Ihnen unterhalten, Frau Krampenkötter.«

»Und wat soll dabei rauskommen?«

»Das würden wir dann sehen.«

»Der Heiko is tot. Dat Mädchen auch. Ich weiß nich, wat dat bringen soll.«

»Geben Sie uns 'ne Chance«, sagte Verena.

Im Wohnwagen klingelte das Telefon.

»Moment«, sagte die Krampenkötter und ging rein.

Nach einem Moment, der gereicht hätte, um eine 747 zu lackieren, kam sie zurück.

»Die Nachbarn«, sagte sie. »Wollten wissen, ob alles in Ordnung is. Ich hab mal bis auf Widerruf ja gesagt. Kommt rein.«

Luzifer spielte mit dem Wischer und würdigte unsere Waden keines Blickes. Wahrscheinlich aber auch nur bis auf Widerruf.

Der Wohnanhänger war keiner von den ganz großen, aber auch nicht so ein aufgeblasenes Osterei. Die Einrichtung war aus hellgrau beschichtetem Holz gefertigt, was den Wagen freundlich und geräumig wirken ließ. Sonnengelbe Vorhänge täuschten zudem schönes Wetter vor.

Direkt am Eingang gab es eine hufeisenförmige Sitzgruppe für bequem sechs Personen. Dann kam die Kochzeile, und die Tür auf der anderen Seite führte vermutlich ins Klo. Jenseits von Küche und Klo verwehrte eine Schiebetür den Einblick in die andere Hälfte des Wagens.

»Seien sie 'n bißchen leise«, sagte die Krampenkötter. »Lenchen hat Fieber und schläft.«

»Hat sie's doch noch erwischt«, sagte ich.

»Bleibt auf dem engen Raum nicht aus. Wollen sie Kaffee? Ich hab aber nur Pulver.«

Pulver war uns recht.

Nachdem sie den Kessel aufgesetzt hatte, sagte die Krampenkötter: »Is nur halb so romantisch, wie die Leute denken, dat Zigeunerleben. Rheuma haben wir alle.«

Dann studierte sie Verena auf das eingehenste.

»Ihre Schwester war kräftiger und hatte bestimmt fünfzehn Kilo mehr auf den Rippen. Aber die Augen und der Mund – daran hab ich sie erkannt.«

»Ist sie das?« fragte ich und zeigte ihr das Eisbärenfellfoto.

Die Krampenkötter nickte. »War sie 'n Modell für Pornos?«

»Das ist 'ne Privataufnahme. Wissen Sie noch, wann sie hier aufgetaucht ist?«

Sie überlegte kurz.

»Dat muß Anfang August gewesen sein. Der Heiko brachte sie her und fragte, ob sein alter Anhänger noch frei sei. Klar, sagte ich, ich hab nur ab und zu mal Besuch darin übernachten lassen. Da hat er sie da einquartiert.« Sie lachte auf. »Vorgestellt hat er sie uns als seine Halbschwester. Wem er damit wat vormachen wollte, weiß ich nicht. Jedenfalls mußten wir ihm hoch und heilig versprechen, niemand zu sagen, dat sie da war.«

Der Kessel pfiff. Jeder löffelte Pulver in seine Tasse, und die Krampenkötter nahm im Sitzen den Kessel vom Kocher. Zucker und Milch wurden nicht offeriert. Dafür stellte sie einen Flachmann Noris auf den Tisch. Ich sagte ja, Verena verzichtete.

»Rosa hat sich hier also versteckt, kann man das sagen?« fragte ich.

»Rosa war also ihr richtiger Name? Für uns war sie die Erika. Is ja auch egal. Versteckt, dat kann man wohl sagen. Sie hat den Anhänger nur abends verlassen, nach Einbruch der Dunkelheit. Und dann auch nur mit Kopftuch, wie 'ne Türkin.«

»Wovon hat sie denn gelebt?« fragte Verena.

»Der Heiko kam doch jeden Tag und hat ihr alles gebracht, wat sie brauchte. Lebensmittel, Seife, Klamotten. Und Plüschtiere. Fast jeden Tag hat er ihr 'n neues mitgebracht. Bis er dann schließlich auch wieder hierhin gezogen is.«

Ich konnte richtiggehend spüren, wie der Noris meinen Zahnschmelz attackierte. »Hatten Sie gar keinen Kontakt zu ihr?«

»Hallo und Guten Tag, darauf hat sich dat eigentlich beschränkt.« Sie deutete mit dem Kopf über die Schulter. »Dat Lenchen hatte sich 'n bißchen mit ihr angefreundet. Die Erika hat ihr viel von anderen Ländern und so erzählt. Muß ganz nett rumgekommen sein in ihrem Leben.«

»Hatte sie mal Besuch?«

»Außer dem Heiko?«

Ich nickte.

»Nee, keine Seele.«

»Hat sich auch niemand nach ihr erkundigt?«

Die Krampenkötter blickte nach den Seiten und sprach dann gedämpft, als wimmelte es rund um den Wohnanhänger von Spionen.

»Einmal war einer beim Toni – dat is die Kneipe vorne am Anleger – und hat dumm rumgefragt. So 'n Typ mit 'ner auffälligen Narbe am Kopf. Angeblich 'n Journalist. Dat hab ich erst zwei Tage später erfahren. Aber da die in der Kneipe nix wußten, konnten sie auch nix sagen. Wir haben hier total dichtgehalten.«

»Mit wir meinen Sie Lenchen und sich?«

»Und die Eva, meine Tochter. Sie wohnt in dem anderen Wagen da drüben. Ich bin ja Lenchens Oma. Für uns drei leg ich die Hand ins Feuer.«

Beinahe hätte ich »apropos Feuer« gesagt, konnte mich aber gerade noch bremsen.

»Wie kam es eigentlich zu dem Brand?«

»Dat war mehr 'ne Explosion. Ich dachte, mein Wagen hier kippt um. Ein Schlag, und alles stand in Flammen. Die Hitze war unbeschreiblich. Wir konnten nur sehen, dat wir unsere eigenen Wagen naß hielten, bis die Feuerwehr kam. An 'ne Rettung von dem Heiko und der Erika war nicht zu denken.« Sie tätschelte Verenas Hand. »Tut mir leid, Kindchen.«

»Schon gut.«

»Ist an dem Tag was Besonderes vorgefallen?« hakte ich nach. »Abgesehen von der Explosion und dem Brand.«

Zuerst schüttelte sie den Kopf, dann sagte sie: »Nicht direkt an dem Tag, mehr so in der Woche. Die beiden waren andauernd unterwegs, wo sie sonst doch nicht vor die Tür gegangen sind.«

»Könnten Sie das 'n bißchen erläutern?«

»Na, ja, der Heiko hatte 'n Wagen besorgt, und mit dem sind sie rumgefahren. Haben Ausflüge gemacht, wat weiß ich.«

»Um welche Uhrzeit sind sie an dem bewußten Tag zurückgekommen?«

»Dat war spät. Gegen Mitternacht. 'ne halbe Stunde später is es dann passiert.«

»Ist alles, was die beiden besaßen, verbrannt? Oder hat die Explosion vielleicht irgendwas rausgeschleudert, was dadurch heil geblieben ist?«

»'n Kulturbeutel mit Zahnbürste und 'nem Deo haben wir gefunden. Dat war alles.«

Die Schiebetür quietschte, und Lenchen tauchte auf. Der Stoffpanda, den sie nachschleifte, war nur zwei Köpfe kürzer als sie. Lore

Krampenkötter fühlte die Stirn des Mädchens. Daß das Kind glühte, sah man auch so.

»Wärst du doch noch im Bett geblieben, Lenchen«, sagte die Krampenkötter.

»Der Justus und ich haben Durst«, krächzte Lenchen.

Während die Krampenkötter Tee kochte, setzte sich Lenchen zu Verena. Ich durfte Justus halten.

»Du siehst aus wie die Erika«, sagte Lenchen zu Verena.

»Ich bin ihre Schwester.«

»Ich hätte auch gerne 'ne Schwester.«

»Wenn deine Mutter so weitermacht, hast du bald eine«, sagte die Krampenkötter und brachte den Tee.

Justus, der Panda, sollte auch trinken. Der Becher war heiß, ich stellte mich ungeschickt an, und so landete das meiste auf des Pandas Bauch. Glücklicherweise war der Panda unecht, sonst hätte er mir eine gescheuert. Ich tupfte seinen Bauch ab.

»Die Narbe hat er von der Operation«, sagte Lenchen. »Vom Blindwurm.«

»Blinddarm«, sagte die Krampenkötter. »Trink deinen Tee.«

Dann mußte Lenchen wieder ins Bett, und wir nutzen die Gelegenheit, um uns zu verabschieden. Lenchen winkte uns vom Fenster aus nach.

Kaum hatten wir Asphalt unter den Reifen, begann es zu regnen. Mit nur einem Scheibenwischer bei Regen zu fahren, ist eine Sache. Den Verlust des zweiten Hop-sing zu erklären, war eine andere.

XXII

Der jüngere der beiden hieß Schirinowski und sah aus wie Jörg Haider. Zuerst dachte ich, das sei ein Scherz und wollte schon lachen. In letzter Sekunde erkannte ich an seinen Augen, daß er mich dafür umgebracht hätte. Aber er spielte in dem Team nur die zweite Geige.

Der große Dicke mit den den buschigen Augenbrauen und den schlecht sitzenden Hosen, der nach billigem Rasierwasser stank, war der Boss. Er war doppelt so alt wie der jüngere, hieß Detmold wie die Stadt und trug den Titel eines Kriminalhauptkommissars.

Wären wir nur fünf Minuten später nach Hause gekommen, hätten sie uns verpaßt. So aber mußten wir sie reinlassen und uns mit ihnen unterhalten. Das heißt, ich unterhielt mich mit ihnen, während Verena sich ins Schlafzimmer verkrümelte, wo sie sich die Wiederholung der Sesamstraße anguckte und *Sempre, sempre* von Al Bano und Romina Power trällerte.

»Kennen Sie eine Cornelia Bruch?« fragte Detmold. Er hatte Polypen in der Nase und bekam schlecht Luft.

Ich nickte. »Aus dem Aldi in Ratingen. Falls das die Frau Bruch ist, die Sie meinen.«

»Die meinen wir. Wann haben Sie sie zuletzt gesehen?«

»Ist sie verschwunden?«

»Bitte beantworten Sie die Frage.«

»Vorgestern. Da haben wir uns kennengelernt.«

»Sie haben sie also nur vorgestern, nur das eine Mal gesehen?«

Ich nickte.

»Wie kam es dazu?« fragte Schirinowski.

»Ich hab sie angequatscht. Sie gefiel mir.«

»In der Aldi-Filiale?«

»Ja. Sie murkste da mit einem Hubwägelchen herum. Ich hab ihr geholfen und sie für abends zum Essen eingeladen.«

»Nahm sie die Einladung an?«

»Ja. Als wir uns nach Feierabend trafen, fiel ihr allerdings ein, daß sie noch Fahrstunde hatte.«

»Also gab es kein gemeinsames Essen?«

»So ist es. Ich hab sie nach Hause gefahren, und das war's.«

»Und Sie haben sie seitdem nicht wiedergesehen?«

Ich schüttelte den Kopf.

»Und auch nichts von ihr gehört?«

Ich schüttelte erneut.

Detmold war wieder am Ball. »Ich glaube, Sie erzählen uns hier großen Mist, Herr Hoffmann. Uns liegen verschiedene Aussagen vor, aus denen hervorgeht, daß Ihre Begegnung mit Fräulein Bruch keineswegs zufällig war, sondern daß Sie gezielt nach ihr gesucht haben.«

»Wer behauptet so etwas?« empörte ich mich.

»Blasen Sie sich bloß nicht auf«, sagte Schirinowski. »Sonst lassen wir Ihnen ganz schnell wieder die Luft raus.«

Ich pfiff wie ein Reifen mit Loch.

»Zufrieden?«

»Unter Ihren Freunden gelten Sie bestimmt als Komiker, wie?« fragte Detmold.

Ich antwortete nicht, aber das hatte er auch nicht erwartet.

»Die Angestellte eines Geschäftes im Wohnhaus von Frau Bruch sagte aus, Sie hätten nicht einmal gewußt, daß Frau Bruch bei Aldi arbeitet«, las Detmold mehr oder weniger von einem Spiralblock ab. »Der Leiter der Aldi-Filiale in Ratingen, der Vorgesetzte von Frau Bruch, sagte aus, er habe den Eindruck gehabt, Frau Bruch hätte sich von Ihnen belästigt gefühlt. Was sagen Sie dazu?«

»Auf den Filialleiter sollten Sie mal ein Auge haben«, sagte ich. »Frau Bruch sagte mir, er versuche andauernd, ihr an die Wäsche zu gehen.«

Schirinowski tippte sich an die Stirn. »Wir speichern's ab. Unser aktuelles Thema ist jedoch der Widerspruch zwischen Ihrer Aussage und den Aussagen der anderen Zeugen.«

Fünf, vielleicht auch zehn Sekunden hielt ich ihren Blicken stand. Dann sah ich ein, daß sie die Profis waren.

»Na schön«, sagte ich. »Ich geb's zu. Wenn sie die Frau Bruch befragen, kommt's ja sowieso raus. Ich hab sie wirklich gesucht.«

»Na also«, sagte Detmold. »Warum?«

»Weil sie die Freundin von Heiko Tänzer war. Heiko Tänzer war ein bekannter Fußball-«

»Wir wissen, wer Herr Tänzer war«, sagte Detmold. »Auch wir gucken die Sportschau. Welche Verbindung bestand zwischen Herrn Tänzer und Ihnen?«

»Ich möchte aber nicht, daß sie das überall herumerzählen«, sagte ich. »Sonst schnappt mir noch einer die Idee weg.«

»Wie wäre es, wenn Sie sich ein bißchen deutlicher ausdrücken würden?«

Ich zierte mich noch ein wenig, dann sagte ich: »Ich schreib an 'ner Biographie über den Heiko. Über sein Leben, seine Ups und Downs, bis zu seinem bitteren Ende. Dazu hab ich die Frau Bruch interviewt.«

Detmold und Schirinowski nahmen visuellen Kontakt auf, um sich abzustimmen, welchen Grad der Beklopptheit sie mir zubilligen wollten. Als sie sich einig waren, starrten sie mich wieder an. Diesmal hielt ich ihren inquisitorischen Blicken stand.

»Versuchen Sie etwa, uns zu verscheißern?« fragte Detmold. »Sie betreiben eine Ein-Mann-Privatdetektei und wollen uns weismachen, Sie seien unter die Schriftsteller gegangen? Hab ich das richtig verstanden?«

»Mein Kompliment«, sagte ich. »Absolut. Die Detektei wird zum Jahresende liquidiert oder geht in andere Hände über. Fragen sie meine Mutter, sie ist die neue Geschäftsführerin, sie wird ihnen das bestätigen. Dementsprechend suche ich nach neuen Aufgaben. Eine Biographie über Heiko Tänzer zu verfassen ist eine.«

Beiden stand der Mund ein wenig offen. Detmold bekam ihn als erster wieder zu.

»Und die anderen? Aufgaben, meine ich?«

»Ich entwerfe Tapetenmuster«, sagte ich. »Wollen Sie mal sehen?«

»Danke«, sagte Detmold, winkte ab und steckte seinen Spiralblock weg.

»Nun müssen sie mir aber auch verraten, warum sich mich verhört haben«, sagte ich.

»Vernommen, nicht verhört«, sagte Schirinowski. »Frau Bruch wurde gestern abend ermordet.«

»Gütiger Himmel!« entfuhr es mir, und ich hoffte, daß ich die richtige Balance zwischen Erschütterung und berufsbedingter Abgeklärtheit fand.

Dem war wohl so, denn sie löcherten mich nicht weiter. Sie überließen mir noch ein paar belanglose Details, dann brachen sie auf. Auf dem Weg zur Tür erhielt ich die üblichen Anweisungen. Verlassen Sie nicht die Stadt. Gehen Sie nicht über Los. Ziehen Sie keine viertausend Mark ein.

Ich versprach, ganz brav zu sein.

Verena schlief. Ich schaltete den Fernseher aus, holte mir ein Bier aus dem Kühlschrank und setzte mich ins Wohnzimmer. Gerade als ich anfing, mal so richtig über das Leben nachzudenken, klingelte das Telefon. Ich hob ab und meldete mich.

»Hier ist Schwester Ursula, der grauhaarige Drache.«

»Wie geht es Ihnen?«

»Interessiert Sie das wirklich?«

»Ja doch. Höflich bin ich nämlich nicht.«

»Gut«, sagte sie. »Richtig gut. Man hat mir heute eine Liebeserklärung gemacht.«

»Sean Connery?«

»Sie haben es nicht vergessen. Nein, das wird auch nichts mehr, befürchte ich. Der sich erklärt hat, ist ein sehr alter, sehr kranker Herr, dem ich als geborene Optimistin noch sechs Monate zu leben gebe.«

»Der Professor?«

»Ja«, sagte sie leise. »Er hat mich gebeten, seine Frau zu werden.«

»Meinen Gückwunsch. Haben Sie angenommen?«

Sie seufzte. »Vor zehn oder fünfzehn Jahren hätte ich auf der Stelle ja gesagt. Inzwischen bin ich nicht mehr so erpicht auf den Status einer Frau Epp, nicht einmal mehr auf das Geld. Ich habe mir Bedenkzeit erbeten.«

»War er beleidigt?«

»Natürlich«, sagte sie. »Er ist noch immer eitel wie ein junger Gockel.«

Ich sagte nichts, trank nur Bier und lauschte in die Leitung.

So räusperte sie sich schließlich und sagte: »Deswegen habe ich aber gar nicht angerufen. Sie wollten doch eine Auskunft über Redupond.«

»Schön, daß Sie daran gedacht haben.«

»Es war gar nicht so einfach, an die Informationen zu kommen, denn Redupond besaß nie eine Zulassung des Bundesgesundheitsamtes. Die war zwar beantragt, wurde jedoch wegen zu hoher Nebenwirkungsrisiken nie erteilt. Wie kommen Sie eigentlich auf dieses Medikament?«

»Das ist das Zeug, weswegen die Finken-Sprickmann den Malchau abknallen wollte.«

»Oh nein.« Ich hörte, wie sie schluckte. »Sagen Sie bloß, Doktor Malchau hat das Präparat verabreicht, obwohl es nicht zugelassen war?«

»Und dafür kassiert«, sagte ich. »Die Finken-Sprickmann sagte nämlich, sie habe dafür bezahlt.«

Am anderen Ende der Verbindung herrschte Schweigen.

»Vielleicht war Frau Finken-Sprickmann ja ein Einzelfall«, sagte ich.

»Vielleicht«, sagte Schwester Ursula.

»Konnten Sie denn ermitteln, wer das Medikament entwickelt und produziert hat?«

»Wie? Ach so, ja natürlich«, sagte sie. »Lübke-Pharma, hier in Düsseldorf. Ist Ihnen das Unternehmen ein Begriff?«

»Nicht nur das Unternehmen«, sagte ich.

Kaum hatte ich aufgelegt, schrillte der Apparat schon wieder. Ich sauste in die Küche und holte mir eine neue Dose Bit, bevor ich abhob. Die sonore Stimme von Henry Matchbox drang durch die Leitung.

»Ist bei Ihnen alles in Ordnung?« fragte ich ihn.

»Selbstverständlich«, sagte er. »Oder gibt es da etwas, das ich wissen sollte?«

»Wie kommen Sie darauf?«

»Da war so ein Unterton in Ihrer Frage.«

Ich trank einen Schluck. »Schließen Sie Ihre Halle gut ab. Es könnte sein, daß jemand versuchen wird, Schallmichs Harley zu stehlen.«

»Dann käme er zu spät. Die Frau Doktor hat das Motorrad heute vormittag abholen lassen.«

»Schließen Sie sie trotzdem ab. Vielleicht weiß der Dieb das ja nicht.«

»Danke für den Tip.«

Dann röchelte er, daß ich erschrak. Bis mir einfiel, daß er an seiner kalten Pfeife gezogen haben mußte.

»Ich habe seit Ihrem Besuch ein wenig nachgedacht«, sagte er. »Und ich habe mir die Frage gestellt, ob ich vielleicht nur ein nützlicher Idiot war, um ein falsches Alibi zu geben. So bin ich auf etwas gestoßen, daß Ihre Theorie untermauert. Ich spreche von der Theorie, daß Frau Quist die Maschine noch vor dem Start wieder verlassen haben könnte. Sind Sie an meiner Überlegung interessiert?«

»Jederzeit.«

»Sie war doch so verrückt auf diese Spielzeugtiere. Besonders diesen dicken Bären, der so groß war wie ein Kind, hat sie auf jedem der Flüge mitgeschleppt.« Er war ein geübter Erzähler und wußte, wo er die Pause zu machen hatte. »Auf dem letzten Flug hatte sie das Tier nicht dabei.«

Ich hatte plötzlich einen staubtrockenen Hals. Aber anstatt erst einmal einen Schluck zu trinken, krächzte ich in die Muschel: »Was war das für ein Bär?«

»Ein Stoffbär. Ein Spielzeug.«

»Ich meine die Rasse. War es ein Grizzly? Oder ein Koala?«

»Oh, sorry«, sagte er. »Ich dachte, ich hätte es bereits erwähnt. Es war ein Panda.«

XXIII

Es regnete wie aus Kübeln und war nachmittags um drei bereits so dunkel, daß alle mit Licht fuhren. In den mickerigen und halbblinden Rückspiegeln des Toyota war so gut wie nichts zu erkennen. Jedesmal wenn wir abbogen oder an einer Ampel stoppten, drehte ich mich um.

»Leidest du an Verfolgungswahn?« fragte Verena.

»Allerdings«, sagte ich. »Und ich wär bescheuert, wenn ich's nicht täte. Jetzt geht's nämlich um die Wurst.«

Der Regen wurde noch stärker. Der verbliebene Scheibenwischer mühte sich, aber die Sicht war trotzdem gleich null. Selbst für einen versierten Fahrer wie mich, der vier Totalschäden nahezu unverletzt überstanden hatte, wurde die Fahrerei zur Mutprobe.

Hinter Benrath ließ wenigstens der Verkehr etwas nach, und als wir in den Ortweg abzweigten, zeitweise auch der Regen. Ich gab dem Toyota die Sporen.

Vor der Zufahrt zum Krampenkötter'schen Terrain hielt ich an.

»Was ist?« fragte Verena. »Willst du nicht reinfahren?«

»Ich hab so 'n komisches Gefühl«, sagte ich. »Laß uns lieber zu Fuß gehen.«

»Nur zu deiner Information: Es regnet.«

»Besser naß als tot.«

Verena guckte in den Handschuhkasten.

»Hast du keine Waffe?«

»Die Beretta liegt im Büro«, sagte ich. »Die könnten wir jetzt gut gebrauchen. Hast du nichts dabei?«

»Nur 'ne Panzerfaust und 'n paar Handgranaten. Wofür hältst du mich? Für Christian Klars kleine Schwester?« Sie beugte sich rüber, um einen Blick aus meinem Fenster zu werfen. »Ich seh niemand, der auf uns wartet.«

»Das ist ja der Trick«, sagte ich und fuhr den Wagen an den Straßenrand. »Wir gehen zu Fuß.«

»Wenn ich mich erkälte, zieh ich dir für jeden Tag, den ich niese, 'nen Hunderter ab.«

»Leiste erst mal deine Anzahlung, Frollein. Auf meinem Konto ist noch keine Mark eingegangen.«

»Hauschild hat nur Reiseschecks dabei. Ich lös morgen welche ein.«

Den einzigen Regenschutz, den wir im Kofferraum fanden, war eine rote Baseballkappe mit Parmalat-Werbung. Ein Kapperl, wie Niki Lauda sie trägt. Hoffentlich war das kein böses Omen für einen Satz heiße Ohren. Ich überließ sie Verena.

Wir pirschten uns am Wegesrand im Schutz einer ungepflegten Hecke entlang, die die Grenze zum Nachbargrundstück markierte. Die Hush-Puppies hielten keine fünf Meter weit dicht. Wäre ich barfuß gelaufen, hätte ich die Nässe wahrscheinlich weniger empfunden. Verena ging es nicht besser. Sie stolperte in ein knietiefes Loch, wo ihre Stiefeletten volliefen. Glücklicherweise trommelte der Regen so laut, daß er ihre Flüche übertönte.

Ich konnte keinen weißen Golf geschweige denn einen Mann mit einem narbigen Schädel entdecken. Nicht einmal verdächtige Fahrspuren oder Fußabdrücke gab es. Trotzdem nahm mein Bauchgrimmen mit jedem Meter zu, den wir uns den Anhängern näherten.

Wir waren vielleicht auf acht Meter herangekommen, als ich stehenblieb und Verena mit einem Handzeichen zurückhielt. Ihr war inzwischen die Wimperntusche verlaufen, und sie sah aus wie Winnetous Tante auf dem Kriegspfad.

Auf einmal wußte ich auch, was mich irritierte. Wo war der verdammte Dobermann?

Die Krampenkötter hatte dem Hund mit einfachen Mitteln einen Wetterschutz gebaut, indem sie unter der Deichsel zwischen Stützrad und Gaskasten ein Brett befestigt hatte, von dem an drei Seiten ein abgeschnittener alter Duschvorhang herunterhing. Dazu war das Quartier mit einer Lage Stroh ausgepolstert. Die Kette, an der der Dobermann normalerweise befestigt war, führte auch dorthin. Nur fehlte der Hund am Karabinerhaken.

Die Rollos an den Fenstern waren runtergezogen. Ich stellte mich auf die Zehenspitzen. Der Frischluftquirl auf dem Dach stand still, nur die Satelittenschüssel wippte im Wind. Das mußte aber nicht heißen, daß der Fernseher lief.

Ich bedeutete Verena zu bleiben, wo sie war. Sie kommentierte das mit wilden Grimassen, die ich so interpretierte, daß sie Angst hatte, in der Hocke zu ertrinken. So wie es schüttete, hielt ich das nicht mal für unmöglich.

Gebückt huschte ich aus unserer Deckung zur Vorderseite des Wohnanhängers, turnte über die Deichsel – und trat dem Dobermann auf den Kopf. Der Zwei-Meter-Satz, den ich in Panik rückwärts machte, war unnötig. Luzifer war im Dobermannhimmel, sofern es für Dobermänner überhaupt einen Himmel gab.

Ich untersuchte ihn kurz. Eine Kugel war ihm zwischen Auge und Spitzohr in den Schädel gedrungen, die zweite hatte den bequemeren Weg durch die Pupille genommen. Wie lange der Hund bereits tot war, ließ sich schlecht bestimmen. Daß er sich so kalt anfühlte, mochte am Regen liegen.

Und nun, Johannes Hoffmann?

Wie ich so neben der Deichsel im Schlamm hockte, war es das zweite Mal in meinem Leben, daß ich mir wünschte, der Alte wäre da. Das erste Mal hatte ich mir das in der Quinta gewünscht, als sie zu fünft auf mich losgegangen waren, weil ich vor Wut, daß ich in der Abwehr spielen mußte, ein Eigentor geschossen hatte. Diesmal war die Lage ähnlich brisant.

Was hätte der Alte gemacht, wenn er an meiner Stelle gewesen wäre? Ich wußte es. Er hätte seine Parabellum gezogen und so lange Löcher in die Tür des Wohnanhängers geballert, bis er durchgepaßt hätte. Für den unwahrscheinlichen Fall, daß jemand die Frechheit besessen hätte, zurückzuschießen, hätte er seine Teflonweste getragen. Solche Aufritte hatte er noch mit siebzig hingelegt.

Einmal im Leben sein wie Papa. Ich erhob mich, winkte Verena zu, als ginge ich auf Weltreise, marschierte zur Tür des Campers und klopfte.

»Frau Krampenkötter«, rief ich. »Hier ist Hoffmann. Kann es sein, daß ich meine Armbanduhr bei Ihnen liegengelassen hab?«

Völlig überraschend schwang der obere Teil der Tür auf und traf mich beinahe am Kopf. Es dauerte einen Moment, bis sich meine Augen an die Lichtverhältnisse im Inneren des Anhängers gewöhnt hatten.

Auf der hufeisenförmigen Sitzbank entdeckte ich einen zirka fünfunddreißigjährigen Mann, über dessen völlig kahlen Schädel sich eine flammrote, kleinfingerbreite Narbe von der rechten Augenbraue bis zum linken Ohr zog. So was passiert, wenn man besoffen in den Grünanlagen pennt, und die von der Stadt kommen mit dem Rasenmäher. Abgesehen davon sah er aus wie ein Schwuler von der Stange. Schlank, gepflegt, Ohrstecker, Schnäuzer.

Auf seinem Schoß saß Lenchen. Sie wirkte sehr gefaßt, obwohl Enno Axt ihr eine mattglänzende Pistole an den Kopf hielt.

»Hallo, Lenchen«, sagte ich. »Alles klar?«

Sie nickte tapfer.

»Sie sollten das Kind loslassen«, sagte ich zu Axt. »Es hat Grippe. Sie werden sich anstecken.«

»Schnauze, Plattfuß«, sagte er. »Komm rein und setz dich. Aber keine Sperenzchen, kapiert?«

Ich parierte und nahm den beiden gegenüber Platz. Von Lore Krampenkötter war nichts zu sehen. Ich beschloß, die Situation durch einen vernünftigen Vorschlag zu entschärfen.

»Hör mal zu, Popostecker«, sagte ich. »Du läßt die Kleine laufen, und dann unterhalten wir –«

Es war eindeutig, daß der Chef des Werkschutzes der Lübke-Pharma in bezug auf seine Veranlagung empfindlicher war, als ich vermutet hatte. Blitzschnell langte er über den Tisch und zog mir den Lauf der Pistole durchs Gesicht, daß ich die Große Pauke des Symphonieorchesters zu hören bekam.

Ich wollte mich noch beschweren, aber da fiel schon der Vorhang.

Von meinem pochenden Nasenbein geweckt, klappte ich das rechte Auge auf. In nicht einmal zwanzig Zentimetern Entfernung entdeckte ich ein anderes Auge, das flink zwischen zwei Speckwülsten hin und her huschte, und in dessen Winkel sich eine Reihe kleiner Warzen angesiedelt hatte.

»Wie geht's?« raunte Lore Krampenkötter.

»Na ja«, sagte ich. »Wo sind wir?«

»Im Schlafzimmer.«

»In welchem Schlafzimmer?«

»In meinem.«

Als ich den Kopf ein wenig anhob, zuckte mir ein bestialischer Schmerz durchs Gehirn. »Liegen wir auf dem Bett?«

»Keine Panik«, sagte sie. »Es is nix passiert. Ich bin gefesselt, und sie sind gefesselt. Wie geht's Lenchen?«

Erst jetzt realisierte ich, in welcher Lage ich mich befand. Ich lag mit dem Kopf zur Seite auf dem Bauch. Meine Handgelenke und Knöchel waren mit Paketband zusammengebunden. Die Krampenkötter lag neben mir, allerdings auf dem Rücken. Auch sie war verschnürt.

»Wie lange war ich k.o.?« fragte ich.

»Keine fünf Minuten. Wie geht's Lenchen?«

»Gut. Sie hält sich ausgezeichnet. Was ist eigentlich los?«

»Es is vielleicht 'ne Stunde her, da reißt dat Schwein plötzlich die Tür auf, stürmt rein und bedroht uns mit 'ner Waffe. Ich möchte bloß wissen, wie der an dem Hund vorbeigekommen is.«

»Wie sehr hängen Sie an dem Tier?«

»Wenn er tot is, kauf ich mir 'nen neuen.«

»Dann gehen Sie sich schon mal einen aussuchen.«

»Hat er ihn vergiftet?«

»Erschossen.«

»Dat hätte ich doch gehört.«

»Vielleicht hat er 'nen Schalldämpfer benutzt«, sagte ich. »Der Kerl sitzt da draußen, als warte er auf jemand.«

»Tut er auch«, sagte die Krampenkötter. »Auf meine Tochter.«

»Sie wollen mir doch nicht erzählen, daß die beiden verabredet sind?«

»Döskopp! Ich spiel auf Zeit. Der Kerl sucht 'ne Kassette. Ich hab ihm erzählt, meine Tochter weiß vielleicht, wo die is.«

»Diskette.«

»Kann auch sein.« Sie kniff ihr Auge zusammen. »Wat haben denn Sie damit zu tun?«

»Ich weiß, wo sie ist.«

»Ungelogen?«

»Hat Lenchen den Panda von Rosa alias Erika geschenkt bekommen?«

Die Krampenkötter nickte, was aussah, als scheuere sie sich die Wange.

»Hat sie.«

»Wann kommt Ihre Tochter nach Hause?«

»Halb fünf, fünf.«

»Also in 'ner Stunde«, murmelte ich. »Wo ist eigentlich Ihre Flinte?«

»Unter dem Bett.«

»Unter dem hier?«

»Ich hab nur dat eine.«

Ich ließ ein paar Gedanken kreisen. Erstens um die Flinte, die unter dem Bett lag, zweitens um Krampenkötters Eva, die um halb fünf, fünf kommen würde, und drittens um Verena, von der Axt offenbar nichts ahnte. Bevor ich zu einem Ergebnis kam, quietschte die Schiebetür. Ich wurde derb gepackt und auf den Rücken gedreht. Weil ich mich benommen stellte, fing ich mir ein paar Ohrfeigen. Axt hatte seinen Spaß dabei.

»Wo ist die Kleine?« fragte ich, weil ich sie nicht sah.

Axt grinste. »Die hab ich in den Kasten unter der Sitzbank gesperrt. Zusammen mit ihrem Plüschvieh.«

»Kriegt sie denn da Luft?«

»Kriegt sie«, sagte Lore Krampenkötter. »Da sind Lamellen.«

»Du solltest dir mal 'ne andere Karre zulegen, Plattfuß«, sagte Axt. »Ich hab den Schrotthaufen erkannt, als du vor der Einfahrt gehalten hast.«

»Was willst du eigentlich hier?« fragte ich.

»Das gleiche wie du. Mit dem kleinen Unterschied, daß ich's kriege.«

»Sicher?«

»Todsicher.«

»Und was passiert dann mit uns?« fragte ich und tat bange.

Er tätschelte mir die Wange und grinste wie eine Hyäne. »Mach dir darüber mal keine unnötigen Gedanken.«

In dem Moment klopfte es an der Tür.

Axt riß die Pistole aus dem Hosenbund und fuhr herum, daß der Wohnanhänger schwankte.

»Wer kann das sein?« fragte er.

»Vielleicht 'ne Nachbarin«, sagte Lore Krampenkötter. »Wat weiß ich.«

Er zerrte sie in die Senkrechte. »Los! Zur Tür! Und fragen Sie, wer da ist.«

Sie konnte natürlich nicht laufen, weil auch sie an den Füßen gefesselt war. Also mußte sie sich wieder setzen, und Axt zog ein Klappmesser aus der Tasche und durchtrennte die Klebestreifen. Dann schubste er sie nach vorn.

Was Lore Krampenkötter sagte, konnte ich nicht verstehen, da

Axt die Schiebetür hinter sich zugezogen hatte. Ich hörte nur allerlei Gemurmel, bis Axt auf einmal laut und ungläubig fragte: »Gnädige Frau?«

Als nächstes hörte ich, daß die Eingangstür entriegelt wurde, und dann gab es ein Geräusch, als sei ein Fernseher implodiert. Jubel brach aus, und es wurde getrampelt, daß ich dachte, der Camper bricht entzwei.

So ging das eine ganze Weile, und ich fing an, mich damit abzufinden, daß man mich vergessen hatte, als plötzlich die Schiebetür aufgerissen wurde. Niki Lauda – nein – Verena stürmte herein, warf sich auf mich und knutschte mich nach allen Regeln der Kunst ab. Gefesselt wie ich war, hatte ich nicht den Hauch einer Chance.

Lenchen hatte uns allen das Leben gerettet, und zur Belohnung wurde ihrem Panda der Wanst aufgetrennt. So lernte das Kind beizeiten, daß das Leben nicht immer gerecht ist. Sie hatte zwar zugestimmt, als ich sie der Form halber um Erlaubnis gefragt hatte, aber ich sah ihr an, wie mulmig ihr zumute war. Immerhin war sie erst fünf. Um sie abzulenken, bat ich sie und Verena, uns ihre Geschichte noch einmal zu erzählen.

Der Stauraum unter der hinteren Sitzbank, in den Axt Lenchen verfrachtet hatte, verfügte zusätzlich über eine Klappe, um ihn von außen mit langem Gerät wie Skiern oder Bohnenstangen beladen zu können. Eine Klappe, die man aber auch von innen öffnen konnte. Das hatte Lenchen getan und war hinausgeklettert, wo sie auf Verena gestoßen war.

Verena wußte aufgrund von Lenchens Beschreibung sofort, wer der Kidnapper war, denn sie hatte Axt noch am Abend der Fete in Lübkes Wohnung kennengelernt. Nach eingehender Beratschlagung mit Lenchen entwickelte sie einen kühnen Plan. Sie klopfte an die Tür, imitierte Christiane Lübkes Piepsstimmchen und sprach Axt mit Ennolein an, wie Christiane das tat.

Die vermeindliche Anwesenheit seiner Chefin vor dem Camper brachte Axt völlig aus dem Konzept. Bar jeder Vorsicht öffnete er die Tür und streckte seinen Kopf hinaus. In dem Moment schlug Verena ihm mit voller Wucht die Flachseite eines Spatens vors Gesicht, den Lenchen organisiert hatte. Das war das Geräusch, das ich für eine platzende Bildröhre gehalten hatte. Eine reife Leistung in

Anbetracht ihres Handikaps durch den Gips.

Während wir Kaffee mit Schuß beziehungsweise Kakao ohne schlürften, und ich den Panda operierte, lag Axt in des Dobermanns Unterstand unter der Deichsel. Damit er uns nicht weglief, hatten wir ihn an die Kette gelegt. Ein gebrochenes Nasenbein und eine Gehirnerschütterung hatte er schon. Mir ein bißchen Glück handelte er sich auch noch eine Lungenentzündung ein.

Ich machte einen letzten kleinen Schnitt, und nun war das Loch in Justus' Bauch groß genug, daß ich meine Hand hineinschieben konnte. Gefüllt war er mit Glaswolle oder ähnlichem, jedenfalls reagierte meine Haut auf der Stelle allergisch und juckte. Und dann dauerte es auch noch länger, als ich angenommen hatte, denn was ich suchte, war in Richtung Brustkorb gewandert. Erst nachdem ich sämtliche Bärenorgane umgekrempelt hatte und meine Hand bereits feuerrot war, fand ich sie endlich: eine blaue 3,5-Zoll-Diskette, verpackt in ein durchsichtiges Plastiktütchen.

Lore Krampenkötter hielt Nadel und Faden bereit, um den Bären wieder zuzunähen. Ich zog das Telefon heran.

»Wen rufst du an?« fragte Verena.

»Ich will jemand zum Essen einladen«, sagte ich.

XXIV

Neunzehn Uhr hatten wir vereinbart. Verena und ich waren gut eine Stunde früher da. Und natürlich Enno Axt, den wir gleich in der Küche am Herd anketteten. Ich autorisierte Hop-sing und das übrige Personal, den Gefangenen beim ersten Anzeichen eines Fluchtversuchs mit heißem Fett zu übergießen. Aus Gewohnheit setzten wir uns wieder in die Nische an der Eingangstür. Hop-sing legte die Speisekarten auf den Tisch.

»Der Corolla ist nicht mehr verkehrssicher«, sagte ich. »Er hat nur noch einen Scheibenwischer.«

»Egal«, sagte Hop-sing und strahlte. »Deng-ho kauft neues Auto.«

»Das wurde aber auch Zeit. Wieder einen Toyota?«

»Toyota?« Das klang, als hätte er nie einen gefahren. »Deng-ho kauft Benz. Geblaucht, abel tip-top.«

»Von wem?«

»Von Helln Petels.«

»Herr Peters?«

»Ja. Besitzel von Palkhaus an Latingel Tol. Du kennst ihn.«

»Ach, *der* Peters«, sagte ich. »Ich hoffe nur, deine Verleihkonditionen ändern sich deswegen nicht.«

»Nix mehl Velleih. Nur noch plivat und Lestaulant.«

»Und womit soll ich dann fahren?«

»Dein Ploblem. Was dalf ich den Hellschaften zu tlinken blingen?«

Wir bestellten Chianti und Wasser.

Als Hop-sing die Flaschen brachte, sagte ich: »Hast du eigentlich 'nen PC?«

»Selbstvelständlich«, sagte er in einem Ton, als hätte ich Zweifel an seiner Manneskraft geäußert. »Fül Buchfühlung und Kollespondenz.«

»An den müssen wir mal kurz dran.«

Er wackelte mit dem erhobenen Zeigefinger. »PC ist nul fül Malia, Deng-ho und Steuelbelatel.«

»Und wenn ich noch heute alle meine Schulden bezahl? Das sind mindestens zweihundert Mark. So wie der Laden momentan läuft, ist das fast 'n Wochenumsatz.«

»Elst das Geld«, sagte er und streckte die Hand aus.

»Gib's ihm, Verena.«

»Ich? Wieso ich?«

»Du sollst es mir nur vorstrecken. Ich hab nicht soviel dabei.«

»Ich auch nicht.«

Hop-sing wandte sich ab. Er wirkte menschlich enttäuscht. Als er verschwunden war, winkte ich Luigi heran.

»Kannst du mir zweihundert Mark leihen? Nur bis morgen.«

Er zog die Mundwinkel runter und schüttelte den Kopf. »Isse bine pleite. Kanne dire nure leihe ausse die Kasse. Musse allerdingse frage Chefe.«

»Genau das geht nicht. Für ihn soll's ja 'ne Überraschung sein. Kannst du's nicht rausnehmen, ohne ihn zu fragen?«

Er wedelte mit der Hand, als hätte er sich die Finger verbrannt, und pfiff dazu. »O-o-o-oh! Riskante, riskante.«

»Zehn Prozent Zinsen für vierundzwanzig Stunden.«

»Venti.«

»Was?«

»Er will zwanzig«, sagte Verena.

»Okay, von mir aus auch zwanzig. Aber dann sofort.«

Fünf Minuten später hatte ich die Scheine. Als ich sie Hop-sing geben wollte, rutschte mir die Brieftasche aus der Hand und fiel zu Boden. Hop-sing hob sie auf. Dabei entdeckte er das Foto von Rosa.

Anerkennend wanderte sein Blick zwischen der Aufnahme und Verena hin und her. »Sein schöne Flau, Velena. Kompliment.«

Verena grinste. Bevor Hop-sing an dem Foto kleben bleiben konnte, nahm ich es ihm ab.

»Wal bestimmt saukalt«, sagte er.

»Saukalt?«

»Nackedeifoto in Wintel gemacht.«

Ich holte es noch mal vor. »Wo siehst du Winter?«

»Da.«

»Das ist Sand. Der Strand.«

»Deng-ho kennt Stland. Das sein Schnee.«

»Gib mal her.« Verena nahm es mir aus der Hand. »Er hat recht. Da liegt Schnee in den Dünen.«

Nachdem ich mir die Aufnahme, seit ich sie gefunden hatte, bestimmt zum zwanzigsten Mal betrachtete, sah ich es auch. Es lag wirklich Schnee in den Dünen. Und das im April oder Mai.

Verena folgte Hop-sing ins Büro, um die Diskette einzulesen. Ich blieb am Tisch für den Fall, daß unser Gast vorzeitig erscheinen würde.

Einen halben Liter Chianti später war Verena wieder da. Sie blickte sehr ernst, aber gleichzeitig in einer Art, als könne sie nur mühsam einen Lachanfall unterdrücken. Vielleicht hatte sie ja Schmerzen.

»Was ist los?« fragte ich besorgt.

»Was sagtest du, sei auf der Diskette gespeichert?«

»Was weiß ich. Material, mit dem man jemand erpressen kann. Irgendwelche geheimen und brisanten Daten.«

»Was hältst du von *Top Gun I*, *Top Gun II* und *Spacesoldier*?«

»Bundeswehr? NATO?«

»Das sind Videospiele.«

Ich kapierte überhaupt nichts.

»Was?«

»Auf der Diskette befinden sich drei Videospiele.«

»Und sonst?«

»Nichts.«

»Hast du auch gründlich nachgesehen?«

»Natürlich.«

»Auch weiter hinten?«

»Ich hab ins Verzeichnis geguckt.«

»Und auf der Rückseite?«

»Disketten haben keine Rückseite, du Depp.«

»Scheiße!« Ich schlug auf den Tisch, daß mein Glas umfiel. Glücklicherweise war es leer. »Dieser Schwachkopf von Tänzer muß die Disketten vertauscht haben. Was wir haben, ist die Diskette von dem Neffen. Der Neffe von der Bruch, kapierst du? Das Ding, das der Tänzer bei ihr hat mitgehen lassen. Ich werd verrückt!«

»Nun beruhige dich mal wieder. Sonst kollabierst du noch.«

»Was heißt hier beruhigen? Jetzt haben wir nichts in der Hand. Wir können praktisch nach Hause gehen.«

Verena fischte ein Stückchen Korken aus ihrem Glas. »Aber das weiß *er* doch nicht.«

»Was?«

»Daß wir nichts haben. Wir haben Enno Axt, und wir haben eine Diskette. Und die haben wir da gefunden, wo auch Axt sie vermutet hat.« Sie kniff die Augen zusammen. »Wir müssen nur geschickt verhandeln. Dann kriegen wir schon, was wir wollen. Verstehst du?«

Ich war so fertig, daß ich einfach mal nickte.

Getarnt mit einer Ray Ban und angetan mit einem schwarzen Designerpulli unter einer maßangefertigten schwarzen Lederjacke wirkte Pius Lübke wie ein Mann, der mit der Produktion schweinigeliger Filme gutes Geld gemacht hat. Die Brille setzte er auch nicht ab, als er neben Verena Platz genommen hatte. Ich guckte nicht extra unter den Tisch, aber ich war mir sicher, daß er mit den Beinen nicht bis auf den Boden reichte. Die Sitzordnung hatten Verena und ich so festgelegt, damit wir uns per Blick verständigen konnten. Hoffentlich sprachen wir auch die gleiche Sprache.

»Wo ist mein Mitarbeiter?« fragte Lübke mit seiner wohltönenden Stimme. »Ich hoffe doch, er ist unversehrt.«

»Er lebt und ist bei Bewußtsein«, sagte ich. »Das ist mehr, als er verdient.«

»Wo ist er? Ich will mit ihm sprechen.«

»Später. Was trinken Sie?«

»Nichts. Kommen wir zur Sache. Ach so – vielleicht sollte ich der Fairneß halber noch darauf hinweisen, daß das gesamte Viertel von meinen Leuten kontrolliert wird. Ein Zeichen von mir, und das Restaurant wird gestürmt.«

»Sie meinen einen Ton, nicht ein Zeichen. Sind Sie sicher, daß Ihre Leute unsere kleine Unterhaltung mithören sollten? Unter Ihren Männern könnte ein Lump sein, der Sie eines Tages damit erpreßt.«

Bei geschlossenem Mund fuhr Pius Lübke sich mit der Zunge über die Zähne, was aussah, als leide er an einer wandernden Beule. Entweder überprüfte er so den korrekten Sitz seiner Dritten, oder es half ihm beim Denken. Dann zog er ein elektrorasierergroßes Gerät aus der Innentasche seiner Jacke.

»Sechzehn? – Hier Häuptling. Ich schalte jetzt ab. Verstanden?«

Das Gerät knisterte und quäkte.

»Das interessiert mich nicht!« schnauzte Lübke, drückte eine rote Taste und packte das Ding wieder weg. »Zufrieden?«

»Sie sollten zufrieden sein«, sagte ich.

»Das bin ich erst, wenn ich diese Lokalität mit meinem Eigentum verlasse. Sie sollten mir endlich Ihren Preis nennen.«

»Mein lieber Pius«, sagte Verena und legte ihre gesunde Hand auf seine rechte. Ihre Finger waren höchstens halb so dick, dafür aber doppelt so lang wie seine. »Ich darf Sie doch Pius nennen? – Danke. Ich glaube, Sie haben uns falsch verstanden. Wir wollen kein Geld.«

Lübkes Kopf ruckte zurück, daß die Brille bis auf die Nasenspitze rutschte. Dahinter sah er übermüdet und natürlich verblüfft aus. Mit dem Daumen der linken Hand schob er sie wieder in Position.

»Kein Geld? Was dann?«

»Gerechtigkeit«, sagte ich.

»Oh nein«, stöhnte er auf. »Enttäuschen Sie mich doch nicht so. Ich hasse Leute, die Kreuzzüge veranstalten.«

Ich ließ mich nicht beirren. »Und die Wahrheit.«

»Um Himmels Willen!« jaulte er auf. »Das ist ja schrecklich. Jetzt brauch ich einen Schnaps. Was trinkt man hier?«

»Der Grappa ist exzellent.«

»Also einen Grappa. Am besten eine ganze Flasche.«

Unmittelbar nach dem ersten kippte Lübke einen zweiten. Dann wurde es ihm zu warm hinter der Brille, und er setzte sie ab, hielt sie aber in der Hand, um mit den Bügeln zu spielen.

»Na schön«, sagte er. »Wenn's denn unbedingt sein muß. Was wollen Sie wissen?«

»Was ist das, was auf der Diskette gespeichert ist?« fragte ich. »Lesen kann ich's, aber ich versteh's nicht.«

»Reaktionsprotokolle«, sagte er. »Die Auflistung der Reaktionen verschiedener Probanten bei Verabreichung von Redupond.«

Das war es also! Mit Redupond schloß sich der Kreis. Ich fand, daß ich 'ne Konfettiparade verdient hatte. Anmerken lassen durfte ich mir aber nichts.

»Das ist ein Mittel, das nie zugelassen wurde«, sagte ich deshalb lakonisch.

»Was Sie nicht sagen. Wissen Sie, was mich die Entwicklung dieses Präparats gekostet hat? Und dann hat das Zeug Nebenwirkungen, daß einem die Ohren klingeln. Ich hab die komplette Labormannschaft gefeuert. Vom Chefchemiker angefangen.«

»Was waren die Nebenwirkungen?«

»Herzrasen, Atemnot, Übelkeit, sexuelle Störungen – der übliche Kram. Aber eben auch und gar nicht mal so selten eine lebensbedrohliche Blutdruckerhöhung im Lungenkreislauf. Daran ist die Zulassung gescheitert.«

»Und trotzdem wurde das Mittel verschrieben. Was heißt verschrieben – es wurde verkauft.«

»Davon wußte ich nichts.«

»Wer soll Ihnen das denn glauben, Pius?« fragte Verena mit Augenaufschlag.

Lübke warf die Brille auf den Tisch und goß sich einen weiteren Grappa ein.

»Mag sein, daß das unglaubwürdig klingt, aber es ist die Wahrheit. Und nach der suchen Sie doch, oder wie war das, Frau und Herr Hoffmann?«

Er kippte den Grappa. Diesmal schüttelte er sich.

»Gucken Sie nicht so, ich weiß, daß Sie verheiratet sind. Aber zurück zum Thema. Die krummen Geschäfte haben Schallmich und einer meiner Vertriebsdirektoren gemacht. Daß der Mann inzwischen arbeitslos ist, versteht sich von selbst.«

»Und Schallmich liegt auf dem Friedhof.«

»Schallmich ist in Südamerika. Ich laß ihn überall suchen. Wenn ich ihn erwische, mach ich ihn fertig.«

Ich konnte nur hoffen, daß ich ein weniger baffes Gesicht machte als Verena. Sonst konnte der Bluff, den wir hier abzogen, von einer Sekunde auf die nächste zu Ende sein.

»Wie kommen Sie auf Südamerika?« fragte ich.

»Alles brauch ich Ihnen nicht zu erzählen«, knurrte er. »Ich weiß es eben. So, und jetzt geben Sie mir die Diskette und rücken Sie meinen Mann raus.«

»Rosa Quist und Heiko Tänzer sind aber tot. Definitiv.«

»Damit hab ich nichts zu tun.«

»Sie vielleicht nicht. Aber Ihr Sicherheitschef, Enno Axt. Und über diesen Umweg auch Sie.«

»Axt hat mit dem Tod der beiden nicht das Geringste zu schaffen«, sagte Lübke völlig ruhig. »Da befinden Sie sich auf dem Holzweg.«

»Und Conny Bruch hat sich wohl selbst erdrosselt, wie?«

»Conny Bruch? Ist das die Freundin des ehemaligen Fußballers?«

»Genau die«, sagte ich.

»Axt hat sie beschattet, genau wie die Quist und Tänzer. Aber ich kann Ihnen versichern, er hat keinen der drei liquidiert.«

»Heute nachmittag, auf dem Campingplatz, hat er sich als überaus gewalttätig erwiesen. Er hat einen Hund erschossen und ein kleines Mädchen bedroht.«

»Wenn Sie das sagen, wird es stimmen.« Er kratzte sich an der Nasenspitze. Erst jetzt fiel mir auf, daß aus seinen Nasenlöchern dicke Büschel Haare wucherten. »Mag sein, daß ich ihm zuviel Druck gemacht habe, weil er die verdammte Diskette nicht finden konnte. Da muß er übers Ziel hinausgeschossen sein.«

»Ich denke, zehntausend Mark für 'nen neuen Hund und als Schmerzensgeld täten den Leuten ganz gut.«

Er nickte. »Wird gleich morgen erledigt.«

»Haben Sie keine Schecks dabei?«

»Trauen Sie mir nicht?«

»Nicht wirklich«, sagte ich.

Den ersten Scheck mußte er zerreißen, weil er ihn als Verrechnungsscheck gekennzeichnet hatte. Ich bestand auf einem Barscheck.

Während er mit Ausfüllen beschäftigt war, sagte ich: »Sind Sie sich so sicher, daß Ihr Sicherheitschef nicht der Mörder ist, weil Sie den wahren Mörder kennen?«

Seine Unterschrift war ein Fliegenschiß mit zwei Kringeln. Die bekäm ich im ersten Anlauf hin. Er übergab Verena den Scheck, steckte den Lamy weg und sagte: »Ja. Wollen Sie seinen Namen?«

»Will ich«, sagte ich.

»Wo ist Axt?«

»In der Küche.«

»Lassen Sie ihn herbringen.«

»Wir sind nicht die einzigen Gäste«, sagte ich. »Mit Rücksicht auf den Appetit der anderen sollten wir ihn vielleicht durch den Hintereingang rausschaffen.«

Er zog die Brauen sehr hoch. »Haben Sie ihn derart durch die Mangel gedreht?«

»Ich war's«, sagte Verena.

»Auch das noch. Eine Frau. Vielleicht sollte ich ihm einen Schreibtischjob geben.« Lübke streckte die offene Hand vor. »Die Diskette.«

Ich gab sie ihm. Dann gingen wir zu dritt in die Küche und brachten den Rest des Geschäfts über die Bühne. Axt sah gar nicht mehr so übel aus. Der schwule schwedische Spüler hatte ihn mit Suppe gefüttert.

»Ach ja, der Name«, sagte Lübke, als wir bereits im Hof standen. »Beweise habe ich aber keine. Die müssen Sie sich selbst besorgen.«

In der Zeit kannst du *Top Gun* spielen lernen. Sagte ich nicht, dachte ich nur.

Dann nannte er mir den Namen des Mörders. Sonderlich überrascht war ich nicht.

XXV

Ich hatte für Pistolen noch nie was übrig, und daran wird sich auch nichts mehr ändern. Sie sind für ihre Größe zu schwer, sie sind unangenehm kalt und stinken nach Öl. Außerdem klemmen sie, wenn man sie braucht, und gehen los, wenn sie nicht sollen. Trotzdem hatte ich die Beretta eingesteckt. Man weiß ja nie.

Verena war – wenn auch nur unter Protest – im Büro geblieben. Dort war sie zwar nicht sehr komfortabel, aber dafür sicher untergebracht. Schließlich mußten wir damit rechnen, daß Lübke uns an den Kragen wollte, sobald er herausfand, daß wir ihn mit der Diskette geleimt hatten. In meiner Wohnung war es daher eindeutig zu gefährlich. Und zu Olga konnte ich sie nicht schicken, weil die beiden sich gegenseitig die Augen ausgekratzt hätten.

Immerhin gab es ein Feldbett, Decken und ein UKW-Radio. Dazu hatte ich Verena Schnaps und Chicken McNuggets gekauft. Zigaretten und ein Stück Dope hatte sie selbst.

Ich parkte an vertrauter Stelle und ging die gut beleuchtete Zufahrt entlang. Ein Blick auf die Armbanduhr zeigte mir, daß die Tagesthemen gerade begonnen hatten. Außer den Nachtwachen würde kaum noch jemand auf den Beinen sein.

Pro Kliniketage waren zwei Fenster erleuchtet. Das mußten jeweils Stations- und Schwesternzimmer sein. Außerdem brannten noch in einigen Räumen des Souterrains die Lampen. Dort vermutete ich die Bereitschaftsdienste der Röntgenabteilung und des Labors. Das in völliger Finsternis daliegende Schloß zu meiner Linken wirkte so harmlos wie ein schlafender Tyrannosaurus Rex.

Hätte ich gewußt, in welchem Stockwerk er lag, hätte ich ein Fenster eingeschlagen und wäre eingestiegen. So aber mußte ich den offiziellen Weg wählen. Mit ein bißchen Glück saß eines dieser Hühnchen an der Anmeldung, die mich nach meinem Sieg über Frau Finken-Sprickmann angehimmelt hatten. Hoffnungsfroh trat ich durch die Schiebetüren und rief: »Hallöchen!«

Die *Cosmopolitan* sank mit aufreizender Langsamkeit. Dahinter tauchte Schwester Katinkas Beautyface auf. Wäre der DAX an meinen Optimismus gekoppelt, Deutschland wäre von einer Sekunde auf die andere pleite gewesen.

»Ich glaube es nicht!« sagte sie. »Ich dachte, die Frau Doktor hätte Sie aus der Stadt werfen lassen.«

»Woraufhin ich mich bei der Menschenrechtskommission der UNO beschwert hab. Die haben gesagt, das gilt nicht. Und jetzt bin ich wieder da.«

»Reden Sie hier kein Blech. Was wollen Sie?«

»Sie haben doch so 'n schlaues Buch, wo drinsteht, wer in welchem Zimmer liegt. Da würde ich gerne mal reingucken.« Ich beugte mich über den Tresen und zeigte auf eine blaue Kladde. »Ist es das da?«

»Pfoten weg!« fauchte sie und blickte kurz auf die graue Schwarte, die daneben lag.

Mit einem Griff schnappte ich mir das graue Buch.

»Was fällt Ihnen ein!« Sie sprang auf. »Her mit dem Buch, sonst –«

»Rufen Sie die Polizei?«

»Mit Ihnen werd ich noch allein fertig.« Sie beugte sich vor, um mir das Buch wegzunehmen. »Geben Sie mir sofort –«

Mein Schwinger traf auf den Punkt. Schwester Katinka flog rückwärts in ihren fünfbeinigen Drehstuhl und rollte mit ihm durch das Kabuff, bis sie von einem Schränkchen mit Schiebetüren gestoppt wurde. Rasch kletterte ich auf den Tresen und turnte über die Telefonanlage. Meine Sorge war jedoch unbegründet. Ich hatte sie bestens erwischt. Sie war k.o.

Während meiner wiederholten Warterei hatte ich beobachtet, daß es neben den Fahrstühlen einen voluminösen Wandschrank gab, in dem die Putzfrauen ihre Eimer, Aufnehmer und Schrubber sowie den Staubsauger und die Poliermaschine abstellten. Dahin bugsierte ich den Stuhl mit der schönen Katinka.

Die Kabel der Elektrogeräte reichten, um ihre Hände und Füße an Armlehnen und Stuhlbeinen festzubinden. Ein einigermaßen sauberes Staubtuch paßte als Knebel. Dann zögerte ich einen Moment, denn die Versuchung war enorm. Schließlich sagte ich jedoch »Schäm dich!« und verkniff mir nachzusehen, welche Farbe ihre Unterwäsche hatte. Schlimm genug, daß ich innerhalb weniger Tage zweimal eine Frau k.o. geschlagen hatte. Ich schloß den Schrank ab und steckte den Schlüssel ins Granulat der nächstbesten Hydrokultur.

Auf den Namen Malchau gab es in der grauen Schwarte natürlich keine Eintragung, ganz wie ich befürchtet hatte. Und nun?

Ich legte die Kladde wieder an ihren Platz und nahm den Aufzug bis ins oberste Stockwerk. Vielleicht fand sich in Malchaus Büro irgendein Hinweis.

Die Beleuchtung des Flurs war schummeriger, als ich sie in Erinnerung hatte. So bemerkte ich bereits auf halbem Weg den Lichtstreifen, der unter Malchaus Tür hindurchfiel. Den Rest der Strecke legte ich mit angehaltenem Atem zurück. An der Tür zu lauschen, brachte nichts. Sie war wohl zu dick.

Ich zog die Beretta und drückte die Klinke. Die Tür schwang beinahe von allein auf.

Malchau saß an seinem Schreibtisch und trug Zivil. Den linken Ärmel seines Hemdes hatte er hochgerollt und suchte gerade seine Armbeuge nach einer unversehrten Einstichstelle ab. Daß er Besuch bekommen hatte, merkte er nicht einmal, als ich vor ihm stand.

»Sind Sie Diabetiker?« fragte ich und nahm die kleine Ampulle zur Hand, die auf der Schreibunterlage stand.

Malchaus erschrak derart, daß er sich die Kanüle in den Bizeps rammte. Als er sie rauszog, war sie verbogen.

»Sie Idiot!« zischte er. »Müssen Sie mich dermaßen erschrecken? Wer hat Sie überhaupt hier reingelassen? Stellen Sie das wieder hin.«

Ich brach der Ampulle den Hals und warf sie in den Papierkorb.

Malchau traten die Augen aus dem Kopf. »Sie Drecksschwein! Warum tun Sie das?«

»Sie haben gerade mit Ihrem Entzug begonnen«, sagte ich.

Als er aufstehen wollte, hielt ich ihm die Beretta vor die Nase.

»Wo ist der Nachschub? Im Kühlschrank?«

Seitwärts, um ihn im Auge zu behalten, bewegte ich mich zur gegenüberliegenden Wand, wo der Bauknecht brummte. Malchau leckte sich hektisch die Lippen.

»Hören Sie«, sagte er. »Ich bin keiner von diesen gottverdammten Junkies. Ich bin krank.«

»Wo haben Sie denn Schmerzen?«

»Im Bein. Seit dem Unfall.«

»Welcher Unfall?«

Wo unsereiner die Eier aufbewahrt, stand eine Ampulle neben der anderen. Ich nahm eine Handvoll heraus, warf sie auf den Boden und pürierte sie mit dem Absatz. Malchaus Blick war ein einziger stummer Schrei des Entsetzens und der Verzweiflung. So gucken sonst nur einsame alte Damen, wenn man ihre Dackel häutet.

»Welcher Unfall?« wiederholte ich und griff nach den nächsten Ampullen. »Oder soll ich weitermachen?«

Er mußte zweimal ansetzen. »Clemens – ich meine Doktor Schallmich – und ich sind seinerzeit mit dem Wagen verunglückt.«

»Saß er am Steuer?«

Er nickte so eifrig, daß seine Brille verrutschte. Als er sie zurechtrückte, sah ich, wie stark seine Hände zitterten.

»Und was ist passiert?«

»Mein rechtes Bein. Ich hätte beinahe mein rechtes Bein verloren. Ein Trümmerbruch. In der Uniklinik haben sie's schließlich wieder hingekriegt, aber da waren diese Schmerzen. Unerträgliche Schmerzen. Da haben Sie mir Morphium gegeben.«

»Und als Sie's überstanden hatten, waren Sie süchtig.«

Er nickte.

»Wie lange ist das her?«

»Zweiundzwanzig Jahre. Wir waren gerade im zweiten Semester.«

»Dann sind Sie ja fast Ihr halbes Leben süchtig.«

Er nickte wieder, und ich hatte den Eindruck, er war ein bißchen stolz auf sich. Zweiundzwanzig Jahre, immerhin.

»Und deshalb haben Sie ihn last not least doch noch umgebracht«, sagte ich. »Oder war es, weil Sie in seine Frau verknallt sind?«

»Was reden Sie denn da? Clemens ist wohlauf. Er ist in Südamerika.«

»Wissen Sie das bestimmt? Hat er sich mal gemeldet?«

»Vereinbart war, daß er sich nicht meldet.«

»Zwischen wem?«

»Zwischen ihm und mir.« So wie er sich die Lippen leckte, konnte man meinen, sie beständen aus Löschpapier. »Kann ich eine Ampulle haben?«

»Vielleicht später«, sagte ich. »Erzählen Sie mir erst von dieser Vereinbarung. Und bitte ausführlich.«

Als ob das Zittern nicht reichen würde, begann Malchau jetzt auch noch zu schwitzen.

»Clemens hatte Schulden ohne Ende«, stammelte er. »Seine Spielsucht, seine Flugzeuge und seine Weibergeschichten, all das hat ihn ruiniert. Als er schließlich anfing, Klinikgelder zu veruntreuen, hab ich ihm gesagt: Jetzt ist aber Schluß.«

»Womit haben Sie ihm gedroht? Mit einer Anzeige?«

»Damit, es seiner Frau und seinem Schwiegervater zu erzählen. Bei aller Liebe und Hörigkeit – die beiden hätten nicht zugelassen, daß er die Klinik kaputtmacht.«

»Und?«

»Zum ersten Mal in seinem Leben war Clemens so klein mit Hut.« Malchau zeigte mit Daumen und Zeigefinger, wie klein er meinte, und grinste dabei, weil ihm die Erinnerung gefiel. »Er ist regelrecht zusammengebrochen, der Herr Alleskönner. Er hat sogar von Selbstmord gefaselt. So weit war er.«

Ich lehnte mich gegen den Kühlschrank. »Da hatten Sie die geniale Idee, Schallmich sollte sein Ableben vortäuschen, und schwuppdiwupp, alle Probleme wären gelöst.«

»Mit dem, was die Versicherungen demnächst auszahlen werden, können wir sämtliche Schulden begleichen. Die Klinik ist gerettet.«

»Das hört sich so uneigennützig an. Dabei ist das doch Ihre große Chance. Endlich haben Sie freie Bahn. Der Job des Chefarztes ist vakant, und Margot Schallmich-Epp ist wieder zu haben. Wußte Schallmich eigentlich, daß Sie Morphinist sind?«

»Er fühlte sich in gewisser Weise schuldig, weil er damals den Wagen gefahren hat. Daher hat es ihn nie gestört.« Inzwischen schwitzte er so stark, daß seine Brille beschlug. Er setzte sie ab und fuhr sich mit der Manschette über die Stirn. »Natürlich bin ich froh, daß es so gekommen ist. Ich kann doch nirgendwo anders arbeiten. Wenn ich für das Morphium zahlen müßte, wär ich schon lange bankrott.«

»Da wir gerade beim Geld sind«, sagte ich. »Was haben Sie mit den zweihunderttausend gemacht, die Sie am Tag vor Schallmichs letztem Flug abgehoben haben?«

»Die hab ich ihm als Startkapital gegeben. Damit er und Schwester Rosa in Südamerika neu anfangen konnten.«

»Ach, Sie wußten, daß er Rosa Quist mitnehmen wollte?«

»Ja, ja.« Sein Zittern hatte mittlerweile Schüttelfrostniveau erreicht. »Hören Sie, Hoffmann, ich muß jetzt was haben, sonst ... «

»Wollen Sie 'ne Aspirin?«

»Scheiße!« fuhr er auf. »Sie wissen doch, was ich brauche.«

»Wir sind noch nicht fertig«, sagte ich. »Wenn ich Ihnen jetzt was gebe, werden Sie stumm.«

Andererseits sah ich ein, daß er einen kleinen Ansporn brauchte. Im obersten Fach des Kühlschranks hatte ich ein Fläschen Valoron gesehen. Ich nahm einen Würfel Zucker aus der Packung neben der Kaffeemaschine und träufelte zwanzig Tropfen darauf.

»Wollen Sie mich verarschen?« fauchte Malchau.

»Das oder gar nichts«, sagte ich. »Sie haben die Wahl.«

Er nahm den Zuckerwürfel. Langsam wie ein Pralinchen ließ er ihn im Mund zergehen.

»Na sehen Sie«, sagte ich und klopfte ihm auf die Schulter. »Schon macht das Leben wieder Spaß. Wußte Margot von dem Plan?«

Malchau schüttelte den Kopf. »Clemens wollte das nicht. Er befürchtete, sie könnte etwas dagegen haben.«

»Verständlich. Aber rausgekriegt hat sie's dann doch.«

»Ich hab es ihr gesagt, als diese Erpressungsgeschichte anfing.«

»Womit wir bei Redupond wären. Wessen Idee war es eigentlich, das Zeug an dicke Patienten zu verhökern? Ihre oder Schallmichs?«

»Seine natürlich. Ich hab das nie gemacht. Ich wußte überhaupt nichts davon, bis mir die Patienten nach seinem Tod« – er setzte Schallmichs Tod mit seinen Fingern in Anführungszeichen – »die Bude einrannten. Da hab ich zum ersten Mal davon erfahren. Und da hab ich auch erfahren, daß Clemens gleich zweifach kassiert hat. Einmal von Lübke, weil er das Zeug für ihn getestet hat, und einmal von den Patienten, denen er Redupond als geheimes Wundermittel verkaufte, das es nur bei ihm gab.«

»Waren Sie nicht überrascht, ausgerechnet von Rosa Quist erpreßt zu werden, die sie mit Schallmich in Südamerika wähnten?«

Malchau nahm die Brille ab und strich seine Haare zurück. Ehe er sie wieder aufgesetzt hatte, hingen ihm die Strähnen schon wieder in den Augen.

»Ich hab das bis heute nicht verstanden. Sie müssen sich gestritten und getrennt haben.«

»Natürlich. Und als Abschiedsgeschenk hat er ihr die Diskette überlassen.«

»So natürlich nicht.«

»Wie denn dann? Und wieso hat Schallmich diese Daten überhaupt abgespeichert und mitgehen lassen?«

Malchau warf die Arme in die Luft und schüttelte den Kopf, daß seine Ohren schlackerten.

»Ich werd es Ihnen sagen«, fuhr ich fort. »Weil Ihr Freund Schallmich ein drittes Mal kassieren wollte. Erstens hatte er von Lübke für die Tests kassiert, zweitens von den Patienten, und drittens – Wer ist eigentlich erpreßt worden? Sie?«

»Margot. Frau Doktor Schallmich-Epp. Ihr wurden Ausdrucke der Reaktionsprotokolle zugeschickt.«

»Vorher wußte sie nichts davon?«

»Nein. Sie war wie vor den Kopf geschlagen. Sie kam zu mir und wußte nicht ein noch aus. Da mußte ich ihr dann quasi beichten, daß Clemens noch am Leben ist.«

»Haben Sie ihr auch gestanden, daß sein fingierter Tod ursächlich Ihre Idee war?«

»Ja«, sagte er. »Ich wollte reinen Tisch machen.«

Wir waren an einem entscheidenden Punkt angelangt. Ich verließ meinen bisherigen Platz am Kühlschrank und setzte mich auf die Schreibtischkante. Bei dem, was jetzt kam, wollte ich Malchau sehr nahe sein.

»Wie ich Frau Doktor Schallmich-Epp einschätze, hat sie zu Ihnen gesagt: Mein lieber Arndt, da du uns das eingebrockt hast, bist du auch dafür verantwortlich, daß das wieder ins Lot kommt. Hat sie das gesagt? Zumindest sinngemäß?«

Malchau wand sich wie der Wurm am Haken.

»Hat sie Ihnen vielleicht sogar mit Kündigung gedroht? Weiß sie, daß Sie morphiumsüchtig sind?«

Malchau nickte schwach.

»Was nun? Beides?«

Er nickte etwas deutlicher.

»Dann war es Margot Schallmich-Epp, die Sie zum Mord an Rosa Quist, Heiko Tänzer und Conny Bruch angestiftet hat, nicht wahr?«

Zum ersten Mal, seit ich auf Tuchfühlung bei ihm saß, blickte

Malchau zu mir auf. Ein paarmal schnappte er nach Luft, dann erst konnte er sich artikulieren.

»Ich hab niemand umgebracht«, stammelte er. »Ich bin doch kein Mörder.«

»Doch«, sagte ich. »Und was für einer.«

Vertiefen konnten wir das Thema leider nicht, weil hinter mir Schwester Katinka mit einen Minigolfschläger in der Hand auftauchte. Das sah ich spiegelverkehrt in der Fensterscheibe und hielt es im ersten Moment für einen schlechten Film. Als ich kapierte, daß das live war und sie es auf mich abgesehen hatte, war es zu spät. In meinem Kopf explodierten tausend Supernovas gleichzeitig. Als die Knallerei vorbei war, verschluckte mich ein schwarzes Loch.

XXVI

Mein Güte, war mir kalt. Als ich die Augen öffnete, sah ich auch, warum. Ich lag mit dem Rücken auf dem Boden eines durchgehend gefliesten Raums. Außerdem war ich völlig nackt. Meine karierten Boxershorts und mein geliebtes Fosters-Lager-T-Shirt waren weg – nicht einmal meine blau-weiß-rot gestreiften Stinksocken hatte man mir gelassen.

Zuerst dachte ich, das sei der Raum, in dem ich nach der Finken-Sprickmann Geschichte zusammen mit Margot Schallmich-Epp gesessen hatte. Aber hier waren die Fliesen weiß statt hellblau, und die Raumhöhe betrug bestimmt das Doppelte, gute sechs Meter. Unter der Decke gab es ein halbes Dutzend Neonröhren und eine gläserne Dachhaube. Durch die fiel jedoch kein Licht herein, denn draußen war Nacht. Ich vermutete, daß ich mich nicht im Neubau, sondern im Schloß befand.

»Er wird wach«, sagte eine weibliche Stimme, die ich als Schwester Katinkas identifizierte.

Als ich den Kopf in ihre Richtung drehen wollte, wurde mein Schädel an mindestens zehn Stellen gleichzeitig punktiert. Dazu wurde mir kotzübel.

»Na, dann wollen wir mal«, sagte Malchau. Seine Stimme klang unternehmungslustig und ließ jedwedes Tremolo vermissen. Da hatte sich einer aber einen satten Schuß gesetzt.

Schritte kamen auf mich zu, und auf einmal piepste es.

»Mist«, sagte Malchau. »Ich muß mal eben rüber. Wirst du allein mit ihm fertig?«

»Es wird mir ein besonderes Vergnügen sein«, sagte Katinka, und ich war mir nicht ganz sicher, wie ich das verstehen durfte. »Du brauchst dich nicht zu hetzen.«

Schritte einer einzelnen Person entfernten sich, und eine dem satten Schließgeräusch nach massive Tür fiel ins Schloß. Plötzlich stand die schöne Katinka neben mir. Ich sah noch ein bißchen unscharf, aber eins fiel mir gleich auf: Sie hatte sich umgezogen. Statt ihrer Schwesterntracht trug sie einen Gummianzug.

»Müssen Sie heute noch das Aquarium saubermachen?« fragte ich.

Sie lächelte nur und streckte den rechten Arm aus. Zwischen ihren Fingern blinkte etwas. Ich konnte aber nicht erkennen, was.

»Aua!« sagte ich.

Irgend etwas hatte mich knapp oberhalb der Schamhaare gezwickt.

»Aua!«

Jetzt zwickte es über dem Bauchnabel. Und an der Hüfte.

Verflixt, was war das? Nadelstiche? Flohbisse?

»Aua!«

Diesmal am Rippenbogen. So heftig biß kein Floh. Katinka machte das mit – und jetzt erkannte ich es auch – einer Pipette, die sie in der ausgestreckten Hand hielt. Aus dem Ding tropfte eine Flüssigkeit auf mich herunter.

»Was soll das?« fragte ich. »Das tut weh.«

»Das ist noch harmlos«, sagte sie und grinste wie die ranghöchste Wölfin. »Achtzigprozentige Verdünnung. Interessant wird's erst, wenn wir auf vierzig oder zwanzig Prozent runtergehen. Oder zum Schluß, wenn Sie es pur abkriegen.«

Der nächste Tropfen traf mich an der Wange. Ich schlug nach ihm wie nach einer Mücke. Und jetzt auf die Stirn.

»Verdammt«, schnauzte ich. »Was ist das für 'n Zeug?«

»hcl.«

»Was?«

»Salzsäure.«

»Ja, spinnen Sie? Stellen Sie sich vor, ich krieg das ins Auge!«

Ein Tropfen fiel auf meinen Oberarm, ein paar auf die Brust, einige auf den Bauch.

Langsam wurde ich wütend, und furchtbare Angst hatte ich natürlich auch. Ich schlug nach Katinkas Beinen. Tänzelnd wich sie meinem Schlag aus und lachte.

Mir war hundeelend, und ich hätte mich gerne übergeben, aber trotzdem versuchte ich aufzustehen. Sie ließ zu, daß ich bis auf die Knie kam, dann trat sie mir mit voller Wucht in die Rippen. Ich kippte um und bekam keine Luft mehr. So, wie sie zugetreten hatte, vertrieb sie sich die Freizeit mit Kickboxen. Das konnte ja heiter werden.

Die Flohbisse waren wieder da. Einer am Oberschenkel, einer am Gesäß, mehrere im Nierenbereich. Diesmal kamen sie mir heftiger vor.

Ich kroch weg von ihr. Sie folgte mir, lachte und träufelte mir Salzsäure auf den Hintern, den Rücken, ins Genick und auf den Haaransatz. Trotzdem schaffte ich es bis zur Wand. Als ich mich aufrichten wollte, trat sie mir die Beine weg. Ich ging auf die Knie, und mir fiel ein erster Tropfen auf den Kopf. Diesmal schrie ich wie am Spieß, und sie bog sich vor Lachen.

Blind vor Wut und Verzweiflung warf ich mich herum und sprang in ihre Richtung. Sie wich mit der Geschmeidigkeit eines Toreros aus, und ich knallte der Länge nach auf die Fliesen. Zur Strafe bekam ich zwei Tropfen zwischen die Schulterblätter. Sie brannten wie die Hölle. Das war hochkonzentriert!

Ich rollte mich zur Seite. Rollte und rollte und rollte wie ein Stürmer nach einer Schwalbe, bis ich wieder gegen eine Wand stieß. Dort schob ich mich rückwärts, halb sitzend, halb liegend, bis in eine Ecke des Raums. Jetzt sah ich auch zum ersten Mal, wie groß der Raum war. Zehn Meter lang und sechs Meter breit.

Leichtfüßig und mit kleinen schnellen Schritten wie eine Ballerina schwebte Katinka heran. Ihr Lächeln war zur Maske erstarrt. Sie hatte die Hände vorgestreckt und präsentierte mir auf den Handflächen ihre Gaben – rechts die Pipette, links die Beretta. Die Alte war völlig meschugge.

Mein Kreislauf war nach wie vor jenseits von Gut und Böse, aber hier ging es um was anderes, als morgens nicht aus der Koje zu kommen. Wenn ich die Situation richtig interpretierte, stand in diesem verdammten gekachelten Loch nicht weniger als mein Leben auf dem Spiel.

Als Katinka noch zwei Meter entfernt war, richtete ich mich auf, täuschte links an und sprintete rechts die Wand entlang bis in die nächste Ecke. Das war nicht mal ein Aufwärmtraining, aber es brachte zehn Sekunden Zeitgewinn.

Diagonal gegenüber befand sich die Tür, und dort parkte auch die Dinett aus Edelstahl, auf der die Glasgefäße mit der Säure standen. Bis dorthin würde ich es nicht schaffen, vorher würde sie mich abknallen oder zum Krüppel schießen.

Aber ich entdeckte etwas anderes. Drei Wasserhähne in vielleicht vier, fünf Metern Entfernung an der Wand rechts von mir. Zwei der Hähne waren in Kniehöhe installiert, der dritte saß ein Stück weiter oben, und an ihm hing ein schwarzer, mehrere Meter langer Schlauch, der sich bis in die Mitte des Raums kringelte. Wenn ich naß wäre, würde die Säure nicht so brennen.

Katinka war wieder da. Daß ich ihr weggelaufen war, hatte ihr anscheinend gar nicht gefallen. Sie guckte wie ein beleidigtes Kind.

Ich trat einen Schritt auf sie zu, machte »Buh!« und flitzte zu den Wasserhähnen. Kurioserweise hatte der mit dem Schlauch kein Drehventil, er hatte bloß einen Hebel. Derweil lief Katinka schräg durch den Raum, weil sie wohl annahm, ich würde versuchen, die Dinett zu erreichen. Es war Zufall, daß sie genau in dem Moment an dem Schlauch vorbeikam, als ich den Hebel umlegte.

Statt Wasser zu spucken, begann der Schlauch unter lautem Zischen wie eine übergeschnappte Kobra zu tanzen. Er richtete sich meterhoch auf, peitschte nach links und nach rechts und wand sich unter wildesten Zuckungen über den Boden, um sich dann erneut in die Höhe zu recken und nach allen Seiten auszukeilen. Und das alles in einem Tempo, daß das Auge ihm kaum folgen konnte. Der Tanz war lebensbedrohlich. Nur um Zentimeter verfehlte das tobende Schlauchende meinen Schädel. Ich brachte den Hebel wieder in die Ausgangsstellung.

Katinka lag da, wo sie eben noch gestanden hatte, am Boden. Was sie vollführte, sah aus wie ein Bauerntanz in der Horizontalen. Mit zuckenden Extremitäten drehte sie sich auf dem Rücken im Kreis, wobei ihr Gummianzug auf den Kacheln Geräusche machte wie ein nagelneues Fensterleder auf einer furztrockenen Scheibe.

Vorsichtig machte ich einen Schritt auf sie zu – sie hatte noch immer die Pistole in der Hand – und sah, daß ein kinderfaustgroßes Stück ihrer Kehle fehlte. Das metallgefaßte Ende des Druckluftschlauchs hatte es ihr einfach herausgerissen. Weiß schimmerte das Fleisch rund um das Loch, bis das Blut zurückströmte und zu sprudeln begann. Nicht gerade wie ein Springbrunnen, aber es quoll beständig hervor.

Und dann begann sie zu schreien. Das heißt, sie versuchte zu schreien, aber es wurde nur ein Gurgeln. Ein blubberndes, blutgedämpftes Gurgeln. Ihre Luftröhre mußte zerfetzt sein – sie ertrank an ihrem eigenen Blut. Mir lief's kalt den Rücken runter.

Ihre Bewegungen wurden immer grotesker, spastischer, und aus dem quellenden Blut wurde Schaum, dessen Farbe mich idiotischerweise an Newcastle Brown Ale erinnerte. Das war das Bier, das ich immer in England trank. Ich hatte so eine Ahnung, daß ich mein letztes NBA bereits intus hatte.

Ich wollte sie nicht mehr sehen. Ich nahm ihr die Beretta aus der Hand und ging zur Tür. Die hatte weder eine Klinke noch einen Knauf. Ich trat ein paar Mal davor, aber sie bewegte sich keinen Millimeter. Vielleicht mußte man einen Spruch aufsagen. Also hockte ich mich neben die Dinett.

Katinkas Bewegungen wurden schwächer und schwächer, bis sie schließlich nur noch zuckte wie ein riesiger gestrandeter Gummifisch. Nur ihr Röcheln signalisierte, daß sie noch lebte. Ich hielt mir die Ohren zu und hörte sie trotzdem.

Als ich die Hände fünf Minuten später runternahm, herrschte Ruhe, und sie zuckte auch nicht mehr. Ich blieb hocken, wo ich war, und wartete.

Eine Viertelstunde später kam Malchau zurück. Ich schoß ihm ohne Vorwarnung ins Knie.

XXVII

Noch lange, nachdem Detmold und Schirinowski gegangen waren, saßen Waldemar und ich im Foyer der Klinik zusammen. Draußen wurde es bereits hell. Die Skalare jagten sich von einem Ende des Aquariums zum anderen. Vielleicht war das ihre Art, Frühsport zu treiben.

»Danke, daß du so prompt gekommen bist«, sagte ich.

»Nicht der Rede wert«, sagte Waldemar.

»Oh doch. Ich trag keine Handschellen und ich sitz nicht in U-Haft. Wer weiß, ob ich auch ohne deine Hilfe so davongekommen wäre.«

»Detmold ist ein guter Mann. Er verhaftet selten die Falschen.«

Langsam bewunderte ich Waldemar für sein Talent, zu allen Gelegenheiten passend gekleidet zu sein. In seinem grauen Trenchcoat und mit seinem Schlapphut sah er aus wie die Ufa-Ausgabe des alten Alan Ladd. Und er war sauber. Seine schwarzen Lederschuhe konnte man von den Füßen weg ins Schaufenster stellen, und keinem würde es auffallen.

»Schade, daß Malchaus Geständnis wertlos ist«, fuhr Waldemar fort. »Du hast ihn mit der Waffe bedroht, er stand wegen seines zerschmetterten Knies und des Todes seiner Spießgesellin unter Schock, er ist morphiumsüchtig – es gibt einen Haufen Gründe, weswegen er sein Geständnis widerrufen kann. Du hast ja nicht einmal einen Zeugen.«

»Hätte ich etwa 'n paar Patienten wecken sollen, damit sie mithören? Denen wären bei Katinkas Anblick glatt die Nähte geplatzt.«

Ich verleibte mir den letzten Schluck Automatenkaffee ein und warf den Plastikbecher in Richtung Müllkorb. Ich verfehlte ihn um höchstens zwei Meter.

»Tatsache ist, daß Malchau mir gestanden hat, daß er meine Schwägerin, Heiko Tänzer und die Bruch ermordet hat. Jetzt liegt es an Detmolds Vernehmungsgeschick, das gleiche noch mal aus ihm rauszuquetschen. Immerhin weiß er schon, wonach er zu fragen hat.«

»Was ich noch immer nicht verstehe, ist, welche Rolle Pius Lübke und sein Werkschutzleiter in dieser Geschichte gespielt haben.«

Ich kratzte mich am Hals. Man hatte mir erlaubt zu duschen, aber ich bildete mir noch immer ein, Säurereste am Leib zu haben.

»Margot Schallmich-Epp verlangte von Malchau, die Sache mit der Erpressung aus der Welt zu schaffen«, sagte ich. »Malchau hatte aber keinerlei Ahnung, wie er das anstellen sollte, und wandte sich in seiner Not an Pius Lübke. Der stellte ihm Enno Axt als eine Art großer Bruder zur Seite. Nach dem erfolgten Austausch von Diskette und Geld folgte Axt den beiden und fand heraus, wo sie wohnten. Nun war es an Malchau, die Sache zu Ende zu bringen. Er manipulierte die Gasflaschen des Campers, und als Rosa und Tänzer den Herd oder die Heizung einschalteten, flog der Hänger in die Luft.«

Waldemar entdeckte ein Stäubchen an der Hutkrempe und entfernte es mit einer Sorgfalt, als restauriere er ein Gemälde. Einen Kommentar gab er nicht ab.

»Dann entdeckte man bei Lübke-Pharma, daß auf der Diskette nur ein Teil der Daten gespeichert war, die im Verlauf von Schallmichs Versuchen angefallen waren«, berichtete ich weiter. »Rosa und Tänzer hatten also versucht, etwas in der Hinterhand zu behalten. Entweder war die Originaldiskette bei dem Brand zerstört oder irgendwo deponiert worden. Axt leuchtete das Umfeld der beiden aus und stieß dabei auf Conny Bruch. Als dann auch noch ich Kontakt mit der Bruch aufnahm, war man sich sicher, daß sie etwas wußte. Malchau und Katinka gingen zu ihr, um sie auszuquetschen. Mit dem bekannten Ergebnis.«

»Du sagtest, du wärst dir von Anfang an sicher gewesen, daß Axt die Bruch nicht ermordet hätte. Wieso?«

»Axt ist ein Profi. Er hätte den CD-Ständer hinter der Wohnzimmertür nicht übersehen. So etwas passiert nur Amateuren.«

»Hm.« Waldemar stützte seinen Kopf mit der rechten Hand. Ohne Pomade wäre er leichter gewesen. »Schwester Katinka und Doktor Malchau – wo ist da die Gemeinsamkeit? Meiner Einschätzung nach sind die beiden völlig unterschiedliche, wenn nicht gegensätzliche Charaktäre.«

»Sie hatten eine gemeinsame Leidenschaft: Morphium. Malchau hat Katinka mit dem Stoff versorgt, und dafür hat sie ihm hin und wieder einen geblasen und ihn über die Vorgänge im Hause Epp unterrichtet. Und sie war seine begeisterte Assistentin, wenn es was zu foltern gab. Ich hab's ja am eigenen Leib erfahren.«

Waldemar nahm die Hand weg, und – Surprise – sein Kopf blieb auch so, wo er war.

»Dann wäre ja alles geklärt«, sagte er.

»Schallmich fehlt.«

»Der ist doch in Südamerika.« Waldemar musterte mich aus zusammengekniffenen Augen. »Oder etwa nicht?«

»Eher letzteres«, sagte ich. »Hattest du nicht früher mal 'ne Prinz-Heinrich-Mütze?«

»Die hab ich noch«, sagte Waldemar. »Warum fragst du?«

Der Name, der auf dem Aufkleber gestanden hatte, würde mir sofort einfallen, sobald ich ihn sehen würde, da war ich mir sicher. Also ging ich in den Gelben Seiten sämtliche Eintragungen unter der Rubrik Heizöle durch. Mein Glück blieb mir auf seine eigenwillige Art treu. Der letzte der Inserenten war es: Zukowski, Willy. Ich rief ihn an. Er hatte zwei Tage nach dem fraglichen Datum geliefert.

Verena, die den Apparat im Vorzimmer benutzte, hatte es ungleich schwerer, weil sie nicht wußte, wen sie anrufen konnte. Zunächst quälte sie die Auskunft mit Anfragen nach einem Meteorologischen Bundesamt, einem Bundeswetterarchiv oder irgend etwas in der Art. Vergeblich. Bis sie auf die Idee kam, Jörg Kachelmann anzurufen. Der war »total nett und richtig sexy«, wie sie hinterher sagte, und besorgte ihr die gewünschten Informationen innerhalb von Minuten. Nur im Januar, hatte er gesagt.

Blieb die Maskerade.

»Besorg mir 'n Eisbärenfell, dann setz ich die Mütze auf und laß die Hüllen fallen«, sagte Verena. »Pefekter geht's nicht.«

»Striptease verlangt keiner«, sagte ich. »Du sollst nur nicht deine ollen Hippie-Klamotten anziehen. Außer dir und Erika Pluhar läuft kein Mensch mehr so rum. Was hat deine Schwester eigentlich getragen?«

»Zur Arbeit 'nen weißen Kittel.«

»Stimmt«, sagte ich. »Und ich weiß auch, wo wir einen herkriegen.«

Als Waldemar endlich mit seiner Prinz-Heinrich-Mütze anrückte, war es bereits höchste Zeit.

Nach dreißig Sekunden wiederholte ich mein Klingeln, und zwanzig Sekunden später wurde geöffnet. Diesmal guckte ich gleich in die richtige Höhe und damit in Schwester Ursulas eisblaue Augen.

»Ich hab nicht erwartet, daß Sie mir um den Hals fallen«, sagte ich. »Aber so 'n Gesicht hab ich nun auch nicht verdient.«

»Ich hatte vergangene Nacht Alpträume«, sagte sie. »Einer begann so: Es läutete, und Sie standen vor der Tür.«

Ich dachte zunächst, sie hätte das als Scherz gemeint, aber es war ihr Ernst. »Darf ich trotzdem eintreten?«

»Zu wem wollen Sie? Zu ihr?«

»Wenn sie noch da ist.«

Schwester Ursula trat zur Seite. »Sie sitzt in der Küche und trinkt ihren Kaffee. Sie muß gleich los.«

»Heute wird's etwas später«, sagte ich und zeigte zur Straße. »Sehen Sie den schmutzigen kleinen Wagen, der neben der Einfahrt parkt?«

»Ja. Was ist damit?«

»In dem sitzt 'ne junge Frau. Würde es Ihnen etwas ausmachen, ihr Ihren Kittel zu leihen?«

»Meinen Kittel? Wozu?«

»Ich hab nicht die Zeit, Ihnen das zu erklären«, sagte ich. »Vielleicht wird Ihnen einiges klar, wenn Sie die Frau sehen. Sonst müssen Sie mir einfach vertrauen.«

Sie forschte lange in meinem Gesicht, als ständen dort Zeichen, die sie deuten könnte. Vielleicht war dem wirklich so, denn schließlich durfte ich passieren, während sie zum Auto ging.

In der Küche brannte nur die Lampe an der Dunstabzugshaube. Das reichte nicht, um am Tisch Zeitung lesen zu können, ohne sich die Augen zu verderben, aber Margot Schallmich-Epp tat es trotzdem. Gekleidet und frisiert war sie wie immer. Was sie an Geschirr und Besteck benutzt hatte, stand und lag bereits auf dem Ablaufblech. Daß jemand anderes als Schwester Ursula gekommen war, merkte sie erst, als ich neben ihr stand. Sie erschrak fürchterlich und wurde sofort wütend.

»Wer hat Sie hereingelassen?« schnaubte sie und rief dann: »Schwester Ursula!«

Da sie keine Antwort erhielt, fragte sie: »Oder haben Sie sich etwa gewaltsam Zutritt verschafft?«

»Es hat alles seine Ordnung«, sagte ich und setzte mich ihr gegenüber. »Ich hab Ihnen zwei Nachrichten mitgebracht, eine gute und eine schlechte. Welche möchten Sie zuerst hören?«

»Ich fürchte, ich kann Ihnen nicht ganz folgen.«

»Doch, doch«, sagte ich. »Sie kennen das bestimmt, zur Not aus dem Fernsehen. Sie müssen jetzt sagen, welche sie zuerst hören wollen.«

Sie ergab sich mit einem Seufzer, damit sie es hinter sich hatte. Oder um Zeit zu gewinnen, bis Schwester Ursula wieder da war, und sie mich mit vereinten Kräften rausschmeißen konnten. »Also schön. Die gute zuerst.«

»Ihre Klinik wird ab sofort einen gewaltigen Beitrag zur Kostendämpfung im Gesundheitswesen leisten. Den Etat für Morphium werden Sie mehr oder weniger komplett zusammenstreichen können. Ist das nicht wunderbar?«

»Wir sprechen zwar die gleiche Sprache, aber daß ich Sie deshalb verstanden hätte, kann ich nicht behaupten.«

»Keine Panik, die Erleuchtung kommt sofort, wenn ich Ihnen die schlechte Nachricht präsentiere. Sind Sie bereit?«

»Nun machen Sie schon.«

»Schwester Katinka ist tot, und Doktor Malchau wurde wegen dreifachen Mordes verhaftet. Ist das nicht Bingo?«

»Ihre Scherze sind von einer Geschmacklosigkeit, die –«

»Oh nein, kein Scherz«, fiel ich ihr ins Wort und gab ihr eine Zusammenfassung dessen, was sich in den letzten zwölf Stunden zugetragen hatte.

Chapeau, Selbstbeherrschung besaß sie, das mußte man ihr lassen. Sie verzog nicht eine Miene, obwohl ich kein einziges blutrünstiges Detail aussparte. Vielleicht hörte sie aber auch nur mit halbem Ohr zu, weil sie bereits über Maßnahmen zur Schadensbegrenzung nachdachte.

»Arndt Malchau war ein enger Mitarbeiter und ein guter Freund«, sagte sie, nachdem ich zum Ende gekommen war, und es klang wie eine offizielle Verlautbarung. »So trifft mich gewissermaßen doppelt, was er getan haben soll. Wen hat er denn … ?«

Ich sagte es ihr, was sie wiederum recht gelassen aufnahm, und fügte hinzu: »So bleibt nur noch der Mord an Ihrem Gatten aufzuklären.«

»Wieso? Ich war zwar bisher der Überzeugung, mein Mann sei tödlich verunglückt, aber nach dem, was Doktor Malchau Ihnen gestanden hat, befindet sich Clemens in Südamerika.«

»Das glaubt Malchau, und das glaubt auch Pius Lübke, weil das so geplant war. Aber Sie und ich, wir beide wissen es besser.«

Ihr entfuhr ein Lacher.

»Ausgerechnet Sie und ich? Das sollte mich wundern. Ich zumindest weiß nichts.«

»Nicht so bescheiden, Frau Doktor«, sagte ich. »Soll ich Ihnen sagen, wie ich drauf gekommen bin?«

»Auf was, bitte?«

»Darauf, daß Sie Ihren Mann umgebracht haben.«

Sie rückte ein wenig vom Tisch ab und warf einen schnellen Blick auf ihre Uhr. »Ich glaube nicht, daß ich mir noch einmal eine Ihrer haarsträubenden und verletzenden Theorien anhören muß. Außerdem habe ich in einer halben Stunde meinen ersten Termin.«

»Bleiben Sie sitzen«, sagte ich. »Diesmal bleibt's nicht theoretisch. Diesmal kann ich's beweisen. Rosa, kommst du bitte rein?«

Margot Schallmich-Epp starrte zur Tür. Zunächst erschien niemand, und ich fürchtete schon, ich hätte zu früh gerufen, aber dann trat sie doch auf. Im weißen Kittel, auf hochhackigen Schuhen und mit der kess schräg sitzenden Prinz-Heinrich-Mütze. Wie sie sich bewegte, ihr Gesichtsausdruck – so hatte ich Rosa in Erinnerung. Die Illusion war perfekt. Was mein Urteil über Verenas Schauspielkünste betraf, ich war bereit, Abbitte zu leisten.

Auch Margot Schallmich-Epp fiel darauf herein. Sie hielt sich an der Tischkante fest und machte ein Gesicht wie bei der Jungfernfahrt in der Geisterbahn.

Doch dann schüttelte sie sich und sagte: »Das ist nicht Rosa.«

Ich warf das Foto vor ihr auf den Tisch. »Die Aufnahme haben Sie gemacht. Sie hatten ein Verhältnis mit Rosa.«

»Das ist absurd! Diese Aufnahme hat mein Mann –«

»Irrtum«, sagte ich. »In den Dünen liegt Schnee. Auf Baltrum lag aber nur im Januar Schnee, und da war Ihr Mann in den USA. Sie waren mit Rosa auf Baltrum. Rosa war Ihre Geliebte.«

»Das ist nicht wahr!«

»Oh doch. Pech war nur, daß das Glück nicht lange währte, denn Rosa war keine sehr treue Liebhaberin. Sie versprach sich bald größere Vorteile von einem Verhältnis mit Ihrem Mann und wechselte die Seiten. Das haben Sie nicht verkraftet. Und deshalb haben Sie Ihren Gatten ermordet. Also doch ein Mord aus Eifersucht. Nur nicht auf den Gatten, sondern auf die Geliebte. Darauf muß man erst mal kommen.«

»Geschwätz! Unterstellungen! Verleumdungen!« Margot sah auf einmal ungewohnt wild aus. Sie glich eher einer in die Enge getriebenen Schakalin, als einer Chirurgin am Frühstückstisch. »Nichts davon können Sie beweisen. Nichts. Absolut nichts.«

»Und wie ich das kann. Doch kommen wir erst einmal zu dem Teil der Geschichte, den ich mir zusammenreimen mußte. Falls ich stark danebenziele, können Sie mich ja korrigeren.«

Inzwischen war Schwester Ursula an Verenas Seite aufgetaucht. Beide blickten gespannt, als stehe die lange erwartete Niederkunft der weißen Nashornkuh unmittelbar bevor.

»Daß Rosa Sie fallen ließ, um die Geliebte Ihres Mannes zu werden, hatte Sie tief verletzt. Als Sie dann auch noch erfuhren, daß Ihr Mann plante, Sie zu verlassen und seinen Job hinzuschmeißen, um mit Rosa nach Südamerika zu gehen, war das Maß voll. Ihre Ehe war damit auch nach außen hin zum Teufel, und die Klinik – nicht nur Ihres Vaters, sondern auch Ihr Lebenswerk – verlor seinen Star und damit seine Lebensgrundlage. Wie Sie davon erfuhren, weiß ich nicht, vermutlich haben Sie ein Gespräch der beiden belauscht, in diesem Haus ja kein Problem, weil es wegen der Überwachung Ihres Vaters völlig verwanzt ist.«

Wie auf Stichwort vernahm ich ein Sirren und registrierte am Rande des Sichtfeldes, wie Verena und Schwester Ursula den Durchgang freigaben, damit Epp hereinrollen konnte. Da er es ohnehin irgendwann erfahren würde, machte ich weiter. Ob Margot die Anwesenheit Ihres Vaters bemerkt hatte, war ungewiß.

»Jedenfalls kannten Sie den Plan des vorgetäuschten Absturzes und folgten Rosa zu der Stelle, wo sie Ihren Mann nach seinem Fallschirmabsprung aufnehmen sollte. Sie überraschten die beiden und schossen sie nieder. Ihr Mann wurde tödlich verletzt, Rosa Quist wurde nur verwundet und konnte entkommen. Hat es sich in etwa so zugetragen?«

Margot Schallmich-Epp antwortete nicht. Die animalische Aggressivität und Wildheit war aus ihrem Gesicht gewichen. Gleichmütig, fast gelangweilt blickte sie aus dem Fenster, als beträfe sie überhaupt nicht, was ich erzählte.

»Dabei fielen Ihnen die zweihunderttausend Mark in die Hand, die Arndt Malchau Ihrem Mann als Startkapital mitgegeben hatte«, fuhr ich fort. »Geld, das Sie bereits zwei Wochen später gut gebrauchen konnten, als Joe Pöttges auftauchte und Ihnen die Schuldscheine Ihres Mannes präsentierte. Sie bezahlten ihn, obwohl Sie das juristisch gar nicht mußten. Wahrscheinlich fürchteten Sie, Pöttges könnte irgendwelchen Wirbel veranstalten, der die Auszahlung der Lebensversicherungssummen gefährden könnte.«

Ein rauhes Husten ließ mich herumfahren.

In den wenigen Tagen, seit ich ihn zuletzt gesehen hatte, hatte Epp stark abgebaut. Er sah aus, als hätte er bereits im Grab gelegen und sei nur noch mal rausgeklettert, um bei dem Gespräch dabei zu sein.

»Von der Diskette, auf die Ihr Mann die Ergebnisse seiner illegalen Versuche mit Redupond gespeichert hatte, konnten Sie nichts wissen. Noch weniger, daß das Ding im Besitz von Rosa Quist war. Nachdem Rosa halbwegs genesen war, nahm sie Kontakt zu ihrem ehemaligen Freund Heiko Tänzer auf, und gemeinsam versuchten die beiden, Sie zu erpressen. Alles weitere ist bekannt.«

»Wo ist Clemens' Leichnam?« fragte Epp.

Ohne den Blick vom Garten zu wenden, sagte Margot: »Als kleines Mädchen wollte ich Pianistin werden. Mein Lieblingsstück war *Pour Elise*. Dann starb mein Bruder, und von da an hieß es nur noch Pflicht, Pflicht, Pflicht. Ich hatte die Pflicht, dem Vater den Sohn zu ersetzen; ich hatte die Pflicht, Chirurgin zu werden; ich hatte die Pflicht, einen Mann zu heiraten, der einmal die Klinik übernehmen konnte. Nie wurde ich gefragt, ob ich das auch wollte.«

»Wir haben eine Aufgabe«, sagte der Alte.

»Der es alles unterzuordnen gilt«, ergänzte Margot. »Ich weiß. Deshalb habe ich ja auch Clemens Launen und Seitensprünge ertragen, wie ich zuvor deine Gleichgültigkeit und Lieblosigkeit ertragen habe. Bis eines Tages jemand kam und mir eine Welt abseits von Selbstdisziplin, Entsagung und Pflichtbewußtsein zeigte.«

»Eine Lesbe«, krächzte der Alte.

»Ja und?« schnaubte Margot und warf den Kopf herum. »Eine Frau – ein Mann – was sagt das schon? Nichts, überhaupt nichts. Sie war jedenfalls der erste Mensch, der sich für mich interessierte. Für mich!«

»Bis eine Beziehung zu Ihrem Mann ihr mehr Perspektive bot«, sagte ich.

»Er hat sie mir weggenommen. Einfach so. Dabei war sie für ihn nur eine von was weiß ich wie vielen. Er hätte so viele andere haben können – aber nein, es mußte ausgerechnet Rosa sein.«

»Ein klassisch schönes Motiv.«

»Ich fühle mich nicht schuldig. Ich habe nur vollendet, was Clemens andere glauben machen wollte. Es kann doch nicht strafbar sein, jemand zu töten, der unmittelbar zuvor seinen eigenen Tod inszeniert hat.«

»Geschwätz!« rief Epp. »Wo sind Clemens' sterbliche Überreste?«

»Im Öltank«, sagte ich.

XXVIII

5. Dezember 1996

Mittags reiste Verena mit Carmelita und Hauschild ab. Am Vorabend hatte ich sie gefragt, ob sie bleiben wollte, oder ob ich was für sie tun könnte, aber sie hatte nur gesagt, in der Toskana sei es wärmer und hatte mich für den Sommer eingeladen. Für den Job hatte ich ihr zweitausend Mark berechnet. Sie konnte aber nur fünfhundert Dollar in Schecks loseisen, und so nahm ich die. Tränen floßen keine.

Doch, Carmelita weinte, als sie mich umarmte. Warum, wußte ich nicht. Sie wohl auch nicht. Hauschild sagte gar nichts. Er war völlig bekifft, konnte nicht laufen und mußte von zwei Mann in den Wagen getragen werden.

Als der Lancia aus dem Blickfeld entschwunden war, sagte Pius Lübke: »Der kleine, gepflegte, ältere Herr, den Sie mir geschickt haben, um mir auszurichten, es sei unnötig, etwas gegen Sie und Ihre Frau zu unternehmen, weil die Diskette wahrscheinlich sowieso verbrannt sei, wer war das? Ich würde ihn gerne engagieren. Selten hab ich jemand getroffen, der so überzeugend wirkte.«

»Er hat bereits einen Job«, sagte ich. »Er betreut eine närrische ältere Dame. Aber ich werde es ihm ausrichten. Es wird ihn freuen.«

Sie waren zu fünft.

Vier Mann vom Kaliber Hulk Hogan versuchten, den Schreibtisch des Alten vom Büro ins Vorzimmer zu schleppen, weil das Büro einen neuen Teppichboden bekommen sollte. Der fünfte war Deko-Müller, der um sie herumsprang und pausenlos Kommandos brüllte.

Nach einem halben Meter ging nichts mehr. Da kam der Obercatcher auf die Idee, das Monster auf Rollbretter zu stellen, um es zu schieben. Als sie das vierte Bein aufsetzen wollten, rutschte das erste von seinem Brett. Die Flüche hörte man wahrscheinlich noch unten im Maredo.

»Was ist denn das?« fragte Deko-Müller und hob ein Päckchen neben dem abgerutschten Bein auf.

Ich zog ein Gummi über die Zeichnungen, die ich zusammengerollt hatte, stellte die Rolle zu den anderen, und ließ mir das Päckchen geben. Die Verpackung bestand aus stark wachshaltigem Papier, das mit Paketband verschnürt war. Der Knoten war einer dieser Seemannsknoten, wie sie der Alte immer gemacht hatte.

»Wo kommt das her?« fragte ich.

»Das ist da irgendwo rausgefallen«, sagte einer der Catcher. »Da, wo die Splitter liegen.«

Ich kniete mich hin. Wo das Bein in den Korpus überging, gab es ein schmales Fach, gerade mal groß genug für das Format DIN A 6. Verschlossen gewesen war das Fach mit einer dünnen Holzplatte, die zerbrochen auf dem Teppich lag.

Während die fünf wieder an die Arbeit gingen, öffnete ich das Päckchen. Es enthielt ein Tagebuch, einen Terminkalender und ein Paar braune Lederhandschuhe, die stanken, als seien sie siebenhundert Jahre alt. Die Bücher waren beide ledergebunden und mit Goldschnitt. Die Eintragungen waren ausschließlich mit Tinte vorgenommen worden.

Ich konnte zunächst nichts damit anfangen, bis ich auf das Jahr der Abfassung stieß – 1957. Dann, ganz langsam, Wort für Wort, Seite für Seite erschloß sich mir, was ich da in den Händen hielt. Es war sensationell.

Was mochte das wert sein? Ein Weingut im Medoc?

Die Tagebucheintragungen endeten am 28. Oktober. Ich schlug unter dem Datum in dem Terminkalender nach. Vormittags ein Termin beim Friseur und nachmittags zwei Namen, die mir nichts sagten. Dann kam der 29. Oktober. Und da blieb mir die Spucke weg.

Da die Villa von Journalisten belagert wurde, rief ich vorher an. Als ich dann wie verabredet klingelte – dreimal kurz, zweimal lang, zweimal kurz, dreimal lang – öffnete sie einen Spalt, und ich huschte hinein. Ich sah *ihr* an, daß es *ihm* nicht gut ging.

»Erinnern Sie sich noch, was ich beim letzten Mal sagte, als ich Ihnen öffnete?« fragte Schwester Ursula.

»Das mit dem Alptraum?«

»Ich wußte – nein, daß wäre gelogen – ich ahnte, sie würden ihm Margot und damit auch die Klinik nehmen. Und ich wußte – diesmal stimmt's – daß das sein Ende sein würde.«

»Es tut mir leid«, sagte ich. »Aber es mußte sein.«

»Ich weiß. Wir haben übrigens gestern geheiratet. Epp will mich nach seinem Tod versorgt wissen. Es weiß nicht, daß er nur noch Schulden besitzt.«

»Wie lange geben Sie ihm noch?«

»Tage, kaum mehr.«

»Ist er ansprechbar?«

»Sein Geist ist klar wie eh und je. Wollen Sie ihn sehen?«

»Ich möchte mit ihm reden. Unter vier Augen.«

»Schon wieder so eine Sache auf Vertrauen?«

»Hab ich Sie je enttäuscht?«

»Leider nein.«

Professor Ludolf Epp lag in einem gewaltigen, mit Schnitzereien verzierten Bett mit Baldachin, das aussah, als seien in ihm schon Napoleon, Queen Victoria und die Callas gestorben. Und jetzt er. Ich mußte zweimal hingucken, bevor ich seinen Kopf auf dem gechintzten Kissenbezug entdeckte. Er schien mir kleiner als meine geballte Faust.

Schwester Ursula – Frau Professor Epp – half mir, einen Stuhl heranzuziehen, dann ließ sie uns allein. Epp schlief, und ich ließ ihn schlafen. Als ich selbst einnickte, wurde er wach.

»Geben Sie mir einen Schluck Wasser«, hauchte er.

Ich hielt ihm das Glas. Er trank nur sehr kleine Schlucke, und trotzdem kleckerte er. Ich fand ein Taschentuch und tupfte sein Kinn ab.

»Als ich Sie letzte Woche besuchte, fragten Sie, ob ich Ihnen etwas mitgebracht hätte«, sagte ich. »Heute hab ich was dabei.«

Seine Hände sahen aus wie Hühnerkrallen und waren zu schwach, das Tagebuch oder den Terminkalender zu ergreifen. Ich zeigte ihm die Handschuhe und die Büchlein, und dann las ich ihm die Eintragungen unter dem 29. Oktober vor.

Er hatte verstanden, was ich vorgelesen hatte, das sah ich ihm an. Aber er zog es vor, zu schweigen. Er wandte sogar seinen Kopf ab, um mir auszuweichen.

»Sie sind Rosemarie Nitribitts Mörder«, sagte ich.

Er drehte den Kopf wieder zu mir herum, und sein Blick war auf einmal bemerkenswert klar und entschlossen.

»Nein«, sagte er. Dabei sprach er so leise, daß ich meinen Kopf weit zu ihm hinabbeugen mußte. »Wissen Sie, wie lange ich im Glauben war, Rosemarie getötet zu haben?«

»Sagen Sie es mir.«

»Drei Jahre. Dann las ich mehr zufällig einen Artikel, in dem stand, sie sei erwürgt, nicht erschlagen worden. Da wußte ich, daß ich nicht ihr Mörder war.«

Nach den drei Sätzen war er völlig erschöpft. Ich ließ ihm Zeit, wieder zu Kräften zu kommen.

»Wer war es dann?« fragte ich, obwohl ich es längst wußte.

Epp hielt mit seinen Kräften haus und schwieg.

»Hat er Sie erpreßt?« fragte ich.

»Er ließ mich in dem Glauben, sie getötet zu haben, und gab vor, meine Täterschaft zu vertuschen.«

Er mußte husten, war jedoch zu schwach. Es wurde nur ein heiseres Würgen, das mich fast nach dem Notarzt rufen ließ. Dann fand er noch einmal Luft.

»Schließlich leitete Ihr Vater die Ermittlungen. Ihm war alles möglich. Ich war ihm natürlich dankbar. Als er nach Düsseldorf kam, fühlte ich mich verpflichtet, ihm behilflich zu sein. Ich vermittelte ihm Kontakte, verwandte mich für ihn. Erpreßt, im klassischen Sinn, hat er mich nie.«

Erschöpft schloß er die Augen. Ich saß noch lange an seinem Bett. Ob er schlief oder ob er tot war, konnte ich nicht unterscheiden.

XXIX

Olgas Mercedes habe ich nicht wiedergefunden. Aber der Schlüssel, den ich noch habe, paßt auf den Benz, den Hop-sing gekauft hat. So billig bin ich noch nie gefahren.

Der Bergische Krimi

ÜBER DIE WUPPER von Edgar Noske und Klaus Mombrei
Da rockt eine Band durchs Bergische Land. Nach einem Konzert von »Bombay Black« wird eine junge Frau ermordet im Bandbus aufgefunden. Sämtliche Indizien verweisen auf Max Hellenrath, den Sänger der Band. Auf Kaution freigelassen macht er sich auf die Suche nach dem wahren Mörder und muß sich durch einen Dschungel von Mord, Intrigen und Erpressung kämpfen.
»Mörder-Jagd im Bergischen Land. Viel Lokalkolorit, viel Action, viel Fäuste.« *Bild-Zeitung*
Der Bergische Krimi 1, 160 Seiten, ISBN 3-924491-60-7, 16.80 DM

BULLENMORD von Volker Kutscher und Christian Schnalke
Daß in Krimis hin und wieder ein Bulle auf der Strecke bleibt, ist nicht ungewöhnlich. Wenn jedoch ein leibhaftiger Zuchtbulle zu Tode kommt und sein Besitzer den Tod seines geliebten Tieres auf ein Mordkomplott zurückführt, dann ist dies ein ungewöhnlicher und spektakulärer Auftakt. Eine aufregende, mörderische Jagd quer durch das Bergische Land verheißt: die ländliche Postkarten-Idylle ist trügerisch. Auch in Wuppertal, Hückeswagen und Wipperfürth wird mit Koks die schnelle Mark gemacht.
»Das Erstlingswerk des bergischen Duos erweist sich als unterhaltsames Lesevergnügen mit spannenden und amüsanten Passagen.« *Prisma*
Der Bergische Krimi 2, 200 Seiten, ISBN 3-924491-87-9, 16.80 DM

Eifel Krimi

BITTE EIN MORD von Edgar Noske
Die Eifel ist schön. – Allerdings nicht für Harry Kaplan, der aus Köln in das bezaubernde Eifelstädtchen Malberg kommt, um seine Tante Martha zu beerdigen. Leider bleibt es nicht bei einer Leiche: Ausgerechnet Harry findet Konrad Walterscheid, den Besitzer der kleinen Kyllburger Brauerei, von einem Armbrustpfeil durchbohrt vor dem Malberger Kriegerdenkmal. Harry gerät in eine tückische Intrige um Mord, Liebe und – Bier. Denn allem Anschein nach hat die mächtige Bitburger Konkurrenz ihre Finger im Spiel ...
»Ein packender Thriller mit überraschendem Ende.« *Bild*
Eifel Krimi 1, 190 Seiten, Paperback, ISBN 3-924491-76-3, DM 16.80

Niederrhein Krimi

DER ESEL von Theo Hesse und Thomas Niermann
Freitagabend in der kleinen Stadt. Wesel am Niederrhein. Drei ehemalige Schulkollegen treffen nach zwölf Jahren zufällig wieder aufeinander. Drei extrem verschiedene Ausgangspositionen, die die Ebene begrenzen, auf der sich binnen Kürze ein Drama entwickeln wird. Der »verkrachte« Franz Huismann will mit krimineller Energie an die nötige Kohle kommen, um seinen Traum zu verwirklichen. Dazu braucht er Dr. Karl Kranz. Der »gemachte« Karl Kranz will verhindern, daß man ihn so einfach benutzt. Dazu braucht er niemanden. Der »verlachte« Fritz Fleischhauer will endlich als Journalist groß rauskommen. Dabei kann ihm keiner helfen. Liebesglück und zwei, drei Leichen. Schützenfest und Multikulti. Sozialpolitik und Lokalkolorit. Ein bißchen Flower-Power und ganz viel Frauen-Power. Das pralle Leben. Eben. So ist das halt am Niederrhein.
Niederrhein Krimi 1, Paperback, ca. 200 Seiten, erscheint im Juni 1997.
ISBN 3-924491-95-X DM 16,80

Aachen Krimi

TIEFER ALS DER TAG von Hermann.-Josef Schüren
Zunächst scheint es sich um Bagatellfälle zu handeln. Verstümmelte Kleintiere werden im Stadtgebiet aufgefunden. Als aber am Eröffnungstag des CHIO ein erstochenes Fohlen vor dem Reitstadion liegt, läßt sich die Sache nicht länger abtun. Wieder hat der Täter seine seltsamen Insignien hinterlassen. Der Wahnsinn ist offensichtlich Methode, und noch ist kein Ende abzusehen. Bevor Gorski, lebenshungrig, bissig und seit knapp zwei Wochen von Alkohol und Freundin getrennt, die Zeichen zu verstehen beginnt, hat sich der Fall längst zu einer persönlichen Herausforderung zugespitzt.
»Eine süffige Lektüre, mit der ein langes Wochenende zu verbringen sich lohnt.« *Aachener Nachrichten*
Aachen Krimi 1, Paperback, 245 Seiten, ISBN 3-924491-89-5, DM 16,80.

München Krimi

KILLING GIESING von Friedrich Ani
Drei ermordete CSU-Mitglieder an einem Tag! Die bayerische Landesregierung, die Münchener Stadtoberen und selbstverständlich auch die Presse stehen Kopf. Natürlich aus Gründen der Freistaatsraison gilt es nun, der Gefahr, daß zu viele Neugierige einen Blick hinter die barocke Fassade bayerischer Politik erhaschen könnten, entschlossen entgegenzutreten. Da ist es ganz praktisch, daß die Tochter des dritten Toten, eines einflußreichen Rechtsanwalts, verschwunden ist. Bevor es Hauptkommissar Schwaiger gelungen ist, das halbblinde Mädchen aufzuspüren, hat man aus der Verschwundenen – nach diskreter Einflußnahme der Staatskanzlei – bereits eine flüchtige Haupttatverdächtige gemacht.
»Eine witzig überdrehte Satire, berstend vor literarisch-krimineller Energie, rasant erzählt und voll greller Farben.« *tz*
München Krimi 1, 200 Seiten. ISBN 3-924491-80-1. DM 16,80 DM.

Köln Krimi

TÖDLICHER KLÜNGEL
Köln-Krimi 1 von Christoph Gottwald
Paperback, 144 Seiten, ISBN 3-924491-01-1, 16,80 DM

DREIMAL NULL IST NULL
Köln-Krimi 2 von Frank Schauhoff
Paperback, 152 Seiten, ISBN 3-924491-03-8, 16,80 DM

LEBENSLÄNGLICH PIZZA
Köln-Krimi 3 von Christoph Gottwald
Paperback, 142 Seiten, ISBN 3-924491-07-0, 16,80 DM

YELLOW CAB
Köln-Krimi 4 von Uli Tobinsky
Paperback, 156 Seiten, ISBN 3-924491-10-0, 16,80 DM

DER SCHWARZGELDESSER
Köln-Krimi 5 von Frank Grützbach
Paperback, 204 Seiten, ISBN 3-924491-16-X, 16,80 DM

TOD IN DER SÜDSTADT
Köln-Krimi 6 von Rüdiger Jungbluth
Paperback, 160 Seiten, ISBN 3-924491-26-7, 16,80 DM

SCHMAHL
Köln Krimi 7 von Peter Meisenberg
Paperback, 146 Seiten, ISBN 3-924491-31-3, 16,80 DM

HUNDERT NÄCHTE LÖSEGELD
Köln-Krimi 8 von Rolf Hülsebusch
Paperback, 150 Seiten, ISBN 3-924491-36-4, 16,80 DM

KAMELLE
Köln-Krimi 9 von Ralf Günther
Paperback, 174 Seiten, ISBN 3-924491-39-9, 16,80 DM

MARIE MARIE
Köln-Krimi 10 von Christoph Gottwald
Paperback, 177 Seiten, ISBN 3-924491-46-1, 16,80 DM

HAIE
Köln-Krimi 11 von Peter Meisenberg
Paperback, 220 Seiten, ISBN 3-924491-66-6, 16,80 DM

MORDSHUNGER
Köln-Krimi 12 von Frank Schätzing
Paperback, 260 Seiten, ISBN 3-924491-71-2, 19,80 DM

Köln Kurzkrimi

KEINE ANGST von Frank Schätzing
Vierzehn Geschichten aus Unterwelt und Schattenwelt, zum Erschrecken komisch. In diesem Buch beweist Frank Schätzing, Autor von *Tod und Teufel* und *Mordshunger*, daß er auch die kurze Form souverän beherrscht. Häppchenweise serviert der Krimiautor abstruse, makabre, aber auch komische Begebenheiten, mögen sie in einer Tierhandlung spielen, im Theater oder in der Sauna. Keine Angst, Nervenkitzel ist garantiert!
»Eine Fingerübung durch sämtliche kriminologische Topoi und Tatmuster.« *Kölner Stadt-Anzeiger*
Paperback, 220 Seiten, ISBN 3-924491-88-7, DM 16,80.

Köln Krimi *Classic*

NACHT ÜBER NIPPES von Edgar Noske
Die 50er Jahre im Schieber- und Gaunermilieu der Domstadt. Wenn man da neben einer unbekannten Toten erwacht, ist das ganz schön häßlich. Was tun, wenn einem ein Mord angehängt werden soll, man sich an nichts erinnern kann, die Polizei einem als stadtbekanntem Schmuggler sowieso mißtraut, die Geliebte einen verlassen will und die Ex-Frau sich mit dem Obergauner liiert hat? Leo Saalbach muß den Mörder selbst suchen, wenn er nicht den Rest seines Lebens im Klingelpütz verbringen will.
»Noske liefert mit seinem Erstlings-Roman ein kleines Meisterstück ab. Von Edgar Noske möchte man noch mehr lesen.« *Express*
Köln-Krimi-*Classic* 1, Paperback, 160 S., ISBN 3-924491-45-3, 16,80 DM

TOD UND TEUFEL von Frank Schätzing
Köln im September 1260: Jeder steht gegen jeden. Erzbischof und Bürger versuchen, einander mit allen legalen und illegalen Mitteln in die Knie zu zwingen. Jacop der Fuchs, Dieb und Herumtreiber, zeigt an den erzbischöflichen Äpfeln indes mehr Interesse als an der hohen Politik. Was ihm nicht gut bekommt: In den Ästen sitzend, wird er Zeuge, wie ein höllenschwarzer Schatten den Dombaumeister vom Gerüst in die Tiefe stößt. Er hat den Mord als einziger gesehen. Aber der Schatten hat auch ihn gesehen. Er heftet sich an Jacops Spuren und bringt jeden um, den Jacop einweiht. Als Jacop begreift, daß der Sturz vom Dom nur Auftakt einer unerhörten Intrige war, ist es fast schon zu spät.
»Ein ungewöhnliches Buch. Ein spannender Mittelalter-Krimi.« *Express*
Köln-Krimi-*Classic* 2, Paperback, 380 S., ISBN 3-924491-59-3, 19,80 DM

Köln Krimi für Pänz und Kids

Auch junge Leser können auf kriminalistischen Pfaden wandeln. Sie werden in eine spannende Erlebniswelt geführt, in der jede Menge passiert.

DIE SPUR FÜHRT ZURÜCK von Rolf Hülsebusch
Joschi, der Junge aus einer bürgerlichen Familie, lernt Rosa kennen, das Mädchen vom Flohmarkt und Kind einer Künstlerfamilie. Während die Freunde auf Ferientour gehen, machen sich die beiden auf die Spur eines vergrabenen Schatzes. Die Suche führt quer durch Köln und zurück in die Vergangenheit. Die Kinder müssen sture Bürokraten überlisten und gar nicht so ungefährliche Fahraddiebe stellen. Und nebenbei entwickelt sich zwischen Rosa und Joschi so etwas wie die erste Liebe.
»Auch ohne Mord und Totschlag megaspannende Lektüre für Kinder wie Erwachsene, zum Lesen und Vorlesen.« *neues rheinland*
Köln Krimi für Pänz 1, 160 Seiten, ISBN 3-924491-69-0, 16,80 DM

COOLE KANNEN von Ralf Günther
Spok liebt die Nacht in Köln. Nur nachts kann Spok *SPOK* sein. Spok ist Sprayer, und die Nacht ist sein Leben. Doch plötzlich merkt er, daß er nicht allein ist. Jemand kopiert ihn. Puk kennt die Lösung des Rätsels. Und sie ist gleichzeitig ein Teil des Rätsels. Des Rätsels, das nur Spok lösen kann. Gemeinsam nehmen sie den Kampf auf. Den Kampf gegen das Böse. Sie wollen sich die Nacht zurückerobern. Denn nachts leben sie ihr eigenes Leben …
Köln Krimi für Pänz 2, 160 Seiten, ISBN 3-924491-82-8, 16,80 DM